KB008449

상위 0.001% 랭커의귀환 4

2023년 5월 15일 초판 1쇄 인쇄
2023년 5월 18일 초판 1쇄 발행

지은이 유우리
발행인 강준규

기획 이기헌 왕소현 박경무 강민구 조익현
책임편집 김홍식
마케팅지원 이원선

발행처 (주)로크미디어
출판등록 2003년 3월 24일
주소 서울시 마포구 마포대로 45 일진빌딩 6층
Tel (02)3273-5135 **Fax** (02)3273-5134
홈페이지 rokmedia.com **E-mail** rokmedia@empas.com

ⓒ 유우리, 2023

값 9,000원

ISBN 979-11-408-0877-9 (4권)
ISBN 979-11-408-0799-4 04810 (세트)

CONTENTS

자이언트 혼 리자드

갈릴리오에서도 중앙광장이 훤히 보이는 기암괴석의 위.

거리만 1km는 멀리 떨어진 곳에서 최하나의 마탄은 수시로 불꽃을 내뿜고 있었다.

타아아아앙!

재차 신중하게 마탄을 발사한 그녀는 다소 신경질적으로 중얼거렸다.

"진짜 지상수…… 하, 라이플만 있었어도 이렇게 고생하지 않았을 텐데."

무려 1km 거리에서 권총으로 저격하는 놀라운 실력을 보여 주고 있었지만, 그녀는 역시 만족할 수 없었다.

그녀의 장기는 저격.

그 능력을 십분 활용하려면 못해도 주 무기 중 하나였던 '마탄의 라이플' 정도는 갖고 있어야 하는 것이다.

'라이플스코프도 안 바라. 라이플만 있었어도 저놈들 머리 맞히는 건 일도 아닌데…….'

거짓말이 아니었다.

총을 귀신같이 다루기로 유명한 '마탄의 사수'의 시초는 '저격'에서부터였으니까.

그녀는 수십 km 밖에서도 마음만 먹으면 미간을 꿰뚫을 수 있었다. 그녀의 앞에선 막강한 권력가였던 왕국의 NPC 조차 덜덜 떨었던 것이다.

당시 그녀의 아바타가 중절모를 쓴 냉혈한 중년 남성, 무척이나 살벌한 외형이었기에 그 무시무시함은 더더욱 잘 알려진 편이었다.

'아, 불편해…….'

한데, 그런 그녀가 가진 게 고작 '마탄의 리볼버'였다.

그녀의 주 무기는 지상수에게 속아 강화 실패로 파괴됐고, 행방이 묘연한 녀석도 있어 되찾을 방법은 요원했다.

"……봐주기로 했으니 더 뭐라 할 수도 없고."

최하나는 괜히 마탄의 개수를 늘리며 스트레스를 풀었다. 그럴 때마다 중앙광장의 컴퍼니원들은 무척이나 당황스러워 하며 여기저기 날뛰어야만 했다.

교란 작전은 성공이었다.

최하나는 어설프게 오가닉에게 접근하던 컴퍼니원의 어깨를 쾅 저격하며 생각했다.

'명중률은 고작 30%······.'

역시 권총으로 저격하는 건 할 짓이 못 된다. 실제로 그녀의 공격에 의해 죽은 플레이어가 단 한 명도 없다는 게 문제라면 문제였다.

최하나는 미간을 찌푸렸다.

"······자존심 상하네?"

호흡을 정돈하자. 더욱 신중하게. 일격을 쉽게 낭비하지 말자.

장인은 무기 탓을 하질 않는다.

최하나는 숨을 멈추고 멀리 조준점을 확인했다. 타이밍을 맞추자 견착한 자세는 돌처럼 굳었고, 걸쇠에 걸린 손가락만 침착하게 움직였다.

타아아아앙!

명중이었다.

신중한 한 발은 미간을 꿰뚫었고, 고꾸라진 컴퍼니원은 다시는 일어날 기미가 없었다.

이후로도 사격은 계속됐다.

좀 더 신중한 한 발 한 발이 적진을 유린했고, 권총으로 저격하는 것임에도 컴퍼니원들을 수세로 몰아넣었다.

강서준이 바랐던 것 이상의 성과였다.

모든 건 순조로웠다.

쿠구구구구궁!

땅이 크게 들썩이기 전까지는 말이다.

"……저게 뭐야?"

터무니없지만 그녀는 갈릴리오의 근처에 있던 기암괴석이 통째로 무너지는 걸 볼 수 있었다.

저곳은 세아를 구하기 위해 김강렬이 대원들을 이끌고 잠입한 감옥이 아닌가. 최하나는 침음을 삼키며 시선을 집중시켰다.

[스킬, '매의 눈(A)'을 발동합니다.]

기암괴석의 돌 같던 표면이 떨어져 나가면서, 그 속에 숨어 있던 무언가가 서서히 모습을 드러내고 있었다.

"……거짓말이지?"

황망한 두 눈에 담긴 건 너무나도 익숙한 몬스터의 외형이었다. 몬스터가 숨을 크게 들이마시더니 귀가 찢어질 것 같은 무시무시한 함성을 토해 냈다.

정체는 바로 알 수 있었다.

[C급 반룡 몬스터 '자이언트 혼 리자드'의 포효를 들었습니다.]

[상태 이상 '공포'에 빠집니다.]

[일시적으로 민첩이 6 하락합니다.]

[상태 이상 '혼란'에 빠집니다.|]

[일시적으로 민첩이 4 하락합니다.]

[상태 이상 '흥분'에 빠집니다.]

[일시적으로 힘이 7 상승합니다.]

[일시적으로 민첩이 10 하락합니다.]

······중략······

무수한 상태 이상 메시지의 향연이었다. 미간을 찌푸린 최하나는 본능적으로 마을로 향하던 총구를 놈에게 겨눴다.

쿠오오오오!

덩치만 해도 거대한 빌딩 같은 도마뱀은 성난 꼬리를 휘둘러 가까이에 있던 또 다른 기암괴석을 무너뜨렸다.

C급 반룡 몬스터의 어마어마한 위용!

최하나는 신경질적으로 입술을 짓씹으며 인벤토리에서 상급 HP포션을 꺼냈다. 그녀의 시선엔 무너진 기암괴석이 보였다.

"······이거 내성 생긴다고 했는데."

하지만 별수 있을까.

그녀는 마개를 열고 심장에서부터 끌어 올린 핏덩이를 마탄에 집적시켰다. 펌핑된 혈액은 전신을 떠돌면서 활활 불타올랐고, 그녀의 주변으로 붉은 오라가 생성됐다.

[장비, '마탄의 리볼버'의 전용 스킬, '번 블러드'를 발동합니다.]

그리고 포효하는 자이언트 혼 리자드의 머리 위로 붉은 유성이 빠르게 떨어져 내렸다.

◈◈◈

같은 시각.

-대위님, 도망-

김강렬은 찢어질 듯한 소음과 함께 끊어진 무전에 당황하고 있었다.

이어서 바닥이며 천장이 미친 듯이 흔들려 대자 상황은 걷잡을 수 없는 혼란 속으로 빠져들었다.

"지진이다!"

땅이 갈라지고 사람들의 머리 위로 낙석이 떨어졌다. 호른 부족의 전사 칼이 세아를 지키기 위해 그녀를 감쌌고, 플레이어들은 저마다 머리를 감싸며 몸을 웅크렸다.

앞뒤, 천장의 일부가 무너져 내렸다.

다행히 지진은 점차 잠잠해졌다.

"모두 괜찮습니까!"

뚝 떨어진 바위를 밀어서 몸을 일으킨 김강렬은 눈가로 흘러내린 쓰라린 피를 닦아 냈다.

곳곳에서 신음이 들려왔다.

"기, 김 대위님……."

가까이에서 머리에 돌을 맞아 괴로워하는 대원이 보였다. '공간 이동'이라는 특수한 스킬을 가져 매우 유용했지만, 체력 쪽으로는 스텟 분배가 적어 대체로 내구력이 낮은 플레이어 김훈이었다.

"정신 차려! 김훈!"

김강렬은 그의 몸에 깔린 돌덩어리를 치워 다급하게 HP 포션을 꺼내었다. 상처 위로 들이붓자 보글보글 기포가 끓었다.

다행히 상처는 금세 회복됐다. HP가 정상 범위로 돌아오자 혈색도 안정되어 갔다.

그때였다.

"칼? 정신 차려! 칼!"

가까이에 호른 부족의 전사 칼이 돌덩이에 깔려 있었다. 보아하니 그는 세아를 지키기 위해서 무거운 낙석을 모조리 홀로 부담해 낸 것 같았다.

"……칼!"

하지만 김강렬은 애타게 외치는 세아의 목소리에도, 그쪽으로는 시선도 던지질 않았다.

세아만 안전하면 됐다.

칼은 신경 쓸 필요도 없으니까.

"……세아 님, 전 괜찮습니다."

후두두둑.

가뿐히 돌덩이를 밀어내며 몸을 일으킨 칼은 낙석에 깔린 사람치고는 상태가 멀쩡했다.

당연했다.

칼의 레벨은 아크의 그 어떤 플레이어보다 높았으니까. 그가 위태로울 정도라면 아크의 사람들은 전부 몰살당했을 것이다.

"정신이 든 녀석들은 위치를 보고해!"

점차 수색 범위를 넓혀 가니, 대원들을 찾는 건 일도 아니었다. 또한, 가지고 있는 HP포션으로도 전원 충분히 회복시킬 수 있었다.

재차 모여든 일행은 어두운 주변을 둘러보며 말했다.

"……이게 대체 어떻게 된 일이죠?"

스마트폰의 플래시를 켜 주변을 비췄지만 보이는 건 무너진 낙석뿐이었다. 그들은 감옥을 감쌌던 기암괴석 안에 완전히 고립된 것이다.

김강렬은 빠르게 생각을 정리했다.

"상황이 어찌 됐든 우리의 임무가 성공했음을 밖에 알려야 해. 통신은……."

하지만 너무 많은 돌덩이에 깔려 있기 때문일까. 개조된 스마트폰으로도 밖으로 통신이 연결되질 않았다.

우선 무너진 감옥을 벗어날 필요가 있었다.

"일단 여길 빠져나가는 일에 주력한다. 김훈! 외부로 통하는 통로를 찾을 수 있겠어?"

"잠시만요!"

김훈은 공간 이동 스킬과 더불어, 특수한 스킬을 하나 더 갖고 있었다.

3D 공간지각 스킬.

시각디자인을 전공한 그는 선택의 미로에서 '공간'과 관련된 A급 스킬을 얻었고, 지금처럼 건물이 붕괴된 상황에서도 스킬만으로 주변의 지형지물을 모두 파악할 수 있었다.

그의 마력이 곳곳에 닿아, 곧 빈 공간을 찾아냈다.

"이쪽입니다."

이후로 감옥 탈출은 순조롭게 이어졌다.

플레이어들은 무너진 건물 따위에 죽을 만큼 약하지 않고, 칼의 근력 수치는 대단히 높아 어떤 무거운 벽도 쉽게 들어냈다.

바깥으로 빠져나가기까지 오랜 시간을 필요로 하지 않았다.

"출구입니다!"

하지만 빛이 새어 들어오던 출구로 발을 디딘 그들은, 붕괴되어 고립됐던 그때보다 더 황당한 상황에 직면해야만 했다.

[C급 반룡 몬스터 '자이언트 혼 리자드'의 포효를 들었습니다.]

[상태 이상 '공포'에 빠졌습니다.]

[일시적으로 민첩이 15 하락합니다.]

……중략……

시야에서 시스템 메시지가 연쇄 폭발을 일으켰다. 엄청난 디버프의 향연에 순식간에 그들의 어깨는 천근이라도 매달 렸는지 무거워졌다.

실제로 가슴은 쪼그라들고 점차 온몸이 위축되면서 숨은 턱 막혔다.

김강렬은 황망한 눈으로 근거리에서 포효하는 몬스터를 올려다봤다.

"……자이언트 혼 리자드."

이곳 '리자드맨의 우물'에서도 보스 몬스터의 바로 아래 격 에 있는 괴물.

반룡 몬스터라는 위엄에 걸맞게 놈을 직면한 순간, 머릿속 엔 무수한 경종만이 울리고 있었다.

아크에서 본 놈과는 차원이 달랐다.

'……진짜 그놈이야.'

괴물이란 표현도 부족하리라.

지근거리에서 거대한 도마뱀은 살벌한 눈동자를 크게 떴 다. 그리고 그 살기의 끝에 닿은 존재가 누군지도 얼추 알아볼 수 있었다.

붉은 무언가.

콰아아앙!

그때.

자이언트 혼 리자드의 꼬리가 크게 휘둘러지며 붉은 무언가를 쳐 냈다. 공교롭게도 그것이 떨어진 장소는 김강렬이 있는 위치에서 가까웠다.

보고도 믿을 수 없었다.

"……최하나 님?"

바닥에 피로 샤워를 한 채로 쓰러진 최하나는 부들부들 떨면서 힘겹게 몸을 일으키고 있었다.

그녀의 마탄이 피처럼 붉은빛을 쏘아 내면서 자이언트 혼 리자드를 압박했지만, 데미지는 없었다.

그녀의 마탄은 자이언트 혼 리자드의 두꺼운 외피를 뚫지 못했다.

"……최하나 님!"

김강렬의 외침이 신호였을까. 아크의 플레이어들이 일사불란하게 각종 스킬을 쏘아 냈다.

총알과 화살이 일제히 허공을 가르고 자이언트 혼 리자드를 가격했지만, 놈은 전혀 아랑곳하질 않았다.

아무렴 당연했다.

최하나의 마탄조차 소용이 없는 놈에게 그들의 공격이 통할 리가 없었으니까.

하지만 시선 정도는 분산시킬 수 있었다.

김훈이 재빠르게 최하나의 앞으로 공간 이동을 하고, 그녀를 품에 안은 채로 빠르게 돌아오는 정도는 됐다.

"얼른 HP포션을……!"

가까이에서 본 최하나는 살아 있는 게 기적일 정도로 사색이 짙은 상태였다. 실제로 HP바도 실낱같이 남아 있었다.

"……회복되지 않습니다!"

[포션 사용이 불가능한 상대입니다.]

['소생의 포션'이 필요합니다.]

이른바 그녀는 HP포션으로는 되살릴 수 없는 경지까지 떨어진 것이다.

"안 돼. 여기서 최하나 님을 잃을 수는…….."

김강렬은 입술을 잘근 깨물었다.

그녀가 단순히 연예인이나 아이돌이기 때문에 하는 말이 아니었다.

그녀는 인류의 희망이었다.

천외천(天外天).

마탄의 사수라는 고인물은 지구에도 몇 없는 최상위 플레이어였고, 그런 유능한 인재를 잃는다는 건 범지구적인 손해였다.

'무엇보다 최하나잖아!'

김강렬은 최하나와 함께 움직였던 나날을 떠올렸다.

로테월드에서부터 짧은 시간이었지만 그녀가 어떤 사람인지, 얼마나 의지가 됐는지. 누구보다 잘 알고 있었다.

"이야아아아아아!"

멀리 자이언트 혼 리자드를 향해 접근하는 대원들이 보였다. 그들은 오직 최하나를 구하기 위해서 저곳까지 달려든 것이나 마찬가지였다.

NPC 칼도 같았다.

모두 누군가를 지키기 위해서 칼을 뽑았고, 이길 수 없는 전투라는 걸 알면서도 전장을 가로질렀다.

의지만큼은 위대했다.

하지만.

쿠우우웅!

그 모든 염원은 고작 거대 도마뱀의 [발 구르기] 한 번에 뒤집어졌다. 땅이 갈라지고 균형을 잃은 플레이어는 삽시간에 바닥을 나뒹굴었다.

그 위에서 자이언트 혼 리자드가 입을 쩌억 벌려 공기를 빨아들였다.

[C급 반룡 몬스터 '자이언트 혼 리자드'가 '산성 브레스'를 준비합니다.]

사람들은 본래 너무 깜짝 놀라면 다른 생각을 할 수 없다고 한다.

드라마 속 주인공들이 교통사고 직전, 모든 사고가 멈춰 굳은 채로 몸을 움직이지 못하는 것처럼.

김강렬은 자이언트 혼 리자드의 입이 벌어지는 걸 보면서도 다른 생각을 이어 나갈 수조차 없었다.

심령이 제압당한 느낌이었다.

그의 영혼이.

그의 생각이.

그의 마음이.

모조리 멈춰 있었다.

"……아아."

그렇게 모두가 비슷한 감정을 느낄 때였다.

콰아아아아아아아아앙!

자이언트 혼 리자드의 머리 위로 푸른 불꽃이 수직으로 떨어졌다.

✦

"지진……?"

쿠구구구궁!

한창 전투가 펼쳐지던 갈릴리오에 지진이 몰아친 건 순식간이었다.

산이 통째로 무너져 버릴 것만 같은 떨림.

전투는 잠시 소강상태에 접어들었고, 사람들은 그저 살기 위해 무언가라도 잡아 균형을 유지하려 했다.

그렇게 얼마나 흘렀을까.

강서준은 한쪽 기암괴석을 무너뜨리면서 모습을 드러낸 거대 도마뱀을 두 눈으로 확인할 수 있었다.

"자이언트 혼 리자드……."

반룡 몬스터인 '자이언트 혼 리자드'의 등장이었다.

실물로 보니 아크에서 봤던 그놈은 새끼 도마뱀이라고 생각할 정도로 그 크기도 차이가 났다.

'어마어마하군.'

강서준은 저도 모르게 손이 떨리고 있다는 걸 깨달았다.

그만큼 놈을 본능적으로 의식하고 있다는 방증이었다.

콰아아앙!

꼬리를 휘두르니 한쪽 기암괴석이 손쉽게 부서져 폭삭 내려앉았다. 휩쓸려 나간 돌덩어리에 나무들이 꺾이고 토사가 쓸려 산사태가 일어났다.

그 막강한 힘에 살이 떨린다.

타아아앙!

하지만 그런 몬스터를 향해 겁도 없이 달려드는 사람이 보였다. 붉은 유성처럼 다가선 그녀는 핏빛 마탄을 수십 발 발사해 내며 자이언트 혼 리자드의 시선을 현혹시켰다.

마탄의 사수. 최하나.

오가닉의 엄호사격은 완전히 접어 두고, 자이언트 혼 리자드를 상대로 돌연 전투에 돌입한 것이다.

이유는 금방 알았다.

'저건…….'

NPC 세아가 갇혀 있던 감옥이 아닌가. 김강렬을 비롯한 아크의 플레이어가 잠입해 있었다.

강서준은 미간을 구기며 그쪽으로 무전을 넣어 봤다. 대답은 돌아오지 않았다.

─……놈들이 도망갑니다.

조현호의 무전에 고개를 돌린 강서준은 일제히 퇴각을 개시하는 컴퍼니원들을 살펴봤다.

종전까지만 해도 치열하게 전투를 벌이던 놈들이었다. 갑자기 꽁무니를 빼는 저의가 뭘까.

혹 오가닉을 포기했나?

강서준은 고개를 가로저었다.

키이이이잇!

그래, 포기한 게 아니다.

강서준은 천둥이라도 몰아치는 듯한 도마뱀의 괴성을 들으며 입술을 짓씹었다. 놈들은 순순히 물러나는 게 아니었다.

'더는 싸울 필요가 없는 거야.'

강서준은 최하나와 격돌하는 자이언트 혼 리자드를 다시 한번 살펴봤다. 모르긴 몰라도 저런 괴물이 있는 한 컴퍼니원이 한 명이 있든, 두 명이 있든 중요한 건 아닐 테니까.

이젠 상황이 바뀌었다.

'저놈을 막지 못한다면 모든 게 끝이다.'

[C급 반룡 몬스터 '자이언트 혼 리자드'가 포효합니다.|]

[상태 이상 '공포'에 빠집니다.]

[상태 이상 '혼란'에 빠집니다.]

[상태 이상 '흥분'에 빠집니다.]

······중략······

[스킬, '침착(S)'을 발동합니다.]

[모든 디버프 효과를 무시합니다.]

단순히 소리칠 뿐인데도 이만한 영향이었다. 선택의 미로에서 잔뜩 그 수준을 올려 둔 S급 침착이 아니고서야 막아낼 수단도 없었다.

'당장은 최하나 씨가 막고 있지만······.'

얼마나 갈까.

쿠구구구궁!

당장 상황만 봐도 최하나의 마탄은 그 빛이 약해지고 있었다.

번 블러드로 강화한 그녀의 마탄은 자이언트 혼 리자드를 꿰뚫을 만한 공격력을 내질 못했고.

결국 결론은 정해져 있었다.

강서준은 도망치는 컴퍼니원과 이를 쫓는 호른 부족의 전사를 일별했다. 그리고 카린에게 포션을 건넸다.

"……여긴 맡길게요."

"네?"

더는 다른 곳에 신경 쓰지 않기로 했다. 강서준이 바라본 방향엔 오직 자이언트 혼 리자드가 있었다.

마침 최하나가 놈의 꼬리에 튕겨 나가 땅에 추락하는 시점이었다.

강서준은 당부하듯 말했다.

"반드시 오가닉 족장을 살려 놔요. 전 저쪽을 맡을 테니."

[장비 '도깨비 왕의 감투'의 전용 스킬, '이매망량'을 발동합니다.]

전장의 한복판에서 수직으로 낙하하는 한 마리의 도깨비가 있었다.

이매망량 강서준.

영혼의 힘을 불태우며 힘껏 놈의 콧등을 내리찍었다. 자이언트 혼 리자드가 아성을 토해 내며 신경질을 냈다.

전력을 다한 공격이었다.

카카카캉!

하지만 그 공격은 얕은 충격으로 놈의 머리를 아래로 조금 꺾었을 뿐이었다. 검격은 놈의 외피조차 파고들지 못하여 불똥만 만들어 냈다.

씨알도 박히지 않는다.

크롸아아아앗!

살벌한 도마뱀의 눈이 강서준을 좇았다. 정면에서 이를 마주 본 그는 나지막이 침을 삼켰다.

실로 오랜만에 느껴 보는 감정이다.

시선만으로 죽을지도 모른다는 느낌.

단순히 기분만 그런 건 아니었다.

[스킬, '위기 감지(B)'를 발동합니다.]

'진짜 죽는다……!'

강서준은 이를 악물고 콧등을 박차 멀찍이 떨어졌다. 턱 끝까지 사신이 낫을 들이밀었던 것 같았다.

'……괴물 새끼.'

단 한 번의 충돌로 알 수 있었다.

'난 상대가 안 돼.'

방금 일격으로 오히려 본디시의 검에 눈에 띄는 실금이 생겨났다. 공격한 당사자의 검이 오히려 망가진 것이다.

아직은 절대 싸우면 안 될 몬스터였다.

'하지만 쉽게 도망칠 수도 없어.'

문득 주변에서 신음을 내는 플레이어가 보였다. 또한 갈릴리오에서 혼비백산하여 도망치는 NPC와 건물 내부로 숨어든 수많은 사람들이 뇌리를 스쳤다.

이놈을 그대로 놔둔다면 모든 게 쑥대밭이 될 것이다.

'그뿐이 아니야.'

강서준은 이놈에게서 도망친 그 순간, 이번 던전의 패자가 정해진다는 걸 깨달았다. 단순히 오가닉의 생사와 상관없이 벌어질 일이었다.

'이미 오가닉이 사로잡힌 탓에 의지가 꺾일 대로 꺾인 NPC들이야.'

말했듯, C급 던전부터는 NPC나 몬스터에게 '사기'는 아주 중요한 요소였다. 이대로 NPC들의 머릿속에 패배의 이미지가 깊게 들어박힌다면, 앞으로의 퀘스트 난이도는 급격하게 올라간다.

"……강서준 님!"

자이언트 혼 리자드를 경계하던 강서준은 그를 부르는 외침에 고개를 돌렸다. 김강렬이 예하 부대원과 함께 한쪽에서 몸을 숨기고 있었다.

그곳에서 한 NPC도 발견했다.

"……이 아이가 세아군요."

"네."

"그럼 부탁 하나 좀 합시다."

강서준은 마침 그 자리에 있던 아크의 유일한 '공간 이동' 스킬을 가진 플레이어 김훈을 바라봤다.

열 일 제쳐 두고 할 일이 있었다.

강서준은 그에게 신신당부하듯 빠르게 내용을 전달했다.

"……네. 반드시 수행할게요."

한편 김강렬의 옆엔 온몸이 피로 물든 최하나가 있었다. 번 블러드를 극성으로 발휘한 탓인지, 혹은 전투의 여파로 이 꼴이 됐는지. 몹시 심각했다.

[포션을 사용할 수 없는 상대입니다.]

['소생의 포션'이 필요합니다.]

아직 죽지 않은 게 다행이지.

강서준은 입술을 잘근 깨물며 최하나를 내려다봤다. 김강렬은 가지고 있는 HP포션을 전부 꺼내어 그녀의 생명을 유지하고 있었다.

김강렬이 참담한 얼굴로 물었다.

"……우리 이길 수 있는 겁니까?"

문득 그의 눈 속에 깊이 자리 잡힌 공포를 읽었다. 또한 막연한 불안이 아로새겨진 패배감을 깨달았다.

그건 비단 김강렬에게만 국한된 문제가 아니었다.

강서준은 전장 전체로 이미 마이너스한 감정이 잔뜩 흘렀고, 그것들이 모두의 사기를 잡아먹고 있다는 걸 알았다.

그래서 강서준은 답했다.

"글쎄요……."

문득 드림 사이드 1에서 어느 너튜버가 그에게 인터뷰를 건넸던 게 생각이 난다. 그때도 너튜버는 강서준에게 비슷한 질문지를 줬었다.

만약 감당 못 할 난이도의 던전을 눈앞에 둔다면 어떻게 하시겠습니까?

포기할 겁니까?

아마 그때나 지금이나 답은 다르지 않다.

"공략을 찾아봐야겠죠."

그때 자이언트 혼 리자드는 [발 구르기]를 통해서 일대에 지진을 일으켰다.

부채꼴로 뻗어 나간 충격파로 인해 바닥이 뒤집어지고 온갖 바위가 솟아올랐다. 강서준을 향해 다가오는 바위의 해일이었다.

"최하나 씨를 데리고 옆으로 피해요."

"……네!"

[스킬, '류안(A)'을 발동합니다.]

강서준은 서슴없이 비산하는 바위를 향해 껑충 뛰어올랐다. 지진의 흐름을 읽어, 징검다리처럼 솟아오른 바위를 건너뛰어 차차 접근해 나갔다.

문제는 공격은 그게 끝이 아니라는 것이다.

화르르르르륵!

마치 유성처럼 불덩어리 수십 개가 강서준만을 향해 떨어지고 있었다.

올곧지 못한 땅을 건너뛰면서 불덩어리를 홀로 상대해야만 하는 높은 난이도의 미션이었다.

하지만 두려울 건 없었다.

'헬 난이도에 비해서야……!'

몇몇 개의 불덩어리는 서릿발이 담긴 본디시의 검이 베어냈다. 여러 바위들을 지나친 강서준은 이윽고 자이언트 혼 리자드의 지척에 다다랐다.

'약점은 아크의 그놈과 비슷하다.'

거북선처럼 뾰족한 껍질이 자란 등짝에 비해 배 아래는 다소 부드러울 것이다. 비교적 방어력도 높지 않겠지.

후우우우웅!

어디선가 거친 바람소리가 일었다. 강서준은 높이 껑충 뛰어올라, 휘둘러진 꼬리를 피했다.

조금이라도 반응이 늦었다면 피할 수조차 없을 엄청난 속
도였다.

"후우우우……."

높이 뛰어올랐던 그가 바닥에 착지하는 순간이었다. 꼬리
를 휘둘러 잠시 틈을 보인 자이언트 혼 리자드.

그 순간을 놓칠 수야 없었다.

[스킬, '마력 집중(F)'을 발동합니다.]

한껏 끌어모은 마력을 일시에 방출시켜 초고속으로 접근
했다. 목적지는 놈의 배 아래. 빠르게 뛰어오른 강서준은 전
력으로 마력을 검에 집중시켰다.

아니, 그것만으로도 부족했다.

[장비 '도깨비 왕의 반지'의 전용 스킬, '도깨비불'을 발동합니다.]
[장비 '한이 서린 본디시의 검'의 전용 스킬, '서릿발'을 발동합니다.]

도깨비의 푸른 불꽃과 본디시의 검이 가진 하얀 서릿발이
폭풍처럼 휘날렸다.

콰아아아아앙!

하지만 돌덩이라도 부딪친 듯 결코 뚫리질 않는 뱃가죽이
었다. 그대로 아래로 튕겨 나간 강서준은 충격파의 여파로

바닥에 처박혀야만 했다.

"……크윽."

잠시 쉴 틈도 없었다.

통증을 가라앉히기도 전에 머리 위로 그림자가 드리웠다. 놈의 거대한 발바닥이었다.

쿠우우우웅!

'배 쪽은 안 통해.'

힘겹게 공격을 피해 낸 강서준은 류안을 번뜩였다. 첫 번째 공략은 실패였다. 다른 방법을 찾아야만 한다.

'약점을 찔러도 피 한 방울 나오질 않는다. 몇 번을 더 때린다고 바뀔 것 같진 않아.'

그리고 아마 놈의 배를 꿰뚫기도 전에, 무기가 망가질 것이다.

강서준은 금방이라도 부서질 듯 금이 가 버린 본디시의 검을 확인했다.

'다른 약점은……?'

빠르게 바닥을 박차, 다음으로 향한 곳은 놈의 머리였다.

머리는 생물이라면 누구나 가진 약점이 더러 있다. 그중 가장 치명타를 입힐 만한 곳은 하나였다.

'눈.'

터어어엉!

하지만 그조차 뚫리질 않았다.

눈동자를 찔렀지만, 강철을 베는 듯한 감각만이 손아귀를 자극했다. 실제로 튕겨 나간 불똥은 놈이 얼마나 단단한지를 알려 줬다.

……젠장.

새삼스럽지만 놈과의 수준 차이를 깨닫는다. 아직 이놈을 상대하기엔 레벨도, 스텟도, 장비도, 모든 게 부족했다.

"……그래서 뭐?"

누차 말했듯, 그는 포기할 생각이 없었다. 여기서 그가 헤매는 이유는 그저 아직 공략을 찾지 못했을 뿐이니까.

그리고 이미 그의 진짜 계획은 지금도 착실하게 진행되고 있었다.

'조금만 버티면 돼.'

[장비 '도깨비 왕의 감투'의 전용 스킬, '도깨비 검무'를 발동합니다.]

그렇게 콧등을 넘어 정수리로 향했다.

놈의 사각지대로 들어서면서, 공격 횟수는 더더욱 늘려 나갔고 목 쪽에 다다를 즈음엔 신경이 있을 척추를 공략했다.

어디에든 약점은 또 있을 것이다.

하지만 소용은 없었다.

터엉! 터어어엉!

터어어어어엉!

결국 본디시의 검에 생긴 균열은 더욱 커져, 검 날은 두 개로 나뉘었다.

채애애앵!

부서진 본디시의 검 날이 하늘을 빙글빙글 돌아, 바닥에 추락했다.

"……."

어떤 공격도 통하지 않는다.

무력한 기분이 들어, 입술을 짓씹었다.

내부의 마력량을 확인해 보니, 평소의 반절도 남질 않았다.

희망이 모조리 끊어진 것만 같았다.

"젠장……."

그나마 불행인지 다행인지 모를 건, 자이언트 혼 리자드를 상대할 만한 역량의 플레이어가 강서준뿐이라는 점이었다.

체력은 조금 차올랐으니까.

[장비, '관종의 반지'를 발동합니다.]

[가까이에 동료가 없을 시, 일시적으로 체력이 20 상승합니다.]

"……후우, 진정해. 처음부터 다시 생각해 보자."

강서준은 들썩이는 놈의 몸 위에서 겨우 균형을 잡으며 류안을 발동시켰다. 놈에 대한 정보를 하나씩 머릿속에 입력하며 새로운 공략을 떠올려 보고자 했다.

자이언트 혼 리자드.

C급의 반룡 몬스터.

데미지는 박히지 않음.

검은 부서졌고, 마력도 거의 소모함.

'여기서 더 할 수 있는 게 있나.'

미간을 좁힌 강서준이 문득 '자이언트 혼 리자드'라는 몬스터 자체의 특징을 떠올린 순간이었다.

'잠깐…… 반룡 몬스터?'

그제야 여태 까먹고 있던 한 가지 사실이 떠올랐다. 이 괴물 같은 녀석이라도 결국은 본질은 '리자드맨'이었고, '반룡 몬스터'라는 것.

'……그렇다면 방법은 있다.'

강서준의 시선이 주머니에서 살짝 고개만 내밀어 걱정스러운 눈으로 그를 올려다보는 한 마리의 마수에게 향했다.

다람쥐, '고롱이'한테 말이다.

마수 그래고리.

강서준에게 있어 '고롱이'에 불과한 먹보 펫인 이놈의 정체는 새삼스럽지만 '던전을 먹는 마수'였다.

던전에서 흘러나온 부산물을 주워 먹거나, 사체를 흡입, 종종 아이템까지 꿀꺽하는 녀석이었다.

강서준은 고롱이를 주로 '던전 탐색'이나 '숨겨진 아이템'을 찾는 용도로 쓰곤 했다.

이런 희귀한 능력을 가진 펫은 보기 드문 일이었으니까.

하지만 사실 이 녀석이 자랑하는 능력은 그게 아니었다. 먹는 것이라면 사족을 못 쓰는 날카로운 후각 이외에도 고롱이를 대표하는 기술이 있었다.

'하지만 될까?'

의문과 함께 불안이 떠올랐다.

고롱이의 그 능력이라면 충분히 가능한 일이었지만, 그게 뜻대로 이어질지는 아무도 몰랐다.

왜냐면 버그가 관련됐기 때문이다.

'성공한다면 이 상황을 뒤집을 수 있는 신의 한 수가 되겠지.'

강서준은 뭣도 모르고 주머니에서 고개를 삐죽 내밀고, 그를 걱정스럽게 올려다보는 고롱이를 바라봤다.

썩 믿음직스럽진 않은데.

하지만 생각해 봤다.

'밑져야 본전이 아닌가.'

어차피 이 상황을 타개하질 못한다면 죽어 나갈 것은 그를 비롯한 수많은 플레이어였다.

갈릴리오도 무너질 것이다.

만에 하나라도 이 상황을 뒤집을 수 있는 가능성이 있다면, 시도라도 해 봐야 죽어도 억울하지 않겠지.

'해 보자.'

강서준은 어느덧 자신을 의식조차 안 하는 자이언트 혼 리자드를 노려봤다.

그의 공격이 씨알도 박히지 않음을 깨달았을까. 놈은 이젠 강서준을 벌레 취급하고 있었다.

"더는 그럴 수 없을 거다."

결정했다면 망설일 이유가 없다. 강서준은 바로 고롱이의 고유 스킬을 발동시키기로 했다.

[‘고롱이’가 스킬 ‘트랜스폼(S)’을 발동합니다.]

[가능한 형태는 현재 1종입니다.]

1. 흑룡.

고롱이는 먹은 것에 한해서 그 종족으로 변신할 수 있는 특수한 고유 스킬을 갖고 있는 것이다.

그조차 운빨이 적용돼서, 먹는 것의 모든 것으로 변신할 수는 없겠지만, 이처럼 제대로 소화만 시킨다면 무엇이든 변할 수 있었다.

원래 ‘괴물 같던 마수 형태’의 고롱이가 미관상 귀엽고 소지하기 편한 ‘다람쥐 형태’로 변신한 것처럼.

‘설령 버그로 범벅됐던 카무쉬라고 할지라도 말이지.’

분명히 놈을 먹었을 때 고롱이의 특징에 ‘용족’이 추가됐다.

그렇다면 가능하다.

['고롱이'의 형태를 '흑룡'으로 변환시키겠습니까?]
[다시는 '다람쥐'로 돌아올 수 없습니다.]

'변환시켜.'

고롱이의 몸에서 검은 아우라가 터져 나왔다. 불길한 BGM이 깔렸다. 카무쉬가 등장할 때면 함께 들려오던 특유의 소리였다.

예전엔 소름만 끼치는 음이었는데.

지금은 행진곡처럼 설렌다.

츠츠츳.

귀엽던 다람쥐의 표면으로 검은 비늘이 자라났다. 꼬리는 길게 늘어나고 양쪽으로 검은 날개가 활짝 펴졌다.

즉, 예상은 현실이 되었고.

"다시 해 보자고. 도마뱀 새끼야."

이 공략은 성공할 것이다.

"허억…… 허억!"

김훈은 터질 듯한 숨을 참아 가며 사람들 사이를 가로질렀다.

갈릴리오.

혼란에 빠진 피난민들을 지나치고 무너진 건물들을 뛰어넘었다. 길목의 한쪽이 토사물에 휩쓸린 곳도 있었다.

그는 지체하지 않고 그와 보조를 맞추던 소녀의 손을 덥석 잡았다.

[스킬, '공간 이동(C)'을 발동합니다.]

걸어서 넘기 힘든 구역은 모조리 공간 이동으로 헤쳐 나갔다. 마력은 간당간당했다. 목적지였던 갈릴리오의 중앙광장에 다다랐을 즈음엔 거의 방전되기 직전이었다.

"허억…… 카린 님!"

쓰러질 듯한 뜀박질로 다가선 그는 힘겹게 잡고 있던 손을 카린에게 인계했다.

마찬가지로 거친 숨을 몰아쉬던 세아를 향해, 카린이 떨리는 목소리로 입을 열었다.

"세아…… 진짜 세아니?"

끼아아아앗!

하지만 그 순간 엄청난 굉음이 터지면서 주변의 모든 시선을 잡아끌었다. 김훈도 고개를 돌렸다.

어느덧 지척에 다다른 자이언트 혼 리자드의 머리가 보였다. 놈은 갈릴리오의 문턱에서 무시무시한 눈초리로 이쪽을 응시하고 있었다.

"……강서준 님."

분명 강서준은 저놈을 묶고 있겠다고 말했었다. 설마 실패한 걸까. 놈이 여기까지 온 것만 보면…….

'아니야. 그분은 케이 님이시다.'

저 괴물 같은 놈에게 단신으로 달려들던 모습이 아직 눈에 선했다. 김훈은 저절로 떠오르는 불안을 억지로 밀어냈다.

여기서 좌절하고 있을 게 아니었다.

그는 해야만 하는 일이 있지 않던가.

"족장님의 상태는 어떻죠?"

카린은 김훈을 데리고 한쪽에 죽은 듯이 누워 있는 오가닉에게 데려갔다.

아직 살아 있는 게 용할 정도로 피골이 상접해 있었다. 그의 머리맡에 떠 있는 HP는 실낱같아서 툭 치면 죽을 것만 같았다.

김훈은 탄식하며 중얼거렸다.

"이럴 수가……."

강서준의 당부가 떠올랐다.

그는 분명히 이렇게 말했다.

－오가닉 족장에게 세아의 생존 여부를 알리고, 반드시 데

려와야 합니다.

이 상황을 타개할 공략법은 그것이라고.

─오가닉만이 자이언트 혼 리자드를 쓰러트릴 수 있어요.

하지만 강서준의 추측은 틀렸다.

김훈은 미동조차 하질 않는 오가닉을 내려다보며 침음을
삼켰다. 절망적인 기분이 사방에서 그의 어깨를 짓눌렀다.

'의식도 없는 사람에게 뭘 어떻게 전해요…….'

끼아아아앗!

그때.

자이언트 혼 리자드 쪽에서 무서운 굉음이 들렸다. 황망한
눈으로 시선을 돌린 김훈은 놈의 머리맡에서 모습을 드러낸
한 사내를 확인했다.

"강서준 님……?"

쿠구구구궁!

다소 황당한 광경이었다.

그가 검을 내지르자 거짓말같이 자이언트 혼 리자드가 뒷
걸음질을 치는 것이다.

대체 무슨 일이 벌어진 걸까. 강서준은 자이언트 혼 리자
드의 콧등을 밟고 더욱 강렬한 기세를 쏘아 냈다.

그러자 놈이 고개를 움츠렸다.

겁을 먹은 건지, 분한 건지…… 성난 울음을 토해 내면서도 강서준의 기세를 못 이겨 뒤로 물러나갔다.

하지만 종종 날카롭게 강서준을 물어뜯으려는 걸 보면 완전히 제압당한 건 또 아니었다.

"그래…… 이럴 때가 아니다."

강서준은 약속대로 자이언트 혼 리자드를 묶어 두고 있질 않은가. 김훈은 강서준을 일별하며 오가닉을 다시 확인했다.

이젠 그가 약속을 지킬 차례였다.

'오가닉을 살려야 해.'

포기를 잊고 방법을 강구하니 의외로 그가 할 수 있는 게 뭔지 훤해졌다. 오가닉은 죽을 위기였지만, 또한 금방 죽을 몸은 아니었다.

'소생의 포션이 필요하지 않아.'

김훈은 바로 카린에게 말했다.

"HP포션 남는 것 전부 주세요."

"……알겠어요."

이후로 김훈은 포션의 마개를 열어 오가닉의 머리나 가슴 위로 들이부었다. 깜짝 놀란 카린이 만류하려고 했다.

"아니, 지금 무슨……!"

포션의 정상적인 활용법은 가능한 직접 먹이는 게 가장 효과가 좋은 법이다. 종종 상처 위로 붓기도 했지만 내상까지는 치료해 줄 수는 없었다.

그래서 카린이 놀란 것이지만, 김훈에겐 계획이 있었다.

'통상적인 치료법은 안 돼. 오가닉을 당장 일으켜 세워야
해.'

그는 다른 방법을 쓰기로 했다.

[스킬, '공간 이동(C)'을 발동합니다.]

그는 자신을 포함하여 손에 닿는 것도 공간 이동을 시킬
수 있는 능력자. 설령 포션이라고 할지라도 원한다면 몸속에
집어넣을 수 있으리라.

'인체해부학을 공부한 게 이렇게 도움이 될 줄이야.'

본래 시각디자인을 전공했던 그는 인체를 그리기 위해서
'인체해부학' 정도는 기억했다.

어디에 뼈가 있고, 근육이며 장기가 어떻게 생겼는지도 잔
뜩 그려 봐서 알 수 있었다.

그러니 할 수 있다.

"일어나십시오."

머리로 이동시킨 포션이 두뇌를 자극했다. 심장에 안착한
녀석은 더욱 맹렬하게 움직였고, 전신의 근육과 신경망을 촉
촉하게 적셔 더욱 빠르게 몸을 회복시키기 시작했다.

세포 자체가 재생되고 있었다.

[!]
[새로운 스킬의 활용법을 알아냈습니다.]
[스킬, '특수 포션 치료(F)'를 습득했습니다.]
[!]
[처음으로 '특수 포션 치료'를 성공시켰습니다.]
[칭호, '특수 포션 치료사'를 습득했습니다.]
[스킬의 효과가 10% 증폭됩니다.]

　새로운 스킬을 습득함에 따라, 오가닉의 전신에 흡수된 포션은 더욱 강한 효과를 발휘하기 시작했다.
　김훈은 알 수 있었다.
　그가 할 수 있는 건 모두 다 했노라고.
　'제발⋯⋯.'
　이젠 오가닉의 몫이었다.

⋆⋆⋆

　쿠구구궁!
　콰앙!
　위축됐던 자이언트 혼 리자드가 슬슬 기개를 펴고 눈을 떴다.
　강서준은 의외의 효과가 금세 잦아드는 걸 아쉽게 여기며,

놈이 쏘아 낸 불덩어리를 피했다.

"……조금 더 쫄아 줄 것이지."

['고롱이'가 건방진 도마뱀을 향해 '흑염'을 쏘아 냅니다.]

흑룡으로 변신한 고롱이.

새카만 몸체에서 길게 뻗은 꼬리를 흔드는, 이놈은 누구도 쉽게 꺼트리기 어렵다는 흑염을 뱉어 냈다.

문제는 그 크기였다.

고롱이가 흑룡으로 변신할 수는 있었지만 그 크기가 진짜 카무쉬급은 되진 못한 것이다.

다람쥐 때와 닮았다.

'버그 때문인가…….'

키이이잇!

하지만 자이언트 혼 리자드는 그 작은 흑염조차 피해서 요란하게 움직였다. 별 데미지조차 없을 불똥 하나를 피하고자 뒤로 물러나는 게 참으로 인상적이었다.

그리고 그건 당연한 일이었다.

'극상성이니까.'

리자드맨 계열의 몬스터는 단 하나의 약점이 있었다. 종족 값에서 나오는 바뀌지 않는 명제였다.

'최상위 개체인 용에게 반발할 수 없어.'

설령 아기자기하게 생긴 흑룡 '고롱이'일지라도 '용'인 한, 종족값대로 놈은 고롱이를 두려워할 수밖에 없었다.

"그조차 약빨이 거의 떨어졌지만."

자이언트 혼 리자드는 고롱이를 피해서 강서준을 잡아 죽이기 위해 혈안이 됐다. 아마 '고롱이'의 주인인 그를 죽인다면, 더는 두려워할 것도 없다는 사실을 깨달은 듯했다.

"……뭐, 됐다. 시간은 충분히 끌었으니까."

강서준의 류안은 종전부터 갈릴리오에서 흘러나오는 강력한 마력의 흐름을 읽고 있었다.

드디어 깨어난 것이다.

쿠우우우우웅!

그렇게 전장에 이변은 갑자기 나타났다.

"……흐음. 당신인가."

묵직한 울림을 일으키며 모습을 드러낸 한 남자가 있었다. 그는 강서준이 아무리 찔러도 피 한 방울 나질 않던 자이언트 혼 리자드의 눈에 창을 꽂아 넣고 있었다.

키아아아아아앗!

괴로운 듯 비명을 지르는 놈.

그럼에도 사내는 개의치 않았다.

"날 구한 게, 당신이란 말이지."

"……."

"우리 세아도 구했고."

"네, 뭐……."

NPC 오가닉.

따지고 보면 이 던전의 보스 격에 해당하는 그였다. 당연히 자이언트 혼 리자드 따위가 감당해 낼 수 없었다.

그는 눈알을 도려내면서 말했다.

"은혜는 반드시 갚지."

키아아아앗!

자이언트 혼 리자드는 생각지도 못했던 통증에 괴로워하며, 머리를 흔들어 댔다. 그럼에도 전혀 미동조차 없던 오가닉이 서늘한 눈으로 말했다.

"잠시만 기다려라."

동시에 공중으로 뛰어올랐다.

피눈물을 흘리던 자이언트 혼 리자드가 이때다 싶어 입을 쫙 벌렸다. 참았던 브레스가 쏟아지고 있었다.

단순히 산성 브레스가 아니었다.

놈의 입안에서 응축된 에너지는 폭발적인 기세를 품고 있었다. 곧, 레이저가 공중의 오가닉을 향해 쏘아졌다.

일직선으로 쏘아진 레이저는 대단했다.

하지만.

"더러운 종자야."

오만한 눈으로 아래를 내려다보는 오가닉의 시선엔 한 치의 두려움도 없었다. 떨림조차 없는 시선 속엔 한 가지 확신만이 담겨 있었다.

오가닉은 창을 아래로 겨눴다.

그의 창끝에서 폭풍이 휘몰아치고, 바람이 응축됐다. 마치 천둥이 몰아치듯 소음이 사방에 울려 퍼졌다.

"시끄럽구나."

그리고 창을 던져 버렸다.

아래로 쇄도하기 시작한 창은 거짓말같이 레이저를 분쇄해 나갔다. 그럼에도 전혀 위축되질 않는 속도였다.

곧 자이언트 혼 리자드한테 닿았다.

콰아아아아앙!

단 '일격'이었다.

백귀

레벨 107.

C급 던전의 최소 기준인 120에도 못 미치는 조현호는 매 순간이 죽을 위기였다.

쿠구구구궁!

눈 먼 컴퍼니의 공격도.

콰아앙!

무심코 스치는 호른 부족 전사들의 공격에도.

쿠구웅…… 콰아아앙!

속수무책으로 죽어 버릴 거라는 게 그의 현재 처지였다.

해서 그를 비롯한 저렙의 플레이어들은 전투에 직접적으로 참여하질 않았다.

보급 내지 교란이 주 임무!

그들은 갈릴리오에서 조금 떨어진 위치에 있었다. 종전에 갈릴리오 전역에 포션 비를 만들어 낸 것도 이들의 작품이었다.

처음엔 혼비백산하여 당황하는 컴퍼니원들을 보며 일이 잘 풀릴 줄만 알았다.

'한데, 어쩌다 이렇게 된 거야…….'

조현호는 기암괴석의 한쪽에 겨우 매달려 있었다.

돌연 생겨난 지진이 그가 선 땅을 무너뜨리고, 절벽 사이에 자란 나무를 잡아 겨우 죽지 않고 살아남은 것이었다.

"현호야! 조금만 버텨. 밧줄을 내려 줄게!"

그나마 동료가 있어 다행이지, 혼자였으면 꼼짝 못 하고 추락사했을 것이다.

하지만 상황은 썩 좋게 흘러가진 않았다.

쿠구구구웅!

밧줄을 아래로 내려 보내려던 동료나.

연신 돕기 위해서 소리치던 동료나.

이 모든 걸 올려다보던 조현호까지.

모두 한 곳을 바라볼 수밖에 없었으니까.

"……."

기암괴석을 무너뜨리며 나타난 한 마리의 거대한 몬스터. 익히 본 적이 있는 생김새였다.

절로 말문이 막혔다.

"자이언트 혼 리자드……."

아크에서 봤던 녀석보다 배는 컸다.

'……진짜라고?'

시선을 마주친 것만으로도 숨이 멈춘 듯한 기분이 들었다. 놈이 내지르는 괴성엔 온몸이 물에 젖은 솜처럼 무거워졌다.

이길 수 없다.

죽는다.

이건 불가항력이다.

각가지 부정적인 감정이 뇌리를 감싸고 온몸을 지배했다.

조현호는 그의 무게를 버티던 절벽의 나무가, 조금씩 아래로 꺾이고 있다는 것조차 눈치채지 못할 정도로 패닉에 빠져 있었다.

"……우린 죽을 거야."

이곳에 있는 누구나 공감할 만한 대사를 읊으며, 사무치는 감정 속에서 절망할 때였다.

돌연 자이언트 혼 리자드에게 달려드는 플레이어가 있었다.

바로 알아봤다.

"최하나……?"

연예인 최하나.

한때 그녀를 스마트폰 배경화면으로 설정해 둘 정도로 팬

심이 두터웠더랬다.

아니, 지금도 그랬다.

이 거지같이 힘든 서울살이에서 그녀는 유일한 빛이었고, 희망이었다. 그녀가 웃고 있는 사진을 보고 있노라면 없던 기운도 샘솟곤 했다.

군대에 있을 때보다 더 절실했다.

조현호에게 있어 최하나의 영향력은 대단히도 큰 편이었다.

'······클라크라고 하셨지?'

전혀 어울리지 않았지만 '링링'의 공중이었다. 그녀는 '마탄의 리볼버'로 스스로를 증명하질 않았던가.

강서준처럼 경쟁자가 있는 것도 아니니, 최하나는 의심할 여지도 없는 랭킹 12위의 클라크였다.

마탄의 사수.

얼마 전에 생존캠프에서 컴퍼니원들을 쓸어버릴 때는 또 어땠는가.

그녀는 명실상부 천외천이었다.

'그래도······ 이따금씩 믿기 어려웠어.'

쿠우우우웅!

콰아앙!

쿠와아아아앙!

하지만 보는 것만으로도 오금이 저린 자이언트 혼 리자드를 상대로 싸우는 그녀를 보고도 어찌 못 믿을까.

어떤 의혹도 생겨날 수 없었다.

최하나는 클라크였고,

클라크는 최하나였다.

모두의 머릿속에 확실히 각인되고 있었다.

"……위험해!"

몰입해서 전투를 바라보던 조현호는 최하나가 자이언트 혼 리자드의 꼬리에 맞아 바닥을 뒹구는 것까지 보고 말았다.

절체절명의 위기였다.

김강렬이 부대원들을 동원해서 최하나를 구출하는 작업까지 보고 있노라면, 직접 참여한 것도 아니건만 손에 땀을 쥐었다.

그만큼 위태로웠다.

그리고 마침내 강서준이 나타났다.

"우와아아아!"

"케이 님이야! 케이 님이라고!"

"우와아아아아아아!"

도깨비 같은 모습.

3구역에서 한 번, 가짜 자이언트 혼 리자드를 상대할 때 한 번.

알 만한 사람들은 다 알았다.

그가 강서준이었고, 케이라는 것.

사람들은 그저 환호성을 지르며 자이언트 혼 리자드와 대등하게 전투를 벌이는 강서준을 응원했다.

　　"제발! 제발!"

　　어느덧 플레이어들은 한마음 한뜻으로 양손을 모았다. 그의 전투를 보며 같이 힘들어하고, 괴로워하며, 함께 싸우듯 숨을 참았다.

　　키이이잇!

　　이윽고 강서준의 공격에 결국 움츠러들기 시작한 '자이언트 혼 리자드'였다.

　　망원경을 가진 플레이어는 그 모든 순간을 살피면서 실황 중계를 멈추질 않았다.

　　"용이야! 강서준 님의 다람쥐가 용이 됐다고!"

　　용.

　　최소 레벨 500은 넘겨야 만나는 S급 몬스터.

　　고작 다람쥐인 줄만 알았던 그의 펫이 용이라고 밝혀진 순간, 조현호는 온몸에 전율이 올랐다.

　　'케이에겐 다양한 펫이 있다고 알려져 있어.'

　　어쩔 때는 낙타였고.

　　어쩔 때는 말이었다.

　　호랑이도 데리고 다녔으며, 여러 종류의 조류도 그의 펫으로 알려져 있었다.

　　때문에 케이의 직업이 '테이머'가 아닐까 하는 루머는 넷상에서 오랫동안 회자된 내용이었다.

그런데 말이다.

'모두 하나였다면?'

조건도 모르고, 어떻게 다람쥐가 용이 됐는지는 알 수 없었다.

하지만 자이언트 혼 리자드를 상대로 대등하게 전투를 벌이는 저 모습만 봐도 더는 부정할 수 없음을 깨달았다.

외국산 케이라고?

C급 던전을 먼저 공략하는 사람이 케이가 될 거라고?

조현호는 우스웠다.

이것으로 모든 건 밝혀졌다.

내기 따위는 중요하지 않을 것이다.

"저분 말고 누가 케이가 될 수 있겠어."

그때였다.

투드드득!

조현호는 그를 지탱하던 나무가 맥없이 꺾이는 걸 볼 수 있었다. 당황했지만 어느새 그의 눈앞까지 내려온 밧줄이 있어 용케 추락은 면했다.

대롱대롱 매달린 그를 향해 정신을 차린 동료가 외쳤다.

"꽉 잡고 있어! 끌어올릴게!"

"……어."

하지만 약간 벙 찐 얼굴의 조현호는 밧줄에 이끌려 질질 위로 올라가면서도, 한 곳만 바라보고 있었다.

전장엔 새로운 인물이 나타나면서 모든 상황은 새로운 국면으로 접어들고 있었다.

❖

NPC들의 수장.

호른 부족의 족장인 오가닉은 익히 강할 거라고 예상은 했었다.

컴퍼니에게 붙잡혀 다 죽어 가던 몰골이라도 간간히 내비치던 그 마력은 여태 본 적이 없는 수준이었으니까.

하지만 눈앞에서 직접 펼쳐진 광경을 보고 있노라면 그조차 모두 틀렸다는 걸 알 수 있었다.

'그냥 강한 수준이 아니군.'

바닥에 찍 소리도 못 내고 널브러진 자이언트 혼 리자드.

그가 전력으로 때리고 찔러도 흠집조차 안 나던 놈의 몸통은 두부라도 된 듯 손쉽게 구멍이 나 있었다.

단 일격이었다.

강서준은 침을 꼴깍 삼켰다.

'규격 외야……'

오가닉은 자이언트 혼 리자드를 일별하고, 올곧은 걸음걸이로 강서준에게 다가왔다.

저게 어찌 종전까지 죽을 위기를 넘나들던 사람이란 말인가.

문득 그의 머리맡에 떠 있는 HP의 총량이 보였다.

'아직 개피인데…….'

실낱같이 남은 체력으로도 자이언트 혼 리자드 정도는 가뿐히 죽일 수 있다는 것이다. 실로 무서운 사람이었다.

뭘 먹으면 저렇게 강해지지?

'큰일이군…….'

그리고 그 강함은 고스란히 강서준에겐 부담이 되어 돌아오고 있었다.

오가닉 덕분에 자이언트 혼 리자드를 쉽게 물리칠 수 있었지만, 그 때문에 이 던전의 공략은 한층 더 어려워진 기분이 들었던 것이다.

'그만큼 보스 몬스터도 강하다는 거니까.'

이 던전에서 NPC들의 최강은, 곧 몬스터들의 최강과 같았다. 그의 강함을 두고 마냥 좋아할 수만도 없는 것이다.

"인사가 늦었군. 호른 부족의 족장 오가닉이라 한다."

"……전 강서준입니다."

어쨌든 그건 나중 일이다.

강서준은 종잇장처럼 얇은 HP에 비해 외관상 무척 단단해 보이는 오가닉의 손을 맞잡았다.

퀘스트는 성공이었다.

[퀘스트를 성공적으로 클리어했습니다.]

[보상으로 'NPC 오가닉의 호의'를 얻었습니다.]

[마을을 무너뜨리려던 '자이언트 혼 리자드'를 오랫동안 저지하였습니다.]

[칭호, '호른 부족의 은인'을 습득했습니다.]

[레벨이 올랐습니다.]

[레벨이 올랐습니다.]

[레벨이 올랐습니다.]

솔직히 자이언트 혼 리자드의 처치 보상이 일절 없다는 게 아쉬웠는데, 퀘스트 보상으로 경험치가 대량으로 쏟아지니 억울한 마음도 사라졌다.

게다가 칭호라…….

'호른 부족의 은인'은 여러 가지 의미로 유용할 것이다. 앞으로 NPC의 마을에서 주어질 혜택은 물론이고, 전투에 있어서도 몹시 도움이 된다.

〈호른 부족의 은인〉

*갈릴리오의 모든 아이템을 30% 할인된 가격으로 구매할 수 있습니다.

*전투 시, 호른 부족이 함께라면 전체 스텟이 10씩 상승합니다.

*호른 부족의 사람이라면 누구나 당신의 말을 신뢰합니다.

무엇보다 강서준은 세 번째 항목을 눈여겨봤다.

고작 온라인 게임에 불과하던 예전엔 신경조차 안 썼을 문구였지만, 게임이 현실이 된 상황에서 저 문구보다 효과적인 성능은 없을 것이다.

그의 '천무지체'로 인해서, 어떤 상황에서도 쉽게 당황하지 않고 전투에 몰입할 수 있는 것처럼.

앞으로 NPC보다 레벨도 부족하고, 종종 호른 부족의 전사보다 못할 수준이더라도 그의 의견이 묵살될 일은 없을 것이다.

칭호는 그래서 유용했다.

"이런…… 내가 은인을 누추한 곳에 오래 붙들었군. 갈릴리오로 돌아가지. 마을의 정비를 끝내고, 은혜를 베풀고 싶어."

오가닉은 다소 정중한 말투로 제안을 해 왔다. 하지만 강서준은 일단 그의 말을 거절하며 다른 쪽으로 시선을 던졌다.

아직 할 일이 남아 있었다.

여기까지가 시스템이 인정하는 그의 보상이었다면.

'지금부터는 플레이어의 재량으로 얻을 수 있는 보상의 시간이야.'

강서준은 슬금슬금 몰려드는 아크의 플레이어들과, 갈릴리오에서 다가오는 호른 부족의 전사들을 둘러봤다.

그리고 말했다.

"잠시만 기다려 주시겠습니까?"

"물론. 편할 대로 해라."

강서준은 오가닉을 일별하고 종종걸음으로 자이언트 혼 리자드의 앞에 섰다. 묵직하게 눌러앉은 몬스터는 죽어서도 그 기백이 남았는지, 가까이 갈수록 묘하게 소름도 돋았다.

그건 아마 맞는 표현일 것이다.

이놈은 아직 완전히 사라지지 않았다.

[스킬, '영안(A)'을 발동합니다.]

거대한 시체 위로 그만큼 거대한 영혼이 떠 있었다. 놈은 죽어서도 이 상황을 인정할 수 없었을까. 꽤나 원통한 표정이었다.

'……기껏해야 영혼이다.'

그리고 영혼은 도깨비에게 있어 가장 다루기 쉬운 형태였다.

"일어나라."

[장비 '도깨비 왕의 반지'의 전용 스킬, '도깨비의 부름'을 발동합니다.]

[불러오려는 영혼의 등급이 플레이어의 수준보다 지나치게 높습니다.]

[높은 확률로 실패합니다.]

[부름에 응답하더라도 당신의 말을 따르지 않을 수 있습니다. 그래도 스킬을 발동하시겠습니까?]

피에로 때보다 훨씬 경고하는 문자가 살벌했다.

이놈은 길들이길 실패하면 시전자를 공격까지 하는 모양이었다.

언데드 형태의 자이언트 혼 리자드.

뭐, 그런 몬스터가 될 수도 있다는 건가.

'괜찮을 거야.'

무서워할 건 없었다.

그에겐 어깨에 안착한 한 마리의 용이 있었고, 이놈이 죽어서도 도마뱀이라면 용을 두려워하는 게 정상이었다.

고롱이가 함께라면 괜찮을 것이다.

'무엇보다 지금이 아니면 언제 하겠어.'

그의 등 뒤엔 자이언트 혼 리자드를 일격에 쓰러트린 당사자가 있었다. 유사시엔 그가 어떻게든 놈을 재차 죽이면 될 일이었다.

왜 몬스터를 부활시켰냐고 해도.

'괜찮아. 호른 부족의 은인이니까.'

신상 칭호가 어떻게든 커버해 줄 것이다.

"스킬을 발동한다."

츠츠츠츠츳!

한 차례 죽어 버린 자이언트 혼 리자드의 영혼이 성난 울음을 토해 내며, 재차 갈릴리오로 현신하는 순간이었다.

결론부터 말하자면 대성공이었다.

"앉아."

"일어서."

"손!"

"앞구르기."

강서준의 말에 여지없이 복종하는 자이언트 혼 리자드.

공룡처럼 거대하던 녀석은 얼추 눈높이가 맞는 말처럼 작아진 상태였다. 크기는 딱 적당했다.

"잘했어."

흡족한 미소를 띤 강서준이 자이언트 혼 리자드의 머리를 쓰다듬어 주자, 놈은 꼬리를 좌우로 흔들며 좋아했다.

누가 이놈을 보고 종전까지 마을을 전부 묵사발 내고, 사람들을 몰살시키려 했던 주범이라고 할까.

몬스터의 기색은 온데간데도 없었다.

'극상성인 용과 본인을 죽였던 존재 앞에선 제아무리 놈이라도 기를 못 펼 거라고 생각은 했지만⋯⋯.'

예상보다 훨씬 영혼의 순응이 빨랐다. 거대한 굉음을 내면서 부활한 자이언트 혼 리자드는 대뜸 머리부터 숙이고 들어왔던 것이다.

〈이름을 정해 주십시오.〉

이름이라…….

이 부분은 여태 '도깨비의 부름'으로 부활한 영혼들의 행보와는 다른 시작이었다.

여태 그는 영혼들에게 이름을 붙여 준 적이 없었다.

'피에로도 이런 건 없었어.'

또한 그에게 나타나는 시스템 메시지를 보면서 이 모든 것들이 우연은 아니라는 것도 알 수 있었다.

[상위 몬스터 '자이언트 혼 리자드'의 영혼을 완전히 굴복시켰습니다.]

[!]

[특수 조건을 만족시켰습니다.]

[칭호, '도깨비의 왕'을 발동합니다.]

[칭호 스킬, '백귀(S)'의 잠금이 해제되었습니다.]

'칭호 스킬…….'

아이템의 설명란에도 적혀 있질 않던 스킬이었다. 이른바 '이스터에그'였다.

강서준은 미간을 좁히며 내용을 확인해 봤다.

*백귀(S) : 이매망량은 수하에 100개의 영혼을 귀속시킬 수 있다.
현재 등록된 영혼 : 1

1. 자이언트 혼 리자드 : ???

[추가로 등록할 수 있는 영혼이 근처에 있습니다.]
['삼깨비 라이칸'이 당신의 '백귀'에 속하길 원합니다.]

　차례로 나타나는 메시지의 행렬에 강서준은 침음을 삼켰다. 무슨 상황인지 자세히는 몰라도 하나는 확실했다.

　'대박이다!'

　단순히 '자이언트 혼 리자드'가 이대로 죽어 버리는 게 아쉬워서 한 짓이었다. 놈의 영혼을 다스릴 수만 있다면 차후 이 던전을 공략하는 데 조금이라도 도움이 될 테니까.

　하지만 이러면 상황은 달라진다.

　'그간 도깨비의 부름으로 실체화한 영혼은 소모되면 못 쓰는 일회용에 불과했어.'

　영혼을 붙들어 두려면 생명이 존재하는 '그릇'이 필요했다.

　로테월드 이후로 숱한 몬스터의 영혼을 추출해 봤지만 오랫동안 유지되지 못한 이유는, 영혼은 소모되면 그대로 소멸의 과정을 겪기 때문이었다.

이곳이 로테월드처럼 던전의 마력이 유지되는 곳도 아니니까.

'하지만 이 스킬은 달라.'

이매망량은 '백귀'를 거느릴 수 있다고 했다. 그리고 영혼을 '백귀'에 등록시킨다는 말은 단순히 영혼을 다루는 것과는 달랐다.

'소멸하지 않아.'

실제로 영안으로 확인한 자이언트 혼 리자드의 영혼은 소모되기보단, 점차 충전되고 있었다.

그 근원이 어딘가 살펴보니.

'나와 연결되어 있어.'

어쩌면 이매망량의 백귀는 스스로를 영혼의 그릇으로 내줘서, 영혼을 직접 다스리는 스킬인 걸지도 모르겠다.

"역시 넌 영혼의 인도자였군."

잠시 상념에 접어들던 강서준은 그에게 다가와 말을 건 오가닉을 돌아봤다.

"……영혼의 인도자라고요?"

"오랜 문헌으로 본 적이 있다. 죽은 자의 영혼을 다스려 올바른 길로 안내하는 신비 종족에 대한 이야기."

['도깨비들의 비사'에 대한 정보를 습득했습니다.]

강서준은 미간을 좁히며 가만히 오가닉을 응시했다. 이 전개는 전혀 상상도 못 했던 것이다.

'도깨비? 비사?'

그리고 이것이야말로 어쩌면 '삼깨비'가 몬스터의 위치에서 NPC 쪽으로 노선을 바꾸게 된 계기였는지도 모른다.

드림 사이드 1에서도 알려지지 않은 이야기. 강서준이 관심을 갖고 오가닉에게 말을 걸려는 타이밍이었다.

"강서준 님!"

다급한 음성과 함께 한쪽에서 플레이어들이 한데 모여 달려왔다. 그들의 손엔 들것이 있었고, 그곳엔 최하나가 누워 있었다.

"최하나 님이 회복되질 않아요!"

연신 HP포션을 들이붓고 상처를 치료하려 했지만 아이러니하게도 그녀의 상처는 점점 더 벌어지기만 했다.

포션의 회복 속도가 죽어 가는 속도를 따라잡질 못했다.

이유는 간단했다.

들것에 실려 온 최하나를 내려다보며 강서준은 미간을 구겼다.

[포션 사용이 불가능한 상대입니다.]

['소생의 포션'이 필요합니다.]

그녀의 현재 상태로는 '소생의 포션'이 아니고서야 회복될 수 없는 것이다.

김강렬은 입술을 잘근 깨물면서 말했다.

"이상해요. 소생의 포션을 쓸 수 없다고 해도 이 정도까지 상처가 회복되지 않는 건 뭔가 이상해요."

맞는 말이었다. 하지만 그건 최하나에게 통용될 수 없는 얘기였다.

"그녀는 HP포션에 내성이 있어요. 아직 보완하는 스킬을 얻질 못했으니까요."

모든 건 그녀가 위험할 때마다 사용하던 '번 블러드'와 관련되어 있었다.

그 스킬은 피를 매개로 신체를 강화하는 스킬. HP포션을 과다 복용하면 본인의 한계 이상의 힘을 일시적으로 발휘할 수야 있겠지만.

큰 힘엔 큰 책임이 따른다.

점차 HP포션의 성능이 떨어지는 건 필연적이었다.

'그래서 이를 보완한 스킬을 얻기 전까지는 가능하면 HP포션을 활용한 스킬 연계는 자제시키고 싶었는데…….'

그녀의 힘이 필요한 순간은 계속해서 나타났다.

서울은 아직 많이 불안정했고, 그들에게 주어진 시련은 늘 목숨을 걸지 않으면 뚫고 나가기 어려웠으니까.

강서준은 최하나의 얼굴에 손을 대고 남아 있는 HP를 확인해 봤다.

줄줄이 매달려 있는 포션들로도 그녀의 체력은 계속 떨어지고 있었다.

"자, 잠시만요⋯⋯!"

그때 김훈이 달라붙어, 포션을 이용하여 독특한 치료를 감행하기 시작했다. 꽤 효과가 있었다.

그가 말했다.

"⋯⋯유지하는 게 고작이에요. 이대로면 제 마력이 다 떨어지는 순간."

다음 말을 듣지 않아도 알 수 있었다.

그리고 강서준은 최하나를 내려다보면서 저도 모르게 조바심이 나는 스스로를 발견하고 깜짝 놀랐다.

그에겐 S급의 침착이 있음에도.

심장은 쿵쿵 뛰고, 물밀 듯이 불안감이 몸을 장악했다.

겨우 진정시키며 강서준은 오가닉에게 물었다.

"혹시 이곳에 '소생의 포션'은 없습니까?"

"미안하다. 우리도 전설로만 들은 아이템이야."

당연했다.

소생의 포션은 최소 B급 던전 이상에서 극히 드문 확률로 등장한다.

고작 C급 던전에 있을 리가 없지.

"강서준 님! 최하나 씨가⋯⋯!"

발작을 일으키듯 몸을 부들부들 떠는 그녀는 한차례 HP 감소량이 늘어났다. 또 한 번 내성이 강해진 것이다.

강서준은 미간을 구겼다.

'……방법은 하나다.'

소생의 포션도 없다. 가지고 있는 HP포션으로도 회복시킬 수 없다. 최상급 HP포션이야 있지만, 그조차 살릴 만한 성능은 아니었다.

시스템이 말했으니까.

'소생의 포션'이 필요하다고.

한마디로 게임 내의 아이템으로 그녀를 살리는 방법은 '소생의 포션'을 구하는 게 유일했다.

'즉 아이템 이외의 방법을 써야 해.'

강서준은 최상급 HP포션을 김훈에게 건네며 말했다.

"잠시 아크에 다녀와야 할 것 같습니다."

"……네?"

"대위님은 이곳의 뒷정리를 부탁드릴게요."

강서준이 마음의 결정을 내리자 자이언트 혼 리자드가 말없이 앞으로 다가와 고개를 숙였다.

플레이어들의 도움으로 그 위에 눕혀진 최하나와 특수 포션 치료를 감행하는 김훈까지.

모두 준비를 마쳤다.

마지막으로 강서준은 오가닉을 돌아보며 말했다.

"급한 일이 있어 잠시 자리를 비워야 할 것 같습니다."

"……내가 도울 건 없나?"

"부디 제 동료들을 지켜 주십시오."

강서준과 최하나가 빠진 공략 팀은 가장 유능한 리더와 무기를 잃어버린 꼴이었다. 이대로 컴퍼니의 습격을 받는다면 속수무책으로 당할 것이다.

"그건 걱정 마라. 은인의 목숨은 내 것과 같으니."

강서준은 고개를 끄덕이며 자이언트 혼 리자드 등에 올라탔다. 발을 구르자, 달릴 태세를 갖춘 자이언트 혼 리자드였다.

문득 한 가지 이름이 떠올랐다.

"가자. 로켓배송."

구팡 택배보다 더 빨리.

그녀를 아크로 이송해야 한다.

"오늘은 날이 영 좋질 않네."

우중충한 하늘을 올려다보던 오대수는 열려 있던 창문을 닫았다. 비가 오려는지 먹구름이 가득한 게 심상치 않았다.

"으아아아!"

그때 소리를 지르며 침대에서 공지원이 몸을 일으켰다.

그를 바라보며 오대수가 걱정스럽게 물었다.

"또 그 꿈입니까?"

"⋯⋯네. 잊을 만하면 꾸네요."

공지원은 반주역에서 겪었던 일을 수시로 떠올리며 괴로워했다. 그나마 아크에 와서 오대수의 케어를 받아, 심리적으로 안정되는가 싶었는데.

주기적으로 악몽을 꾸면서 PTSD를 겪고 있었다.

"전 괜찮습니다."

애써 대답하는 공지원을 보며 오대수는 고개를 끄덕였다.

꿈, 악몽⋯⋯ PTSD.

사실 그건 현대인의 고질병이었다. 누구나 겪을 법했다.

오대수조차 아직도 꿈에서 그날이 떠오른다.

이 세계가 게임이 된 그날.

눈앞에서 몬스터에게 사람들이 잡아먹히고, 건물은 무너지고, 그의 사랑하는 연인이 그곳에 깔리는 장면.

뇌리에 각인된 듯 선명했다.

"⋯⋯장기용 씨는요?"

"어제 또 늦게까지 술을 먹다 들어온 것 같던데요. 자고있을 겁니다."

옆방으로 가서 문을 두드려 봤지만 대답은 없었다. 살짝안으로 들어가 확인해 보니, 장기용은 잠꼬대를 하며 자고있었다.

"……미쏩니다…… 믿어요. 케멘."

공지원이 물었다.

"깨울까요?"

"……아뇨. 그냥 두죠."

오대수는 공지원을 데리고 숙소를 빠져나왔다. 그리고 향한 곳은 3구역의 거리였다.

오늘 그들에겐 일이 있었다.

"오늘 순찰을 돌 구역은 조금 위험해요. 2구역의 플레이어가 함께하기로 했어요."

"……마인이 등장할 수도 있다고 했죠?"

오대수는 경찰이었던 전직을 살려, 3구역의 치안을 담당했다.

플레이어 레벨은 대단히 높진 않아도, 3구역 정도는 그에게 맡길 만했고. 무엇보다 경찰의 노하우는 구석구석 치안을 살피는 데에 효과적이었다.

해서 링링이 만들어 준 역할이었다.

오대수는 뒷골목 앞에 뭉쳐 있는 사람들을 확인했다.

2구역의 플레이어들이었다.

"오셨습니까, 형사님."

"네. 오늘도 잘 부탁드립니다."

"아닙니다. 저희야말로 잘 부탁드리죠."

그들은 레벨이 낮다고 오대수를 무시하질 않았다. 무엇보다 그들은 오대수를 따르는 이유가 있었다.

"형사님 덕분에 저희 누나가 살았습니다. 전 이 은혜, 죽을 때까지 잊지 못합니다."

3구역에서 고립됐던 수많은 사람들의 친인척이 바로 이들이었다. 오대수의 활약상을 전해 들은 그들이 손수 나서서 오대수를 돕기로 한 것이다.

"그럼…… 진입하죠."

가타부타 더 말할 것도 없었다.

오대수는 선두로 서서 뒷골목으로 들어섰다. 비가 오려는지 먹구름이 낀 날씨가 점점 어두워져서, 분위기만 갈수록 울적해지고 있었다.

"이쪽입니다. 마인은 이 교회에 숨어 산다는 소문이 있어요."

여기저기 부서지고 망가진 흔적이 여실히 남은 교회. 거미줄이 쳐진 십자가와 그 아래에 여기저기 놓인 잡기를 보면서 미간을 좁혔다.

"……누군가 살았던 흔적이 있군요."

"네. 조심하는 게 좋겠어요."

긴장한 얼굴로 천천히 걸음을 옮겼다. 그들이 일순, 숨을 턱 참으며 어떤 소리를 인식한 건 그때였다.

뭔가가 있었다.

오대수는 빠르게 눈을 굴려 어두운 교회 내부를 둘러봤다.

당장 이곳엔 없었다.

하지만.

"……옵니다."

놈이 모습을 드러낸 곳은 지하로 향하는 계단이었다. 그곳에서부터 몸을 흔들거리며 다가오는 누군가가 있었다.

사람들은 침을 꼴깍 삼켰다.

마인일까?

근데, 그 생김새가 요상했다.

"……저게 마인입니까?"

듣기로는 마인은 인육을 탐한 대가로 머리카락이 빠지고, 온몸이 흑색으로 물들며, 붉은 눈으로 침만 질질 흘리게 된다.

인간을 먹기 위해서만 살게 된다.

하지만 눈앞에 있는 녀석은 마인의 그 어떤 특징도 없었다. 아니, 그전에 저걸 사람이라 볼 수 있을까.

키아아앗!

다리며 팔, 목까지 쭈욱 길게 늘어난 모습이었다. 지하에서 천천히 걸어 올라온 녀석은 허우대가 상당히 길쭉한 게 요상한 생김새였다.

처음 보는 몬스터였다.

하지만 오대수나 공지원은 그 모습에 침음을 삼켜야만 했다.

"······그리드."

PTSD에 불과하던 것들이 현실이 되어 눈앞에 나타나 있었다.

✦

NPC들의 마을, 갈릴리오에서 던전 출구까지는 직선거리로 그다지 먼 거리는 아니었다.

가는 길에 종종 낙오된 리자드맨 전사들이 방해했지만, 강서준은 단 한 번도 로켓배송의 속도를 늦추지 않았다.

['???'이 '로켓배송'이란 이름을 혐오합니다.]

그가 지어 준 이름이 영 마음에 안 드는 걸까. 도마뱀은 격렬하게 달리면서 계속 투레질을 해 댔다.

그렇게 싫은가······.

강서준은 정면에서 튀어나온 리자드맨 전사의 머리를 쥐어박아, 바닥에 내리 찍으면서 말했다.

"······그러면 로켓은 어때?"

['???'가 '로켓'이란 이름을 영 탐탁지 않아 합니다.]

그러자 반발하는 건 강서준의 옆을 같이 달리고 있던 라이칸이었다.

　　"건방진 도마뱀 같으니라고…… 감히 왕께서 지어 주신 영광스러운 이름을 거절해?"

　　라이칸은 분개하면서 말했다.

　　"나라면 그 영광스러운 이름을 대대손손 물려줄 텐데!"

　　"……라이칸, 너도 새로 이름을 갖고 싶어?"

　　"왕이시여. 전 이름이 있습니다."

　　"원한다면 지어 줄게."

　　"왕께서 그런 번거로운 일을 하게 할 수는 없습니다."

　　"……."

　　단호한 라이칸의 말에 강서준은 입맛을 다셨다. 솔직히 그도 어느 정도 인정하고 있었다.

　　그에게 작명 센스가 없다는 걸.

　　오죽했으면 그의 닉네임도 단순히 이름의 이니셜인 'K'였겠는가.

　　강서준은 다소 신경질적으로 주먹을 휘둘러 달려드는 리자드맨 전사를 뭉개면서 말했다.

　　"됐어. 귀찮으니까. 둘 중 하나로 해."

　　로켓, 아니면 로켓배송.

　　극단적인 이름 선택지에 자이언트 혼 리자드는 투레질을 하며 거절 의사를 밝혔지만, 별수는 없었다.

이미 완전히 굴복한 영혼이었다. 백귀가 된 놈은 강서준의 명을 거역할 수 없는 존재였다.

['???'이 '로켓'으로 이름을 선택했습니다.]
['로켓'이 불만스러운 얼굴로 '도깨비의 왕'을 바라봅니다.]

"……뭐. 불만 있냐?"

어쨌든 사소하다면 사소한 이름 선정이 끝날 즈음엔 출구 근처까지 도착할 수 있었다.

내내 최하나에게 달라붙어 스킬을 연신 발동하며, 그녀의 목숨 줄을 겨우 붙들고 있던 김훈이 진땀을 흘리면서 물었다.

"……도착입니까?"

"네. 조금만 더 견뎌요."

"알겠습니다."

하지만 출구를 벗어나서 재차 서울로 돌아간 강서준은, 던전 근처에 득실거리는 리자드맨의 행렬을 먼저 마주해야 했다.

이전에 던전에 들어갈 때 어느 정도 학살하면서 왔음에도 아직 광화문 일대를 장악한 리자드맨의 숫자는 대단했다.

강서준은 로켓을 돌아보면서 말했다.

"멈추지 마라. 무슨 수를 써서라도 아크로 돌아가야 해."

"왕이시여. 저만 믿으십시오."

그다지 믿음직스럽진 않았지만 라이칸은 방망이를 꽉 쥐고 각오를 다지고 있었다. 이매망량을 쓰질 않아 꼬맹이 상태인데도 당당하기만 했다.

뭐, 전처럼 약하지만은 않으니 괜찮으려나.

[2. 백귀 : 삼깨비 라이칸]

강서준의 백귀로 새로 등극한 라이칸은 레벨이나 그 수준이 단번에 수직상승했던 것이다.

괜히 라이칸이 그보다 높은 수준의 몬스터인 로켓에게 반말을 해 대며, 틱틱 댄 게 아니었다.

로켓은 수준에 비해 너프됐고, 라이칸은 수준에 비해 버프가 이뤄졌다.

백귀가 된다는 건 그런 것이었다.

왕과 영혼이 묶여, 왕이 성장할수록 그 군세도 비슷하게 성장하리라.

'그래 봐야 내 레벨을 따라올 뿐이지만.'

강서준은 조금은 든든해진 라이칸과 달릴 준비를 마친 로켓을 돌아보며 주먹을 말아 쥐었다. 김훈도 각오를 다지며 MP포션을 입에 물었다.

"아크로 돌아갑시다."

물론 현재 아크는 유례없는 난처한 상황에 놓여 있다는 걸, 지금의 그는 알 길이 없었다.

◆◆◆

플레이어들의 도시.

아크.

그곳에서도 유일한 병원인 2구역의 '서울병원'은 현재 몰려든 수많은 인파에 치여 금방이라도 숨이 넘어갈 듯 위태로운 분위기였다.

"100줄 차지! 물러서…… 샷!"

"……정상으로 돌아오지 않습니다!"

"200줄 차지!"

쿠웅!

누군가의 가슴이 위에서 아래로 들썩였다. 그 옆으로 황망한 눈을 뜬 사람들이 있었다.

소란은 그곳에서만 벌어지는 게 아니었다.

"살려 주세요……!"

"끄아악!"

"선생님! 여기!"

"인턴! 정신 똑바로 안 차려?!"

"힐러! 힐러를 데려와!"

복도를 가로지르는 수많은 흰 가운의 의사들은 다치고 쓰러진 사람들을 살피고 다녔다. 병원 내부는 도통 진정되질 못하고 북새통을 이루고 있었다.

다친 사람보다 의사의 수가 턱없이 모자랐기 때문이다.

"여기 응급 환자입니다!"

"수술방 열어! 이 환자 지금 수술하지 못하면 죽는다!"

"환자분! 의식을 잃으면 안 됩니다! 환자분!"

그리고,

때 아닌 환자들로 미어터지는 서울병원으로 들어선 강서준은 복잡하게 돌아가는 병원 내부를 둘러보며 침음을 삼켰다.

'……이게 다 뭐야.'

대관절 그들이 '리자드맨의 우물'에 다녀온 잠깐 사이에 무슨 일이 벌어졌길래 이런 걸까.

예상하지 못했던 상황에 잠시 멍을 때리던 강서준은 퍼뜩 정신을 차리며, 지나가던 의사를 붙잡았다.

소맷자락이 피로 물든 의사는 강서준을 돌아보며 화들짝 놀란 얼굴로 소리쳤다. 정확히는 그의 뒤편을 보고 놀란 것이다.

"……모, 몬스터!"

"어떻게 여기까지 몬스터가!"

"경비! 플레이어! 아무나 여기로!"

"으아아앗!"

삽시간에 병원 입구를 중심으로 물결이 휘몰아친 것처럼 사람들이 거리를 벌려 댔다. 멀리 아크의 플레이어들이 부랴 부랴 달려오는 것도 보였다.

순식간에 포위를 마친 플레이어들이 긴장감에 떨면서 칼을 겨눴다.

"누, 누구냐! 정체를 밝혀라!"

그다지 높은 레벨의 플레이어는 아니었다. 병원에 취직한 용병 정도려나. 하기야 당연한 일이었다.

'고렙 플레이어는 전부 C급 던전 공략에 참여하고 있으니 까.'

그것도 두 팀으로 나눠진 인원들이었다. 현 아크는 최소한의 인원만 남아 있다고 봐도 된 것이다.

자, 그럼 이제 어쩐담.

뭐라 설명해야 할까.

잠시 고민하는 사이, 강서준은 인파를 헤치고 모습을 드러낸 한 남자를 마주할 수 있었다.

의외로 그는 아는 사람이었다.

"……강서준 씨?"

"형사님."

"어떻게 지금 여기에?"

오대수의 시선이 강서준의 뒤에 선 로켓에게 향했고, 그는 그 등에 업혀 있는 최하나를 발견했다.

"저런…… 최하나 씨!"

최하나는 지금도 급하게 심폐소생술을 하는 것처럼 김훈의 특수 포션 치료로 생명을 유지하고 있었다.

오대수가 다 죽어 가는 최하나의 안색을 살피면서 물었다.

"대체 이게 어떻게 된 일입니까!"

"……자초지종은 나중에 얘기하고 진찰부터 받아야 해요. 생각보다 훨씬 위험한 상태니까."

"알겠습니다!"

그나마 오대수는 이곳에서 꽤 얼굴이 알려진 듯했다. 그랑 대화를 한다는 것만으로도 강서준을 경계하던 사람들의 태도가 다소 누그러졌다.

몇몇은 강서준의 정체도 간략히 파악하고 있었다.

현재 C급 던전을 공략하러 나선 '두 명의 케이'에 대한 소문은, 아크의 플레이어라면 모를 수가 없는 소식이었으니까.

그리고 급하게 달라붙은 의료진은 최하나의 상태를 살펴보더니 다급하게 말했다.

"……얼른 들것에 옮겨야 해. 상태가 심각해!"

하지만 의료진은 로켓을 보며 움찔거렸다. 겁을 먹었는지 섣불리 최하나를 그 등에서 빼낼 수가 없었다.

강서준은 나지막이 로켓과 라이칸에게 명을 내렸다.

"일단 들어가 있어."

['로켓'이 고개를 끄덕이며 누울 곳을 찾습니다.]
['라이칸'이 떨떠름한 얼굴로 고개를 끄덕입니다.]

곧 두 몬스터는 강서준의 머리맡으로 쏘옥 빨려 들어갔다. '백귀'가 된 그들은 언제든 도깨비감투에 보관할 수 있는 특징이 있었다.

그때, 고롱이가 옷깃을 물어뜯으며 그를 올려다봤다.

왜, 너도 도깨비감투에 들어가려고?

강서준은 고개를 가로저었다.

"넌…… 그냥 가만히 있어."

['고롱이'가 꼬리를 축 늘어뜨립니다.]

한편 몬스터가 전부 사라지자, 의료진은 겨우 안심한 기색으로 최하나를 진찰하기 시작했다.

"어레스트야?"

"아뇨. 하지만 맥박이 너무 약해요. 살아 있는 게 신기할 정도입니다."

"일단 CT부터 찍자."

"……지금 CT실 꽉 찼는데요? 어떡해요?"

"어떡하긴 뭘 어떡해? 어떻게든 방법을 찾아야지!"

분주하게 최하나를 하얀 시트 위로 옮긴다. 그들은 침대를 끌어 병원 내부를 가로지르기 시작했다.

홍해가 갈라지듯 양옆으로 사람들이 비켜섰다.

"비켜요! 응급 환자입니다!"

"잠시만 비켜 주세요!"

하지만 몰려든 환자들로 인산인해를 이룬 병원이었다. 이윽고 발걸음은 멈췄다. 무엇보다 CT실은 여타 다른 환자들이 많아서 최하나의 순번이 돌아오기까지 시간이 필요했다.

그때, 최하나를 치료하던 김훈이 툭 옆으로 쓰러졌다.

"어, 어어?"

"환자분! 정신 차리세요!"

리자드맨의 우물, 갈릴리오에서부터 연신 쉬지 않고 스킬을 사용해 온 김훈이었다. 쓰러진 그를 내려다본 강서준은 류안으로 그 상태를 확인해 봤다.

'마나가 모조리 소진됐군.'

한 줌의 마력까지 쥐어짜 낸 김훈은 과열된 기계처럼 축늘어져 의식을 잃어버렸다.

'……고생했습니다.'

다른 의사들에게 실려 가는 김훈을 일별하며 강서준은 최하나에게 시선을 고정했다. 김훈의 상태는 그저 마나가 소진됐을 뿐이었다. 조금 쉬고 나면 괜찮아질 것이다.

'당장 중요한 건 최하나지.'

이젠 김훈의 특수 포션 치료는 포기해야 한다. 생명력을 유지할 수 없으니 지금부터는 더더욱 시간 싸움이었다.

"아잇! 뭐 하는 거야? 아무리 CT실에 사람이 많아도 그렇지, 왜 이리 오래 걸리냐고!"

"그게…… 싸움이 난 것 같습니다."

"뭐?"

"어째서 자신보다 늦게 온 사람이 먼저 치료를 받냐고, 어떤 플레이어가 난동을 부리는 모양입니다."

"……하, 진짜 미치겠네!"

하지만 일개 의사로서는 플레이어의 난동을 제어할 방법이 마땅치 않았다. 더군다나 이번엔 레벨도 높은 플레이어였는지, 병원에 소속된 이들도 속수무책이었다.

강서준은 서늘한 눈초리로 인파를 헤치고 나아갔다.

"하등한 무능력자들 주제에…… 네까짓 놈들이 뭐가 그리 급하다는 것이냐."

"이러시면 안 됩니다!"

"얼른 안 비켜? 싹 다 죽고 싶어?"

보아하니 다친 사람은 플레이어가 아니라, 그의 호위였다.

강서준은 휠체어에 앉은 누군가와 그 앞에 서서 살벌하게 날붙이를 흔드는 플레이어를 노려봤다.

꼴에 섭종 보상이었다.

리자드맨 우물 공략전에 참여하질 않은 걸로 보아 어디 숨어 있었던 모양인데.

'가지가지 하는군.'

강서준은 짜증을 억누르며 빠르게 그들에게 다가가려 했다. 여기서 시간을 끌고 있을 여유는 없었다.

하지만 그보다 먼저 재빠르게 인파를 헤치고 나온 사람이 있었다.

"가지가지 하네."

강서준과 의견을 일치시키며 나선 사람은 낯익은 얼굴의 소녀였다. 그녀의 등장에 난동꾼은 헛웃음을 지으며 위협적으로 칼을 흔들었다.

"꼬맹아, 네가 낄 자리가 아니다."

"지랄."

"……뭐?"

거친 언사에 플레이어의 얼굴이 화끈하게 달아올랐다. 금방이라도 소녀를 덮칠 듯한 얼굴이었다.

하지만 강서준은 더는 신경을 쓰지 않기로 했다.

뭔가를 하려는 듯 나섰다가 금방 돌아온 강서준을 보며, 오대수는 의문을 품고 물었다.

"……벌써 끝낸 겁니까?"

"아뇨. 하지만 금방 끝날 겁니다."

"네?"

"그녀가 왔으니까요."

그 말과 동시에 앞에서 마력이 흔들렸다. 큰 소음도 없이 순식간에 사그라든 마력을 보면 그 플레이어의 수준이 얼마나 높은지 알 수 있었다.

강서준이 말했다.

"갑시다."

"아, 네……."

곧, 난동을 부리던 플레이어가 있던 자리까지 다다를 수 있었다. 종전까지만 해도 시끄럽던 분위기는 살얼음이 낀 것처럼 차가웠다.

아니, 실제로 얼어 있었다.

난동을 부리던 플레이어. 그 뒤에서 휠체어를 끌고 앉아 있던 이름 모를 누군가.

그들은 '얼어붙은 상태'였다.

근처에 다가가니 그 둘을 처참하게 만든 소녀는 한숨을 내쉬며 말했다.

"못 볼 꼴을 보였네."

"……링링."

"얼른 이송해, 수술실은 내가 만들어 줄 테니. 밀린 이야기는 클라크부터 살리고 시작하자."

"그래요."

그렇게 우여곡절 끝에 최하나는 겨우 수술실로 입성할 수 있었다.

아크의 위기

〈수술 중〉

수술실 앞, 네모난 디스플레이 위로 나타난 문장.

언젠가 본 적이 있다.

10살쯤이었나.

어느 이름 모를 트럭 운전수의 야간 졸음운전 탓에 부모님의 차량이 전복됐을 때.

한날한시 돌아가신 부모님이 수술실에 들어갔을 그때에도 비슷한 화면을 멍하니 보고만 있었다.

"……."

[스킬, '침착(S)'을 발동합니다.]

강서준은 미간을 꾹꾹 누르며 침잠하는 정신을 바로잡았다. 그에게 다가오는 인기척이 있었기 때문이었다.

"고생했어."

링링이었다.

그녀는 옆자리에 털썩 앉으며 자판기에서 뽑은 200원짜리 자판기 커피를 건넸다.

"김 대위에게 연락은 받았어. 그쪽에도 컴퍼니가 나타났다며?"

"……네. NPC 마을을 전복시키려고 했죠."

"걔네는 어떻게 게임이 아닌 현실에서도 몬스터 편을 들수가 있지. 한결같아서 소름이 끼치네."

"그러니까요."

문득 링링은 강서준을 보면서 뾰로통한 얼굴로 말했다.

"말 편하게 해. 답지 않게 왜 그래?"

"……그럴까?"

강서준은 쉽게 수긍했다.

막상 현실로 마주해서 어색해서 그렇지, 게임에선 원래 이렇듯 서로 말을 놓던 사이였으니까.

강서준은 링링이 건넨 자판기 커피를 한 모금 마셔 봤다. 달콤한 줄 알았더니만 의외로 쓴맛이 강하다.

"블랙커피야?"

"설탕 커피를 뽑아 올 걸 그랬나."

"됐어. 잘 마실게."

원래 단 걸 좋아했지만, 지금은 쓴 물을 삼키고 싶었다. 술이라도 한 잔 하면 좋겠는데. 당장 없으니 이걸로 대체하는 것도 좋겠지.

강서준은 쓰디 쓴 블랙커피를 입안에서 굴리다가 물었다.

"……던전병이 창궐했다며?"

"응. 그것 때문에 지금 난리도 아니야."

반주역을 집어삼켰던 드림 사이드 특유의 질병. NPC, 이른바 사람을 몬스터로 둔갑시키는 그 지랄 맞은 병이 아크에 창궐했다는 소식이었다.

게다가 '그리드'까지 나타났다고 들었다. 현재 서울병원에 가득 들어찬 환자들은 대개 그리드에게 희생당한 이들이었다.

강서준이 말했다.

"근처에 죽음의 화원이라도 나타난 거야?"

"……글쎄. 그건 아닌 것 같아."

"왜?"

"확산세가 이상하거든."

그게 무슨 소리일까.

링링은 뜨거운 커피를 마치 맥주라도 되는 것처럼 쭈욱 들이마시더니, 입가를 닦으면서 말했다.

"3구역의 대다수 사람들이 던전병 초기 증세를 보이고 있어. 던전의 영향은 아니라는 거지."

그 말에 강서준이 미간을 구겼다.

무슨 뜻인지 바로 알아차렸기 때문이다.

'죽음의 화원이 원인이라면 이런 식으로 광범위하게 초기 증세만을 일으킬 수는 없어.'

죽음의 화원도 일종의 던전이었다. 그리고 던전 브레이크를 통해서 '포자 바이러스'를 살포하는 것이다.

즉 E급, D급, C급…… 각 등급에 따라서 살포되는 포자 바이러스의 양과 그 질이 달라진다.

'3구역을 통째로 집어삼킬 정도의 전파력이라면…….'

못해도 C급은 될 것이다.

하지만 그게 이상했다.

왜냐면, 들기로는 아크에 나타난 던전병 환자의 증세 중 심각한 수준은 고작 2기의 '그리드'에 그쳤으니까.

'C급이라면 독성도 강해진다. 그리드 이상의 트리거, 익스텐더…… 그놈들도 나타났어야 해.'

거기까지 생각한 강서준은 한 가지 추론을 더할 수 있었다. 공교롭게도 링링도 같은 결론을 낸 모양이었다.

그녀는 활처럼 구부러진 미간으로 짜증 섞인 목소리를 냈다.

"의도적으로 바이러스를 살포한 생화학 테러야."

그리고 강서준은 그런 짓을 벌였을 만한 집단을 누구보다 잘 알고 있었다.

그놈이라면.

반주역에서 트리거를 출몰시켜, 생존자 캠프를 몰살시켰던 그놈이라면 충분히 가능한 일이었다.

'……복수인가.'

아니면 다른 목적이 있는지도 몰랐다.

아크의 강한 플레이어가 전부 자리를 비운 틈이었다. 그 어느 때보다 던전병을 창궐시키기 좋은 환경인 것이다.

강서준은 미간을 좁히며 물었다.

"그래서 원하는 게 뭐야?"

"어머, 정 없게 그게 무슨 소리니. 누가 들으면 내가 널 필요할 때만 찾는 줄 알겠네."

"아니야?"

"아닌 건 또 아니지."

실제로 얼굴을 마주한 건 몇 번 되진 않았지만, 링링이 게임 속에서 봤던 모습과 크게 다르지 않다는 건 분명했다.

냉정하고, 이성적이며, 감정에 치우치지 않는 전형적인 마법사.

그녀는 누군가의 감정에 쉽게 공감하는 사람이 아니었다. 지금도 그렇다. 강서준을 위로한답시고 커피를 내밀면서 다가왔지만, 정작 그녀는 단 한 번도 시선을 마주친 적이 없었다.

링링의 행동엔 모두 계산이 다분하게 깔려 있는 것이다.

그녀는 강서준의 직접적인 물음에 어깨를 으쓱이며 금세 속내를 꺼내 왔다.

"도와줘야 할 게 있어. 아무래도 이번 일은 내가 해결하기 어려울 것 같거든."

강서준은 여전히 '수술 중'이라는 문구를 올려다보며, 나지막이 고개를 끄덕였다. 어차피 여기서 죽치고 앉아 있는다고 최하나의 수술이 성공적으로 끝나는 건 아니었다.

"알았어. 대신 어떻게든 최하나 씨를 살려야 해."

"그건 걱정 마. 뭣하면 내가 '소생의 포션'을 쓸 테니까."

"……갖고 있어?"

"딱 하나. 그러니까 최하나는 걱정하지 말고 일이나 제대로 도와달라고."

잠시 후, 강서준은 병원을 나서서 3구역의 뒷골목으로 향하고 있었다.

"그리드를 처음으로 발견한 건 교회였어요. 원래는 마인 사냥을 하러 들어간 곳이었죠."

안내는 오대수를 비롯하여 공지원이 맡았다. 강서준의 지인인 것과 별개로 그들은 그리드를 처음으로 목격했고, 제압까지 해낸 인물들이었다.

"그리드의 정체는 3구역의 일반 시민으로 밝혀졌습니다. 이름은 이준석. 인근 주민들에게 듣기로는 어려운 사람이 있으면 먼저 나서서 돕고 콩 한 쪽도 나눠 먹을 좋은 사람이었다고 하더군요."

뒷골목을 따라서 쭉 들어가다 보면 한껏 음습한 분위기를 풍기는 교회가 있었다. 무너진 첨탑과 반절로 부서진 십자가는 새삼스럽지만 이 세계가 멸망으로 치닫는 걸 말해 주는 듯했다.

오대수는 곳곳에 전투의 흔적이 만연한 교회의 앞에 섰다. 폴리스 라인이 펼쳐져 일반 주민들의 접근은 막아 두고 있었다.

그는 쓸쓸한 눈으로 말했다.

"이준석 씨는 팔이 유난하게 길게 자라난 형태였습니다. 그의 욕망은 뭔가를 잡고 싶었던 걸로 추정하고요."

그가 그리드가 되면서까지 그토록 붙잡고 싶었던 걸 뭘까. 강서준은 입술을 잘근 깨물며 사건 현장인 교회로 들어서려고 했다.

한데, 이게 웬걸.

안쪽에서 웅성대는 소리가 들려왔다.

"……이곳은 통제되는 게 아니었습니까?"

"네. 대기 중에 떠다니는 포자 바이러스를 대비하여 일단 출입을 통제했습니다만."

"일단 들어가 보죠."

그들은 조용히 교회 안으로 들어갔다. 웅성대는 사람들 사이로 소리 없이 섞여 들어가니, 단상에서 열연을 토하는 남자를 볼 수 있었다.

그는 목에 피라도 뱉어 낼 기세로 큰 목소리로 외쳤다.

"이게 다 믿음이 부족하여 벌어진 일입니다!"

하얀색의 성복을 걸친 남자는 네모난 책 한 권을 들고 있었다. 그리고 그 책 위로 익숙한 그림이 보였다.

'두 개의 달을 관통하는 번개.'

컴퍼니의 징표.

강서준은 곧바로 단상에 선 남자의 정체를 알아차렸다.

이곳을 이렇게 만들어 버린 원흉 주제에 뻔뻔하게도 주민들을 상대로 연설을 펼치고 있었다.

"이곳의 괴물도 그래요. 그는 마그리트 님을 부정했죠. 감히…… 건방지게! 그래서 천벌을 받은 겁니다. 보십시오. 이게 그 증거입니다!"

교회의 한쪽 스크린에 의식을 잃은 채, 점차 몸의 형태가 변화하는 한 남자가 있었다. 그는 꿈틀대며 괴로워했다. 이내 팔이 쭉 늘어나는 괴물이 되어 갔다.

한 사람이 그리드가 되어 가는 영상이었다.

"여러분은 믿으셔야 해요. 제 말을 들으셔야 합니다. 어리석은 인간이 되어…… 괴물로 변하기 전에!"

그때, 강서준은 놈의 고조된 목소리를 따라서 일정한 마력이 흩어지는 걸 확인했다.

단순히 연설만을 하는 게 아니었다.

[플레이어 '오주영'이 스킬, '선동(F)'을 발동했습니다.]

일련의 메시지가 눈앞에 떠올랐다. 놈들은 지금 스킬까지 발동하면서 주민들에게 뭔가를 강조하는 것이다.

이에 주민들은 넋이 나간 얼굴로 연신 고개를 끄덕였다.

"형사님, 저놈들……."

"네, 알고 있습니다. 막아야겠어요."

'선동'이란 스킬은 딱히 대항 스킬이 없더라도 크게 영향을 주진 못한다.

대개 플레이어의 레벨에 따라서 그 효과는 천차만별이었는데, 고작 F급 스킬로는 어지간한 플레이어조차 속일 수 없었다.

레벨이 낮으면 눈앞에 '선동' 스킬이 발동했다는 게 메시지로 나타나는데, 어찌 속을까.

하지만 그 대상이 '3구역 주민들'이라면 또 달랐다.

'3구역의 주민들은 플레이어가 아니니까.'

최소한의 방비조차 할 수 없는 3구역의 주민들은 속수무책으로 스킬에게 개방되어 있었다.

"믿음의 증거를 보여 드리겠습니다."

그리고 단상으로 누군가가 들 것에 실려 올라왔다. 파르르 몸을 떠는 게, 곧 죽을 날을 앞둔 사람처럼 안색은 창백했다.

검은 손톱, 상기된 얼굴.

그는 '던전병 1기 환자'였다.

"마그리트 님의 은총입니다."

오주영은 환자의 입에 한 모금씩 무언가를 흘려 넣었다. 조금씩 안으로 스며든 그것은 곧, 환자의 몸 안에서 찬란하게 반짝였다.

이펙트 하나는 더럽게 성스럽다.

곧, 환자의 혈색이 돌아오고 바르르 떨던 몸도 안정되었다. 차츰 의식을 차린 남자는 나지막이 입을 열었다.

"여긴 대체……."

"정신이 드십니까, 형제님."

"오오, 성직자님."

"믿음으로 이겨 내셨습니다. 축하드립니다."

"그, 그러면 저는 완전히 나은 겁니까?"

"그렇습니다."

환호성을 지르며 기뻐하는 남자를 보며, 3구역의 주민들은 대번에 속닥거리기 시작했다.

"진짠가 봐. 멀쩡하잖아?"

"저걸 먹으면 전염병에 걸려도 괜찮다는 거지?"

"우리에게도 줄까?"

"……에이, 또 플레이어 전용이겠지."

그러나 말은 그렇게 해도 사람들의 시선은 물약에서 떨어지질 않았다. 당장 위태로운 삶에서 그들을 구해 줄 유일한 약처럼 느껴지는 것이다.

컴퍼니의 의도였다.

'……사람들이 흔들리고 있어.'

현대를 살아온 그들이 느닷없이 '신'이란 이름으로 다가온 사람을 곧이곧대로 믿을 리가 없다.

다들 플레이어를 알고, 이 세계가 게임이 되었다는 걸 이해하고 있었다.

단순히 저 모든 게 '아이템'에 의해 벌어진 일이라는 것 정도는 쉽게 인지할 수 있는 것이다.

하지만 그럼에도 흔들릴 수밖에 없었다.

다름 아닌 그들은 '무능력자'였으니까.

"믿으십시오. 마그리트 님은 누구에게나 평등합니다. 당신들에게도 은혜가 내려질 것입니다!"

직역하자면, '마그리트'만 믿는다면 저들에게 '병을 낫게 하는 물약'을 지급해 준다는 것이다.

믿음으로 주어지는 혜택.

문득 저 행동들이 그가 기억하는 한 던전과 묘하게 닮았다는 걸 깨달을 수 있었다.

'달리는 유령열차.'

그곳의 상인들도 굶주린 사람을 돕는 척 나서서 이면 계약서를 작성하게 만들었다. 어찌 보면 지금 이 상황은 코볼트가 되어 버린 신우현이 겪었던 그때와 비슷했다.

정말이지, 소름이 끼칠 정도로 변함이 없는 놈들이다.

"며칠 전, 여러분은 기억할 겁니다. 아크에 리자드맨이 출몰했을 때…… 아크는 무얼 했습니까. 네, 맞습니다. 그들은 문을 걸어 잠갔습니다. 우릴 버렸단 말입니다!"

이젠 며칠 전의 일까지 꺼내며 선동질을 해 댔다. 더 들어 줄 가치는 없었다. 강서준은 오대수와 시선을 교차했다.

이 거지 같은 연극을 끝낼 것이다.

"마그리트 님을 믿……."

하지만 그때였다.

"……쥐새끼가 있군요."

오주영은 대뜸 오대수가 있는 방향을 노려봤다. 성복을 입은 몇몇이 오대수를 향해 다가갔다.

"감히 성스러운 예식을 방해하려 하다니! 불경스럽군요."

그리고 한쪽의 어두운 그림자 속에서 거무튀튀한 뭔가가 빠르게 오대수를 향해 치달았다.

강서준은 바로 그 자리에 난입했다.

채애애애앵!

날카로운 공명이 울리며 거무튀튀한 형체가 뒤로 물러났다. 가시 건틀렛으로 공격을 막아 낸 뒤, 자세를 잡으며 강서준은 놈을 확인해 봤다.

길게 늘어진 손톱. 온몸이 불에 탄 것처럼 새카맣게 변색된 모습.

일련의 정보가 떠오른다.

'……마인.'

그리드 이외로 인간이 몬스터가 되는 또 다른 방법.

인육을 먹어 인외(人外)의 길을 걷는 자.

"마그리트 님을 거역한 자에게 불경의 죄를! 이단을 저지할 수 있는 은혜를 내리소서!"

놈들의 주문이 울려 퍼졌다.

마인을 두고 일제히 외친 주문.

후우우웅!

검은색의 마력이 소용돌이처럼 휘감기더니, 마인의 몸은 풍선에 바람을 불어 넣은 듯 점차 커져 갔다.

'강화 버프……!'

강서준은 미간을 좁히며 말했다.

"오대수 형사님. 일단 주민들을 대피시키는 게 좋겠어요."

"알겠습니다."

거두절미하고 자세를 잡은 강서준은 달려든 마인과 실랑이를 벌이기 시작했다.

마인이 주로 공격하는 무기는 날카롭게 늘어뜨린 손톱이었다.

채애앵! 챙!

놈은 그리드처럼 방어를 도외시한 공격 일변도의 모습이었다. 이성은 없었다. 몬스터로 변한 만큼 지능을 상실한 듯했다.

[장비 '카카시의 가시 건틀렛'의 전용 스킬, '가시'를 발동합니다.]

본디시의 검이 부서져서 손톱을 맞부딪칠 수 있는 건, 손등에 뽑아낸 가시뿐이었다. 다행히 놈의 공격력은 엄청나게 강한 편이 아니라서 그 정도로도 충분히 막을 수 있었다.

또한 빠르지도 않았다.

오히려 강서준에 비해 모든 것이 약하고 느렸으며, 컴퍼니 놈들의 강화 버프를 받더라도 일말의 위압감조차 느껴지지 않았다.

기본적인 레벨 차이가 나는 건 둘째로 치더라도, '마인'은 사실 그렇게 강한 몬스터는 아니었으니까.

'문제는 마인의 특성이야.'

마인.

굶주림을 견디지 못하고, 동족을 살해하여 인육을 탐하면서 생겨나는 인외의 존재.

놈들의 탄생 과정이 흉악했듯, 결코 해피엔딩을 볼 수 없는 특징이 있었다.

'놈들은 수틀리면 폭발해.'

해서 드림 사이드에서 오죽했으면 마인을 두고 종종 '개복치'라고 불렀겠는가.

싸우다 흥분하면 폭발.

어디 잘못 건드려도 폭발.

죽여도 폭발.

이처럼 폭발 엔딩뿐인 이놈은 플레이어에게 큰 피해를 줄 만큼 강한 개체가 아니었다.

하지만 놈들의 대상이 NPC 혹은 아무런 방비도 할 수 없는 일반 시민이라면 달라질 것이다.

3구역의 주민들이라면……?

속수무책으로 폭발에 휘말려 죽을 수밖에 없으리라.

'……귀찮게 됐군.'

강서준의 눈엔 아직도 교회 내부에 가득 들어찬 3구역의 주민들이 보였다. 홀린 듯 전투를 감상하고 있었다.

스킬, 선동의 효과일까.

저들은 알게 모르게 무언가에 홀린 상태였고, 눈앞에서 마인과 전투를 벌이는 상황을 보고도 도망쳐야 한다는 생각 자체를 못 하고 있었다.

"모두 교회를 빠져나가요! 위험해요!"

"이쪽으로! 얼른!"

오대수와 공지원의 노력은 결국 돌아오지 않는 공허한 메아리가 되었다. 오대수가 컴퍼니 측 인물들을 쓰러트리며, 마이크를 차지해서 소리쳐도 소용은 없었다.

"모두 피하라고요!"

도리어 그들은 컴퍼니 측 인물에게 다가가 넌지시 묻는다.

"정말…… 마그리트 님을 믿으면 저희에게도 그 약을 주시는 겁니까?"

"물론입니다."

"프, 플레이어가 아니더라도요?"

"마그리트 님은 누구에게나 자비로우십니다."

"그, 그렇다면……!"

3구역의 사람들은 너도나도 컴퍼니에게 고개를 조아렸다. 그들에겐 마인과 전투를 벌이는 강서준은 눈에 보이지도 않는 것이다.

선동이 과하게 먹혀 들어간 결과였다.

'그만큼 필사적인 거야.'

왜 그들이 쉽게 선동을 당했겠는가.

단순히 무능력자라서?

강서준은 마인의 공격을 튕겨 내면서 3구역의 사람들을

차분히 살펴봤다.

그들의 안색, 상태 그리고 증상.

모든 지표는 그들 모두 전형적인 '던전병 1기 환자'라는 걸 말하고 있었다.

강서준은 미간을 구겼다.

'빌어먹을, 컴퍼니 놈들.'

인간이 가장 무너지기 쉬울 때가 언제일까.

이 세계가 갑자기 게임이 됐을 때?

눈앞에서 몬스터가 이빨을 들이밀 때?

몬스터로 변이되는 병에 걸렸을 때?

모두 정답이 아니었다.

'의지할 수 있는 게 하나도 없을 때.'

현재 3구역 주민들의 상태가 딱 그러했다. 의지할 곳 하나 없는 부표처럼 이리저리 상황에 떠밀려 갈 뿐이다.

'저들은 더는 아크를 신뢰하지 않아.'

아니, 못 할 것이다.

그간 아크가 벌인 짓들이 있으니까.

'나라도 믿지 못할 거야.'

강서준은 서울병원에서 있었던 작은 해프닝을 떠올렸다. 일개 플레이어가 난동을 부리니 치료 순서가 잔뜩 밀리던 그 때 말이다.

만약 그곳에 강서준, 혹은 링링이 나타나질 않았다면.

과연 어떻게 됐을까.

'아크는 지나치게 능력자를 우선하는 경향이 있어.'

봉쇄령이 내려졌을 때도 그랬다.

3구역의 사람들이 아무리 살려 달라고 애원해도 문을 열지 않았다. 그때도 강서준이 나서지 않았다면 벌써 3구역의 생존자들은 전멸했을지도 모르는 일이었다.

'우대받는 플레이어와 천대받는 무능력자들.'

그 미묘한 틈을 파고든 게 바로 컴퍼니의 계책이었다. 이 허접한 선동질조차 통할 정도로 이미 그 틈은 심각한 수준으로 벌어진 것이다.

"믿으십시오! 마그리트 님의 은총은 모두에게 열려 있습니다!"

강서준은 구역질이 나는 컴퍼니의 선동질에 저도 모르게 살짝 힘을 주고 말았다.

튕겨 나간 마인. 놈의 얼굴색이 차차 붉은색으로 달아올랐다.

폭발의 징조였다.

'젠장…… 저런 걸 왜 갖고 다니는 거야.'

다시 말하지만, 3구역의 사람들은 폭발에 어떠한 방비도 되지 않았다. 마인의 레벨이 10 언저리의 허접한 몬스터일지라도 이곳에 있는 사람들에겐 치명타였다.

강서준은 빠르게 머리를 굴렸다.

'가능하면 내가 마인을 붙잡는 사이 사람들을 이곳에서 멀리 대피시키는 게 최선이야.'

하지만 3구역 사람들은 움직일 기미가 없었기에 실현조차 할 수 없는 계획이었다. 다른 방법을 떠올려야 한다.

'플랜 B로 가자.'

강서준은 호흡을 정돈하며 눈을 부릅떴다. 지척으로 달려든 마인의 움직임이 느릿하게 보였다.

플랜 B.

급조한 아이디어였지만, 생각할수록 이것 말고는 방법이 없었다.

마인과의 격차가 상당히 났기에 시도할 수 있는 방법. 강서준은 마인의 손톱을 아슬아슬하게 피하며 놈의 간격으로 접근했다.

'모두를 내보낼 수 없다면, 마인을 바깥으로 끌어내는 수밖에 없어.'

공격 일변도로 손톱이 강서준을 향해 휘갈겨 왔지만, 류안으로 이미 확인하고 있었다. 몸을 살짝 비트는 걸로 피했고, 놈의 손목을 움켜잡을 수 있었다.

"……로켓! 라이칸!"

일말의 외침과 함께 냅다 놈을 한쪽으로 던져 버렸다. 감투 속에서 기다리고 있던 로켓과 라이칸이 소환되더니 곧 튕겨 나간 마인에게 달려들었다.

어느덧 로켓의 위에 올라탄 라이칸은 바닥을 나뒹구는 마인을 콱 쥐었다.

"달려!"

투투투투투!

명을 받자마자, 로켓은 빠르게 교회의 한쪽 벽을 허물며 바깥으로 벗어났다. 멀리 점처럼 작아질 때까지 로켓의 달리기는 멈추질 않았다.

마인이 바동거려도 소용은 없었다.

녀석들은 못해도 준보스 및 보스급 몬스터였다. 당장 백귀가 되어 그 수준 자체가 전보다 보잘것없어 보여도 고작 마인 하나를 못 잡을 정도는 아니었다.

그리고 얼마나 되었을까.

백귀와 연결된 영혼이 미약하게 흔들렸다. 폭음이 들리는 걸로 보아 마인은 자폭한 모양이었다.

물론 백귀에게 영향은 없었다.

"……네놈! 마그리트 님의 분노가 무섭지도 않은 것이냐!"

한편 컴퍼니원들이 쌍심지를 켜며 외치고 있었다.

놈들이 일제히 앞으로 손을 내밀며 마력을 집적시키기 시작한 건 그때부터였다. 강서준의 발아래로 동그란 마법진이 음침하게 자리 잡았다.

[스킬, '마그리트의 마법진(D)'을 밟았습니다.]

그로부터 솟구치는 소름 끼치는 새카만 손들. 발목부터 다리, 어깨, 목까지 치고 올라온 손은 강서준을 꾹 눌러 제압하려고 했다.

동시에 살을 에는 날카로운 한기도 살갗을 스쳐 갔다.

[플레이어 '카르텔'이 스킬, '마그리트의 저주 : 공포(E)'를 발동했습니다.]

[플레이어 '올립'이 스킬, '마그리트의 저주 : 협박(E)'을 발동했습니다.]

[플레이어 '김현중'이…….]

하지만 강서준은 서늘하게 웃을 뿐이다.

"분노라……."

[스킬, '마력 집중(F)'을 발동합니다.]

그가 진각을 밟자, 부채꼴로 땅이 뒤집어졌다. 마법진은 무용지물이 됐고, 일시에 검은 손아귀들이 찢겨 나갔다.

"웃기지도 않는군."

[스킬, '침착(S)'을 발동합니다.]

[모든 상태 이상이 무력화됩니다.]

다시 한 걸음 내딛자, 그를 억눌렀던 저주가 모조리 벗겨졌다. 그의 주변으로는 날카로운 스파크만이 튕겼다.

파지지직!

"어, 어떻게 마그리트 님의 마법진을!"

"마력을 더 쏟아부어라!"

"놈을 죽여!"

"으아아아!"

전부 소용없는 짓들이었다.

강서준이 말했다.

"착각도 심해."

순식간에 시야에서 사라진 강서준이 다시 나타난 건 한 컴퍼니원의 앞이었다. 상대가 반응하기도 전에 머리를 움켜쥘 수 있었다.

"손은 눈보다 빠르고, 네 목숨은 신앙보다 짧아."

"그게 무슨……?"

"진짜 두려워해야 할 게 뭔지 알려 주지."

콰아아앙!

강서준은 거침없이 컴퍼니원의 머리를 바닥에 꽂아 버렸다. 콘크리트 바닥이 움푹 파일 정도의 강렬한 일격에 교회는 지진이 난 것처럼 흔들렸다.

[플레이어 '카르텔'이 사망했습니다.]

[아이템, '던전병 해독제'를 습득했습니다.]

그리고 고개를 돌리면서 금빛 눈동자를 번쩍였다.
"똑똑히 기억하도록 해."
가까이에 있던 컴퍼니원이 소매 속에 감추고 있던 수십 마리의 뱀을 소환해 냈다. 뱀은 허공을 가르고 날카로운 송곳니를 들이밀었지만, 강서준은 피하지 않았다.

[장비 '도깨비 왕의 감투'의 전용 스킬, '이매망량'을 발동합니다.]

순식간에 전신을 뒤덮은 도깨비 갑주. 뱀들의 송곳니는 파고들지도 못하고, 도리어 이빨만 전부 아작이 났다.
그는 두 손에 도깨비불을 일렁이면서 낮게 읊조렸다.
"앞으로 너넨 날 만나면 죽을 거야."
강서준은 귀신처럼 다가가 가시로 컴퍼니원의 심장을 후벼 팠다. 일시에 터져 나간 몸통에서 피가 튀었지만 신경 쓸 건 아니었다.
"도망쳐도 죽을 거고."
다음으로 물색한 사냥감은 복부를 꿰뚫었다.
"숨어도 죽을 거야."
강서준의 시선이 닿는 곳마다 움찔거리며 몸을 움츠렸다. 몇몇은 공포에 잠식되어 움직일 수조차 없었다.

당연했다.

저들은 고작 '마인' 따위에게 버프를 주는 것만이 가능한 저렙 플레이어들. 진짜 강한 플레이어의 앞에 선 제대로 힘도 못 쓰는 것이다.

"……이익!"

그저 발악할 뿐.

어리석은 컴퍼니원을 향해 강서준은 빠르게 거리를 좁혔다. 그의 가시가 놈의 머리를 양단하는 것도 금방이었다.

"그러니 꼭꼭 숨어라."

어느덧 강서준의 목소리는 여자, 남자, 노인, 젊은이…… 가릴 것 없는 수많은 음성이 섞인 '이매망량의 목소리'였다.

소름이 끼치는 그 목소리는 아스라이 떨고 있는 컴퍼니의 귓가에 선명하게 닿았다.

그리고 그 내용은 비단 눈앞의 이놈들에게만 국한된 게 아니었다.

"내가 너희를 전부 찾아내는 날은 곧 네놈들의 마지막이 될 테니까."

콰아아앙!

⁂

"……그래서 어땠어?"

이후 자신의 말을 전해 줄 컴퍼니원 몇 명을 도망치게 놔두고 그대로 복귀한 강서준은 링링에게 알아낸 정보를 전달해 줬다.

그러자 묻는 말투에서 그녀가 이미 이 모든 상황을 꿰뚫고 있음을 깨달았다.

그럼에도 그를 그곳으로 보낸 것이다.

'정말 링링답군.'

백문이 불여일견.

입 아프게 설명하는 것보다 직접 보는 게 이해가 빠르다.

강서준이 그들에게 당할 리는 없을 테니, 구태여 설명할 것도 없이 작전에 투입시킨 거겠지.

강서준은 나지막이 답했다.

"왜 네가 해결할 수 없는 문제인지는 충분히 이해했어."

"얘기가 빨라서 좋네."

링링은 씨익 웃으면서 말했다.

"맞아. 난 이 문제를 해결하기 어려워. 난 3구역 사람들의 논리를 제대로 이해하질 못하니까."

이성과 합리성, 똑똑한 두뇌로 단단히 무장한 그녀에게 오점이 하나 있다면, 그 반대편에 선 사람을 이해할 수 없다는 점이었다.

'약하면 강해질 생각을 해야지, 왜 사이비 종교 같은 놈들에게 선동을 당할까. 그렇게 생각하는 링링은 이해하질 못하

는 문제야.'

그녀가 너무 완벽하기 때문에 알 수 없는 것이다. 또한 누군가의 감정에 이입하질 못하고, 쉽게 감정에 휩쓸리지도 못하니 납득할 수 없는 것이다.

'이건 머리의 영역이 아니니까.'

강서준을 바라보는 링링의 눈에 일말의 기대감이 차올랐다. 그녀는 강서준이 해답이 있음을 확신하는 듯했다.

그래.

방법은 있다.

그녀가 물었다.

"그래서 뭔데? 어떻게 하면 이 문제를 해결할 수 있어?"

어깨를 으쓱이며 강서준은 가볍게 답했다.

그놈 강합니까?

"축제를 열자."

서울병원의 옥상이었다.

구역 경계가 아스라이 보이는 그곳에서 두 사람은 조용히 대화할 곳을 찾아 이곳까지 올라온 것이다.

한데 하는 말이라고는.

링링은 미간을 구기면서 답했다.

"……지금 뭐라고? 축…… 뭐?"

"축제. 못 알아들어? 아크에 축제를 열자고."

링링은 짜증 섞인 얼굴로 강서준을 바라봤다. 그녀가 내뱉은 한숨 속에는 여러 가지의 감정이 뒤엉켜, 복잡한 심정이 고스란히 느껴졌다.

"하, 그게 정말 네 답이야?"

강서준은 뻔뻔하게 고개를 끄덕였다. 그러자 링링은 옥상 아래에서 분주히 움직이는 앰뷸런스와 고통에 신음하면서도 적기에 치료받지 못하고 번호표만 배부받은 3구역의 주민들을 가리켰다.

"저걸 보고도 그런 말이 나와? 축제? 이 시국에 무슨 축제야. 그게 정말 해답이 될 거라고 생각해?"

그녀의 말은 어느 정도 일리가 있었다. 누가 봐도 아크의 분위기는 기뻐서 환호성을 지르고, 신나게 술을 마셔 대며 웃고 즐기는 '축제'의 분위기는 어울리지 않았으니까.

하지만 강서준은 단호했다.

"그래서 열어야 한다는 거야."

"……무슨 뜻이야?"

"아크는 이미 3구역의 신뢰를 잃었어. 사실 대한민국 정부는 유명무실하고. 아크는 플레이어만의 기관이니까."

아크에 오고 나서 가장 크게 느낀 점은 '대한민국 정부'가 사실상 붕괴 직전에 놓였다는 점이었다.

아크의 중역엔 분명히 박명석이라는 '대한민국 정부 측 인물'이 존재했지만, 플레이어의 입김이 너무 강해서 전과 같은 권력을 가진 것도 아니었다.

현 세계는 '힘의 논리'로 규정지어지고 있었으니까.

약한 자는 도태될 수밖에 없었다.

그게, RPG 게임의 현실이었다.

강서준은 게슴츠레한 링링의 눈을 똑바로 바라보며 본인의 의사를 선명하게 전달하기로 했다.

링링은 잠시 말이 없더니 한숨을 섞어서 재차 입을 열었다.

"……그래. 이유가 있는 거겠지. 내가 납득하진 못하겠지만, 네가 보기엔 당장 아크엔 이게 필요하단 거겠지."

"맞아."

"알겠어. 모든 전권은 너에게 위임할게, 케이. 너의 공략은 단 한 번도 틀린 적이 없으니까."

"현명한 선택이야."

강서준은 울음소리조차 들리지 않는 고요한 3구역 사람들을 가만히 내려다봤다.

축제.

그것이 이번 아크의 신뢰를 되살릴 단 하나의 공략이었다.

❈❈❈

이튿날, 아크 전역으로 하나의 공지 사항이 발표됐다.

〈특별 공지 사항〉

*돌아오는 일요일, 아크의 중앙광장에서 축제를 개최할 예정.

*참여 대상 : 누구나.

*축제 부지로 상점을 개설할 비전투 플레이어는 사이트에 참가 신청서를 제출할 것.

*중앙 무대 STAFF 모집. 희망자는 사이트에 참가 신청서를 제출할 것.

*자세한 내용은 사이트를 확인하시오.

특별히 마력폰으로 개조한 플레이어들은 모두 문자를 통해서 해당 내용을 확인했고, 3구역 사람들은 직접 마이크로 방송을 하거나 전단지를 뿌려서 소식을 알렸다.

느닷없는 축제의 개최 소식.

아크의 주민들은 각가지 반응을 보여 줬다.

먼저 링링과 같은 반응인 이들.

"뭐? 축제라고?"

"이 시국에? 미친 거 아니야?"

아직 리자드맨의 습격으로부터 피해를 완전히 복구한 것도 아니었다. 최근엔 던전병 발발과 더불어 그리드의 출몰 소식으로 더욱 흉흉한 민심이 아니었던가.

게다가 아크의 고인물들마저 '리자드맨의 우물'을 공략하러 자리를 비운 상태였다.

우려를 표하는 건 당연했다.

물론, 전부가 그렇다는 얘기는 아니었다.

"축제라니…… 이건 기회다."

"돈 냄새가 나는군!"

"드디어 아크가 비전투 플레이어도 신경을 쓰는 건가!"

비전투 플레이어, 다른 말로 '생산직 스킬'을 각성한 플레이어들은 축제 개최를 절대적으로 찬성하는 입장이었다.

안 그래도 몇 번의 위기를 넘기며 내수 시장은 잔뜩 움츠러든 상태였다.

잘 팔리는 아이템은 전투와 관련된 부분에 한했고, 그 이외의 부문에서는 전혀 소비가 없는 편인 것이다.

하물며 건축가, 조각가, 요리사 등의 스킬을 각성한 플레이어들은 현재 아크에 설 자리가 마땅치 않았다.

전투에 하등 쓸모가 없기 때문이다.

그나마 요리사의 음식은 전투에 버프 효과를 줬기에 완전히 사장된 직업은 아닐지는 몰라도…… 다른 직업은 거들떠도 보질 않았다.

"하여간 링링 님은 종잡을 수 없다니까."

"……들어 보니까 이번 축제는 케이 님이 기획했다던데."

"뭐? 케이? 그분, 던전에 계신 거 아니었어?"

"몰라. 나도 그런 줄 알았는데, 지금 아크에 돌아오셨대."

그렇게 아크 전역으로 퍼져 나간 특별한 공지 사항은 사람들의 입을 오르내리며 뜨겁게 달아올랐다.

누구는 걱정했고.

누구는 반겼으며.

누구는 관심조차 주질 않았다.

한편 어느 선술집에 들어선 한 플레이어는 무거운 가방을 쿵, 내려놓으며 간단하게 음식을 주문했다.

"닭가슴살 샐러드 주쇼."

"……여기 술집인데요."

"닭가슴살 꼬치는?"

"치킨은 있습니다만."

"밀가루는 안 먹어요. 혹시 튀김만 빼고 닭가슴살만 구워 줄 수 있습니까?"

"해, 해 보겠습니다."

그리고 선술집엔 방금 들어온 남자를 제외하고 일부 플레이어 집단이 술을 진탕 마시고 있었다.

그들은 한창 전투를 마치고 온 뒤였는지 장비 곳곳에 핏덩이가 묻은 상태였다.

"준혁아, 그게 무슨 소리야? 축제라니?"

"창수, 네 폰 또 무음 모드냐?"

"왜?"

"네 폰에 온 문자부터 봐 봐."

임준혁은 김창수의 말에 부랴부랴 핸드폰부터 확인했다. 재난 문자처럼 공지 사항으로 발송된 메시지가 한 건 있었다.

"……와씨, 이건 언제 왔대. 근데 진짜 축제를 한다는 거야?"

"그래. 웃기지 않냐."

임준혁은 말없이 고개를 끄덕였다. 막말로 아크의 전역에 감도는 분위기는 장송곡이 밤낮없이 울려 퍼져도 이상하지 않았는데.

그런 곳에서 축제라니.

"……장례식에서 디스코를 추는 꼴인데. 도대체 어떤 머저리에서 이런 말도 안 되는 발상이 나온 거야?"

미간을 구긴 임준혁의 말에 김창수는 나지막이 답했다.

"케이 님의 기획이래."

"……내가 아는 그 케이?"

"아, 네가 생각하는 그분은 아닐지도 모르겠다."

"무슨 소리야?"

"네가 던전에 다녀오는 동안, 이곳 아크엔 꽤 많은 일이 있었거든."

김창수와 임준혁의 대화는 무르익고, 점차 그간 있었던 일에 대해서 툭 터놓고 이야기를 시작하려 할 참이었다.

대폼 일행 중 한 명이 테이블을 쾅 내리치면서 말했다.

탱커 고민준이었다.

"지금 그딴 게 중요해? 진짜 문제는 그게 아니지. 어? 축제 당일엔 그 누구도 사냥을 나가질 못하게 한다는 개 같은 규칙은 대체 뭐냐고!"

"……그런 규칙이 있어?"

"몰라! 플레이어는 축제에 참여하거나, 경비를 서래. 아크에서 공식으로 내려온 명령이니 따르지 않을 수도 없고. 젠장!"

임준혁은 미간을 구기면서 물었다.

"그게 말이 돼? 던전 공략을 하질 못하는 날이라니. 그럼 우린 뭘 하라고?"

"하, 손해만 보게 생겼어."

"아…… 이날 E급 던전 돌기로 파티원 예약까지 걸어 놨는데."

나날이 늘어나는 던전과 매일 강해지는 몬스터들을 상대로 사투를 벌이는 게 플레이어였다.

하루의 사냥을 쉰다는 건, 그만한 레벨 업과 경험치, 아이템 수급을 포기해야 한다는 말과 같았다.

해서 한창 렙업에 열을 올리고 있던 아크의 플레이어들은 전혀 이해할 수 없는 게 이번 공지였다.

"……이거 일방적으로 손해를 보라는 거잖아. 쯧, 이거 들고 일어서도 되는 거 아니냐?"

"안 그래도 몇몇 플레이어들이 뭉쳤다더라. '타케플집'을 소집한대."

"타케플집?"

"타도 케이 플레이어 집단. 간단한 줄임말."

"아하."

한데, 한창 분개하며 말을 잇던 플레이어들은 문득 주변이 어두워졌다는 걸 깨달았다.

전구가 나갔나?

뭐지?

고개를 돌린 그들은 곰처럼 커다란 사내가 조명을 가리고 있다는 걸 깨달았다.

"……뭡니까?"

"반갑습니다. 잠시 합석할 수 있습니까."

"걸리적거리지 말고 꺼지쇼. 오늘 기분 안 좋으니까."

"미안합니다. 몇 가지만 물어볼게요. 네?"

결코 물러서지 않는 남자의 말에 그렇잖아도 싱숭생숭한 기분에, 복잡한 심정이던 고민준은 짜증 섞인 얼굴로 자리에서 일어났다.

"아저씨, 한 번 처 말을 했으면 알아들어요. 네?"

"……어렵지 않아요. 몇 가지 질문만 답해 주면 끝날 일입니다."

"지금 내가 걸리적거리지 말라고 한 말 안 들었냐? 근육돼지 새끼가 뭐질라고……."

그때였다.

"……말이 심하군."

남자의 분위기가 변했다.

저도 모르게 움찔했던 고민준은 남자의 전신을 훑어보더

니 다시 기세등등한 태도로 바꿨다.

겁 먹을 건 없었다.

고작 흰 티에, 청바지가 아닌가.

장비 같지도 않은 장비였다.

플레이어라면 저렙일 것이고, 그조차 아니라면 무능력자에 운동 좀 했을 체육인에 불과했다.

그리고 그 정도라면 고민준의 상대가 될 턱이 없었다.

플레이어와 일반인의 차이는 하늘과 땅 차이로 컸고, 그 갭을 좁히는 건 불가능했으니까.

고민준은 남자의 두툼한 가슴 근육을 손가락으로 콕 찍으면서 말했다.

"왜? 치게? 목숨 여러 개냐? 너 내 레벨이 몇인 줄 알고 까불어?"

고민준은 겁을 주기 위해서 일부러 손가락에 힘을 줬다. 탱커 플레이어였던 그는 무거운 중장비를 걸쳐야 했던 만큼 그 힘의 차원이 달랐다.

그리고 예상은 맞아떨어진 걸까.

쿡쿡 가슴을 찔러 대니 상대는 크게 반응하질 않았다. 아니, 반응하지 못한 것이었다.

겁을 먹었을 테니까.

"감히 무능력자 주제에 어딜 기어들어. 쯧, 쓸모도 없는 근육덩어리가 뭘."

콰아아앙!

커다란 충격, 큰 소음.

고민준의 몸이 공중을 두어 바퀴 돌다 옆으로 나자빠지는 건 한 순간이었다.

선술점 내로 적막이 감돌았다.

고작 유흥거리로만 바라보던 김창수는 나지막이 침을 꼴깍 삼켰다.

'……고렙.'

몸이 단단하기로 유명한 탱커 플레이어인 고민준을 일격에 날려 버렸다. 어떤 장비도 걸치지 않은 일상복인 채로 말이다.

대체 근력과 체력 수치가 몇이기에, 저 정도가 될 수 있을까.

남자는 가볍게 손을 털면서 말했다.

"미학도 모르는 주제에. 뚫린 입이라고 말을 함부로 하는군."

하지만 그 경고가 다른 플레이어에겐 들리지 않았던 걸까. 여전히 굳어 있던 김창수를 제외한 이들이 분개하며 일어났다. 임준혁도 겁도 없이 달려들었다.

"너 뭐 하는 새끼야? 감히 민준이를!"

"덮쳐! 그냥 죽여 버리자고!"

후우우웅!

한 남자는 살벌하게 대검을 휘둘렀다. 묵직한 기세로 어깨를 잘라 버릴 속셈인 듯했다.

하지만.

콰직!

남자의 손에 잡힌 검은 허무하게 바스라졌다.

"……무, 무슨?"

비슷한 일은 반복됐다. 단검을 찌르면 검날이 파괴됐고, 주먹을 휘두르면 그 주먹이 부서졌다.

정작 공격은 그들이 해 놓고, 피해는 가해자에게만 누적되는 기이한 상황이 반복됐다.

남자는 서늘하게 말했다.

"고작 질문 몇 개 대답하는 게 그리 어려워?"

그는 가까이에 있던 사내의 멱살을 잡아 내동댕이쳤다. 그리고 또 한 사람의 복부는 걷어차서 날렸고, 마지막은 사나운 볼 따귀였다.

더는 그를 향해 달려들 플레이어는 없었다. 김창수는 재빠르게 말했다.

"무, 무, 물어보세요. 뭐든요."

남자는 씨익 웃으면서 말한다.

"여기서 축제가 벌어진다고?"

"……네, 네. 3일 후요."

"케이가 벌인 짓이고?"

"네, 네."

"그럼 케이가 여기에 있단 거네?"

남자는 옷매무새를 단정히 하며 자리에 털썩 주저앉았다. 뒤늦게 음식을 내온 점원은 덜덜 떨리는 손으로 남자의 앞으로 구운 닭가슴살을 대령했다.

그는 크게 한 입을 삼키며 말했다.

"나 도석이오. 수원에서 왔지."

"저, 저는 김창수······."

"그보다 아까 하던 얘기나 마저 합시다."

"네? 무슨 얘기요?"

"케이, 그 썩을 양반이 여기에 있다면서요. 정보는 확실한 거겠죠."

"······소, 소문으로는요."

남자는 재차 물었다.

"소문이라······. 듣고 보니 케이가 아주 악랄한 인간이던데."

"네?"

"마음에 안 든다는 이유로 눈깔을 파 버린다더군. 손톱을 뽑는 건 예삿일이 아니라지?"

"그······ 렇죠? 그런 소문이 있긴 하죠?"

"최근엔 봉쇄령으로 3구역 주민들을 몰살시키려 했다며."

"그것도 맞지만······ 그건 다른 케이."

대뜸 나도석은 손가락 마디뼈를 구부려 우드득 소리를 냈다. 살벌한 기세였다. 김창수는 침을 꼴깍 삼켰다.

"그놈 강합니까?"

"네?"

"그 새끼 나보다 강하냐고요."

어떤 말이 정답일까. 당장 그곳에서 김창수가 내뱉을 수 있는 단어는 오직 하나였다.

"……아, 아닐걸요?"

그 칼 같은 대답이 불러올 일은 그때는 아무도 알지 못했다.

"……누가 내 얘기를 하나?"

괜히 귀가 간지러워진 강서준은 스마트폰을 내려다보다가 귀를 후볐다. 어쨌든 그의 폰으로 전송된 문서는 전부 확인했다.

강서준은 답신을 기다리는 박명석을 향해 말했다.

"축제에 쓰일 물자는 지상수에게 잘 전달해서 조달하겠습니다. 더 필요하면 추가로 신청하시고요."

"……알겠습니다. 그리고 빌린 대금은 반드시 기일 내에 갚겠다고도 전해 주십시오."

"네. 반드시 그러셔야 할 겁니다. 상대가 상대니까요."

강서준은 박명석에게 받은 내역을 그대로 지상수에게 전달해 줬다. 슬슬 철길도 복구를 완료해서, 아크로의 길도 열었으니 문제될 건 없었다.

축제의 준비는 순탄했다.

그렇게 하나의 업무를 처리한 강서준은 문득 자리를 떠나질 않고 가만히 그를 응시하는 박명석을 마주했다.

강서준은 미간을 좁히며 물었다.

"……뭡니까? 할 말이 남았습니까?"

"아뇨. 그냥 새삼스러워서요."

"무엇이 말이죠?"

"저도 처음엔 미친 소리인 줄 알았어요. 이 시국에 축제라니…… 제아무리 케이 님이라고 해도 이상한 소리를 한다고 생각했죠."

강서준은 일단 박명석의 답을 기다렸다. 그의 얘기는 아직 끝난 게 아니었다.

"하지만 이젠 왜 당신이 그런 얘기를 꺼냈는지 알 것 같아요. 다시 생각해 보니 위험하지만 확실한 계획이더군요. 가히 케이다워요."

그는 확신에 찬 어조로 말한다.

"이 축제는 일종의 미끼인 거죠?"

"……네?"

"아크에 잠적한 컴퍼니 놈들을 색출하기 위해서…… 일부러 정면 승부를 거는 거잖아요? 좋은 방법이에요. 언제 뒤통수를 맞을지 걱정하는 것보단 직접 판을 깔아 주는 게 훨씬 대비하기 편하니까."

박명석은 정답을 채점받으려는 학생처럼 강서준을 또렷이 쳐다봤다. 그 시선에 강서준은 쓰게 웃으면서 고개를 끄덕였다.

미끼라…… 틀린 말은 아니었다.

안방과도 같은 2구역에서 만약 테러라도 일어난다면 아크의 무능력이 만천하에 공개되는 꼴이니까.

놈들의 목적이 아크에 대한 신뢰를 떨어트리기 위함이라면, 반드시 이 미끼를 물고 말 것이다.

박명석은 감탄하며 말했다.

"역시 위험하더라도 상황을 주도하는 게 낫겠죠. 케이 님답습니다. 그러니 걱정 마십시오! 다소 플레이어들의 반발은 있겠지만 다들 의도를 알게 되면 이해할 겁니다."

혼자 결론을 내린 박명석을 보면서 강서준은 다른 말은 하진 않았다. 그가 말한 것엔 거짓은 없었고, 강서준의 계획 중 일부이기도 했으니까.

하지만 만약 누군가가 그게 이 축제의 가장 큰 목적이냐고 묻는다면 강서준은 아니라고 답할 수 있었다.

'진짜 이유는 축제가 시작되면 다들 알게 되겠지.'

이건 머리로는 알 수 없는 문제니까.

하지만 모든 계획에 앞서, 가장 필요한 건 축제를 축제답게 만들어야 한다는 점이었다.

어설픈 축제는 미끼의 역할도 못 할 것이며, 누구도 참여할 생각조차 들지 않을 테니까.

이번 축제는 모두가 참여해 줘야 한다.

그리고 강서준은 여기서 무엇이 필요한지 누구보다 잘 알고 있었다.

'축제에 그녀를 뺄 수는 없지.'

강서준은 서울병원에서 최하나가 입원한 병실로 올라갔다. 유난히 소독약이 진하게 풍기는 방. 그 안엔 링링이 최하나를 살펴보고 있었다.

"최하나 씨는 어때?"

"……결국 소생의 포션을 써서 살리긴 했지만, 보다시피 문제가 조금 있다."

새하얀 병실에 곤히 잠들어 있는 최하나는 육안으로 봤을 때, 혈색도 괜찮았고 상처도 전부 아물어서 더는 아픈 사람처럼 보이진 않았다.

이미 죽을 위기를 넘겼고 나머지는 HP포션만 먹으면 금방 떨치고 일어날 정도였다.

아니, 그랬어야 했다.

"독에 중독된 것처럼 HP가 뚝뚝 떨어져."

최하나의 체력은 밑 빠진 독처럼 계속 소모됐다. 당장 링거에 연결된 HP포션으로 줄어드는 체력을 보완했지만, 완전한 해결법이 아니었다.

왜 그럴까.

강서준은 그 원인을 알고 있었다.

[스킬, '류안(A)'을 발동합니다.]

그녀의 피가 온몸에서 불덩이처럼 계속 뜨겁게 달아오르고 있었다. 예상대로였다. 그녀는 단 하나의 스킬을 해제하질 못하고 있는 것이다.

의식조차 되찾지 못했으니까.

아니, 이놈이 그녀의 의식이 돌아오는 걸 막고 있을 것이다.

"번 블러드……."

체내의 피. 그러니까 HP를 불태워 전신을 강화하는 '마탄의 리볼버'만의 전용 스킬.

최하나의 전매특허이자 그녀의 밥줄 같은 스킬이었지만 지금은 그녀의 목을 옥죄어 오는 독이 되어 있었다.

아마 과하게 사용한 게 원인이겠지.

익히 예상했던 문제였다.

'마탄의 리볼버는 저주받은 아이템이니까.'

동 레벨대에서 보여 주지 못하는 압도적인 신위를 발휘하게 만드는 무기는 대개 '저주받은 아이템'이 유일했다.

강서준의 '도깨비 왕의 감투'가 역량 이상의 영혼을 끌어다 쓸 경우, 사망에 이르는 것처럼.

최하나의 '마탄의 리볼버'는 시전자의 피를 끝까지 불태워 먹는 독이 될 수도 있었다.

저주받은 아이템을 과하게 사용한 자의 말로였다.

'게다가 HP포션 내성까지 있으니까.'

시간이 흐를수록 위험할 것이다.

"치료법은 알고 있잖아. 최하나 씨는 드림 사이드 1에서도 같은 문제를 겪었으니까."

"그래서 좀 조사를 해 봤는데……."

링링은 강서준에게 한 가지 자료를 보여 줬다. 과거, 클라크가 '마탄의 리볼버'에 있는 부작용을 없애기 위해서 어떤 조치를 취했는지 분석한 내용이었다.

"'트롤의 심장'이 필요할 거라고?"

"응. 클라크는 캐릭터의 체질을 트롤로 바꾸는 거로 저주를 이겨 냈어."

트롤은 몬스터 중에서도 가장 체력 회복이 능하다고 알려졌다. 팔을 잘라도 다시 자라나고, 다리를 잘라도 다시 자라나는 것이다.

그 귀찮은 특성 때문에 일격에 심장을 꿰뚫어야만 했다.

"……그래서 게임에선 그토록 번 블러드를 남용할 수 있었던 거였군."

"맞아. 소모되는 데미지보다 자연적으로 치유되는 체력량이 많으면 '번 블러드'의 저주는 무용지물이니까."

게다가 트롤이 되면 HP포션 내성도 신경 쓰지 않아도 된다. 오히려 체력을 깎아 먹을수록 트롤의 심장으로 인해 체력을 회복하는 그 '스킬'의 레벨이 올라갈 테니까.

"한마디로 트롤을 조달해야 해. 그래서 부탁할게…… 잠깐만."

지이이잉.

말을 하던 링링은 재촉하듯 울려 대는 핸드폰을 꺼내 들었다. 약간 신경질적인 목소리로 받는다.

"왜 자꾸 전화야? 뭔데?"

ㅡ혹시 거기 케이 님 계십니까?

"어, 있어."

ㅡ케이 님 좀 바꿔 주실……

"됐어. 용건만 말해."

잠시 누군가와 통화를 잇던 링링은 나지막이 강서준을 바라봤다. 귀찮다는 표정이 다분했다.

"······케이. 잠깐 중앙광장에 좀 다녀와야겠는데."

"무슨 일이야?"

"모르겠어. 웬 괴물이 나타났대."

해서 강서준은 링링과 함께 바로 중앙광장으로 이동했다. 서울병원에서 그다지 멀지 않아서 금세 도착할 수 있었다.

그리고 보게 된 현장.

링링이 미간을 구기면서 중얼거렸다.

"뭐야? 저 떡대는."

그녀의 간단한 평과 너무나도 잘 어울리는 남자였다. 온몸이 근육으로 된 것처럼 단단한 느낌의 사내는 큰 목소리로 외치고 있었다.

"케이! 나와라아아아!"

"여, 여기서 이러시면 안 됩니다!"

"나오라고오오오!"

축제의 무대를 준비하던 몇몇의 플레이어가 그를 제압하기 위해서 나섰지만, 사내의 몸은 바닥에 붙여 놓기라도 한 듯 움직이질 않았다.

공격까지 가했던 어떤 플레이어는 코피까지 흘리며 광장의 한쪽에 널브러져 있었다.

링링이 물었다.

"아는 놈이야?"

"모르는 놈인데."

"······알아서 처리해."

강서준은 미간을 구기며 일단 중앙광장으로 다가갔다. 그러자 남자는 바로 알아보고 그의 앞으로 뚜벅뚜벅 걸어왔다.

키만 해도 2미터는 훌쩍 넘겠는데.

올려다봐야 얼굴이 보일 정도로 거대한 사내를 응시하면서 강서준이 나지막이 물었다.

"무슨 일입니까?"

"······네놈이 케이냐?"

"그렇습니다만."

"흐음······."

그때, 남자의 눈에서 살기가 번쩍였다. 일시에 망치를 찍듯 내리쳐진 남자의 주먹은 본능적으로 움직이질 않았다면 막을 수 없을 정도로 빨랐다.

쿠우우우웅!

"······이게 무슨 짓이죠?"

오른팔에 느껴지는 통증에 미간을 구겼다. 남자는 씨익 웃으면서 다른 한 손을 위로 들어 올릴 뿐이었다.

"근성이 있군."

쿠우우우우우우웅!

나머지 한 손을 가세하여 강서준을 찍어 눌렀다. 한데, 그것만으로도 강서준은 대단한 압박을 느낄 수 있었다.

대관절 이게 무슨 힘이란 말인가.

아닌 게 아니라, 그의 손목뼈가 방금 부러진 것 같았다. 억누르는 힘에 의해서 그의 다리도 절로 꺾이고 있었다.

"……후우."

[스킬, '류안(A)'을 발동합니다.]

어디에서 튀어나온 놈인지. 일단 강서준은 놈의 전신을 훑어봤다. 거기서 더더욱 놀랄 만한 사실을 깨달았다.

'……마력이 없어.'

플레이어면서 일절 마력을 몸에 두르지 않은 사내였다. 그는 크게 호흡을 들이마시더니 더욱 본격적으로 강서준을 찍어 누르기 시작했다.

진짜 괴물 같은 힘이다.

강서준도 더는 가만히 버티고 있을 수는 없었다.

[스킬, '마력 집중(F)'을 발동합니다.]

어느덧 손목을 감싼 마력은 뼈를 보호했다. 나아가 강서준은 힘을 더욱 강화시켜, 서서히 남자의 누르기를 밀어냈다.

힘껏 뿌리칠 수도 있었다.

콰아아아앙!

튕겨 나간 남자는 유유히 자세를 잡았다.

"난 나도석이라고 한다."

"……강서준입니다."

"그럼 본격적으로 시작해 볼까."

나도석은 순식간에 강서준의 앞까지 접근했다. 이번엔 류안을 미리 발동시켜 둔 덕에 그가 달려올 방향을 알고 있었다.

반격을 가할 수 있었다.

쿠웅!

하지만 돌이라도 때린 듯한 충격이 느껴졌다. 나도석은 강서준의 충격을 고스란히 감당해 내며 그대로 강서준의 옆구리를 가격했다.

"……크윽!"

방금 충격으로 갈비뼈가 부서졌다. 마력을 두르고 있었음에도 어찌 이렇게까지 데미지가 클 수 있단 말인가.

도대체 어떻게 되어 먹은 근력 수치이기에.

"역시 근성이 있어!"

강서준은 미간을 좁히며 나도석의 몸을 쭉 둘러봤다. 단단한 복부나 여타 다른 부위는 근육으로 가득 들어차 있어서 쉽게 공략할 수 없었다.

방어력도 단단했으니, 제대로 된 데미지를 줄 수 없을 것이다.

'……그렇다면.'

강서준과 나도석의 충돌은 계속 이어졌다. 둘의 싸움만으로도 그 충격파가 주변으로 전해졌다. 건물의 유리창이 깨지는 건 예삿일이 아니었다.

누가 우위에 있다고 보기 어려웠다.

강서준의 두 눈이 금빛으로 반짝인 건 그때였다.

'찾았다.'

나도석의 간격으로 접어든 강서준은 휘둘러지는 주먹 아래로 파고들었다. 동시에 오른손으로 어퍼컷을 날려 그의 턱을 가격했다.

콰직!

뼈가 부서지는 소리와 함께 적지 않은 데미지를 입혔다는 걸 확신했다.

턱은 그나마 근육이 적은 곳.

예상대로 방어력도 떨어지는지, 나도석은 방금 일격에 의식을 잃었다. 두 눈동자가 흰자를 보이고 있었다.

하지만.

"……흐음!"

뒤로 젖혀졌던 머리가 되돌아올 즈음엔 이미 그의 의식은 정상이었다. 공격을 당한 턱조차 멀쩡하게 복구되어 있었다.

강서준은 남자의 공격을 피해서 빠르게 뒤로 물러났다.

"괴물이 따로 없군요."

"나? 아니면 너?"

킥킥, 웃음을 터뜨린 나도석은 다시 주먹을 말아 쥐었다. 뭔가 큰 공격을 준비하려는 듯 준비동작이 꽤 길었다.

한데, 그의 발아래로 생성되는 오라가 심상치 않았다.

소용돌이치듯 휘몰아치며 서서히 나도석의 몸을 감싸는 오오라는 무지갯빛으로 빛났다.

강서준도 마찬가지로 마력을 끌어모으면서 나지막이 물었다.

"하나만 묻죠."

"뭔데?"

"당신…… 선택의 미로에서 뭘 골랐죠?"

나도석은 어깨를 으쓱이며 씨익 웃으면서 답했다.

"헬 난이도."

선택의 미로, 헬 난이도.

고작 튜토리얼 주제에 수많은 희생자를 만들었고, 공식적으로 아크에서도 공략 불가 판정을 내린 퀘스트.

여태 강서준 말고는 아무도 공략하지 못했다고 알려진 이 퀘스트는 사실 남모를 비밀이 숨어 있었다.

'헬 난이도를 클리어한 건 나뿐만이 아니라는 거야.'

어떻게 알게 됐을까. 당연하다면 당연하겠지만, 강서준은 선택의 미로를 클리어하자마자 깨달았다.

'최초 공략 칭호를 받질 못했으니까.'

드림 사이드는 '최초'라는 단어를 특히 좋아했다. 주로 칭호들이 '최초'로 뭔가를 했을 경우에 주어지곤 했으니 말 다 했다.

즉, 당연히 튜토리얼 퀘스트의 최초 공략자에 한해서 칭호가 주어져야 마땅한 것이다.

한데, 그는 받질 못했다.

'이미 다른 사람이 가져간 거야.'

문득 헬 난이도의 현황판이 떠올랐다.

초반엔 종종 도전자 수가 늘어나곤 했으며, 후반엔 강서준을 표기하는 숫자인 1명만이 남아 있었다.

더는 새로운 도전자는 없었다.

단순히 추측하자면 나머지는 전부 사망 처리가 됐기에 '1명'으로 표기됐을 가능성이 있었다.

하지만 그게 아닌 것이다.

'클리어를 해도 숫자는 줄어들어.'

사망이 아닌 클리어라면 얘기가 달라진다. 또한 '최초 공략 칭호'를 누군가가 가져갔으니 확실한 것이다.

'……나도석이라고 했지?'

강서준은 그의 발밑에 생성된 오오라를 주목해서 봤다. 아닌 게 아니라, 그 오오라는 오직 튜토리얼 퀘스트에서 최초 공략을 이룩한 사람만이 가질 수 있는 스킬이었다.

게다가 그 색깔은 난이도를 나타내는 지표.

순간이었지만 그의 몸으로 깃들어 사라진 '무지갯빛'은 바로 헬 난이도의 최초 통과자에게 주어지는 스킬의 색깔이다.

"준비됐나?"

"……후우. 무슨 목적인지는 몰라도 각오 단단히 하셔야 할 겁니다."

"재밌겠군."

강서준은 마력을 최대치로 끌어 올리며 호흡을 가다듬었다.

[스킬, '마력 집중(F)'을 발동합니다.]

방금 나도석이 꺼낸 오오라는 '최초의 선두 주자'의 칭호를 얻은 자에게 주어지는 스킬.

심신합일(心身合一).

일정 시간 동안 마음과 몸을 하나로 묶어, 의지로 신체 능력을 강화하는 특징을 가진 스킬이었다.

게임에선 고작 %로 능률을 올려 주는 것에 족했는데, 현실에서의 그 성능은 과연 어떠할까.

'마음과 몸을 하나로 묶는다라……'

드림 사이드 2에선 이처럼 뭉뚱그려진 설명이 오히려 강한 힘을 발휘할 때가 있는 법이다.

마음을 어떻게 수치로 표현할까.

강서준은 긴장감을 꾹 삼키며 주먹을 말아 쥐었다. 그의 주먹이 긴장감에 부들부들 떨리고 있었다.

'강한 남자야. 쉽게 이길 수 없을 거야.'

그리고 무서운 사람이었다.

[스킬, '류안(A)'을 발동합니다.]

금빛으로 눈을 물들여 상대의 몸속 흐름을 파악해 보니, 새삼스러운 것들로 인해 온몸에 소름이 끼친다.

마력이 한 줌 깃들지 않은 몸이었다.

이 남자는 마력을 단 1도 투자하지 않은 채로 헬 난이도를 공략했고, 지금 이 자리에 다다른 것이다.

강서준은 침음을 삼켰다.

'올힘 캐릭터야……'

그것도 그리드나 트리거 따위와는 하늘과 땅 차이로 다른 점은, 그는 자신의 몸을 어떻게 써야 할지 누구보다 잘 알고 있다는 점이다.

쿠우우웅!

순간 눈앞으로 공기가 터져 나가면서 나도석이 공간을 접 듯 강서준에게 접근했다. 고작 주먹을 휘둘렀을 뿐인데도 엄청난 공기압이 느껴졌다.

공격은 결국 피해 냈지만, 함축된 공기가 뒤쪽으로 날아가 애꿎은 벽을 박살 내 버렸다.

"좋아!"

강서준은 호탕하게 웃어 대는 그의 사각지대로 접어들었다. 재빠르게 반응했지만 이번엔 강서준이 더 빨랐다.

쾅! 쾅! 콰앙!

'심신합일이라더니만…….'

전보다 훨씬 단단해진 몸이었다. 마력도 없으면서 놈은 강서준의 주먹을 버텨 내는 것이다. 자이언트 혼 리자드를 공략하는 기분마저 들 정도였다.

'……하지만.'

강서준은 노도와 같은 기세로 공격을 몰아쳤다.

나도석이 크게 한 번 주먹을 휘두를 때면, 강서준은 세 번은 녀석의 몸을 두드렸다.

부서지지 않을 것만 같던 나도석의 몸도 점차 다른 소음을 내기 시작하기까지 오래 걸리진 않았다.

쾅! 쾅! ……터엉!

다소 당황한 나도석의 얼굴. 그 순간을 놓치질 않고 강서준은 공격 속도를 한 단계 더 높였다.

가진 마력을 힘껏 끌어올렸다.

하지만 함정이었을까.

나도석은 달려든 강서준의 몸을 양팔로 한 번에 붙잡았다. 그는 살벌하게 웃으면서 말했다.

"드디어 잡았다!"

그리고 시작된 강력한 조이기!

놈의 근육이 강서준의 몸을 분쇄할 것처럼 꽉 눌러 댔다. 뼈가 찌그러지는 기분이다. 마력을 집중해서 온몸을 보호했지만 종이 옷을 입은 느낌이었다.

이대로면 질 것이다.

'……아니, 성공이다.'

강서준의 눈이 정확하게 나도석의 관절 부위를 살폈다. 근육량이 현저하게 부족할 수밖에 없는 연결 부위들.

무릎, 팔꿈치, 발목…….

그곳이 강서준의 연타에 잔뜩 뒤틀리고 있었다.

곧 반응이 왔다.

"……흐음?"

점차 놈의 손아귀에서 힘이 빠져나갔다. 조여드는 힘이 줄어드니, 강서준은 손쉽게 공격에서 벗어날 수 있었다.

이윽고 나도석은 바람이 빠진 인형처럼 추욱 몸을 늘어뜨렸다.

이유는 간단했다.

'마력이 1도 없으면 관련된 방어력도 없다는 얘기니까.'

그나마 그 두꺼운 근육이 마력이 깃드는 걸 방지해 왔지만, 류안으로 그 근육이 움직일 때 보여 주는 미약한 틈마저 볼 수 있는 강서준에겐 안 될 일이었다.

집요하게 노린 '마력 공격'은 곧 놈의 두꺼운 근육 안에 숨어 있는 관절을 모조리 공략해 냈다.

그래, 이게 이 남자의 공략법이다.

관절을 다친 인간은 근육이 아무리 많아도 움직일 수 없다.

'그랬어야 하는데……'

"흐으으으읍!"

꺾인 관절을 억지로 억누르며 나도석은 몸을 일으켰다. 심신합일. 마음이 명령했으니 몸이 부서지더라도 움직이는 것이다.

과할 정도로 터프한 스킬이다.

젠장.

강서준은 신경질적으로 말했다.

"그만해. 당신 그러다 진짜 다시는 못 움직여요."

"덤벼라! 아직 끝나지 않았다!"

"하아……"

강서준은 한숨을 내쉬며 손에 마력을 크게 담았다. 이대로 놔두면 죽기 전까지 싸워 댈 테니 마무리를 지을 필요가 있었다.

"죽진 않겠지?"

안 죽을 것이다. 이놈이 얼마나 튼튼한지는 경험해서 알고 있다.

콰아아아아아앙!

강서준은 빛살같이 날아가 놈의 턱을 재차 가격했다. 이번엔 한껏 마력을 담아 휘둘렀기 때문에 턱관절은 완전히 터져나간 상태였다.

역시 이것까진 버티진 못했다.

쿠웅!

나도석은 의식을 잃고 완전히 바닥에 널브러졌다. 강서준은 가까이에서 긴장한 얼굴로 대기하던 한 플레이어에게 말했다.

"일단 이 사람 좀 회복시켜 주세요."

"……묶어 둘까요?"

"아뇨. 그건 소용없을 겁니다."

그때였다.

츠츠츠츳.

쓰러져 있던 나도석의 턱은 제멋대로 뼈의 조각이 맞춰지고 새살이 차올랐다. 오래 지나지 않아 회복되고 있었다.

"……그냥 두세요."

진짜 괴물이다. 이 사람.

❧

잠시 후, 나도석은 아크 내부에 만들어 둔 커다란 감옥에서 눈을 떴다.

그의 온몸에 달린 건 쇠사슬.

소용은 없겠지만 기어코 아크의 플레이어들이 최소한의 방비라고 온몸에 칭칭 둘러 둔 것들이었다.

나도석은 눈을 뜨자마자 물었다.

"……졌나."

강서준은 고개를 끄덕였다.

"하, 세상은 역시 넓군."

"그보다 당신. 대체 목적이 뭐죠?"

"응?"

"왜 느닷없이 싸움을 걸어왔냐는 거죠."

나도석을 바라보는 강서준의 눈에는 의아함이 담겨 있었다. 그도 그럴 게, 이 남자…… 영혼의 색깔이 남달랐다.

'악령이 아닌 건 둘째로 치더라도 이처럼 선한 영혼은 처음이야.'

차라리 악령이었다면 쓰러트린 즉시 어떻게든 재기하지 못할 정도로 만들었을 것이다. 치료? 죽이지 않으면 다행이지.

한데 '영안'으로 보이는 건, 새하얗다 못해 투명하기까지 한 영혼이었다.

"흠…… 그러는 넌 소문과는 다르군."

"소문?"

"마음에 안 드는 자는 전부 죽인다던데."

"아아."

아마 이 녀석은 하르트의 소문이라도 들은 듯했다. 그놈의 소문이 제대로 될 리도 없었을 테니, 오해할 법도 했다.

"오해입니다."

"그렇군."

짧은 침묵이 오갔다.

정말 이해한 건지는 몰라도, 강서준은 깊숙이 파고들진 않았다.

대신 그는 다른 걸 물었다.

"헬 난이도를 통과했다고 했죠."

"꽤 재밌는 퀘스트였지."

"……드림 사이드 1에서의 아이디는 뭐였죠?"

강서준의 머릿속에 수많은 플레이어가 스쳐 갔다. 그중 저 놈처럼 과격한 스텟 분배를 한 몇몇의 괴짜들도 있었다.

최고의 힐러가 되겠다며, 숨은 스텟인 '신성력'에만 올인한 바보 같은 성녀. 천외천 랭킹 6위 모르핀.

게임의 이동속도가 느리다며 터무니없이 민첩에만 올인했던 바람의 정령술사. 천외천 랭킹 11위 켈.

그 이외에도 올힘, 올체력 등의 괴랄한 스텟을 찍은 놈들도 더러 있었다.

그들은 약점이 명확한 대신 누구보다 강점이 도드라져서 PVP에선 상당히 까다로운 상대였다.

바로 '나도석'처럼 말이다.

"안 했는데."

"……네?"

"컴퓨터게임은 근손실 나거든."

헛웃음이 나온다.

그러니까 이 사람…… 사전 지식이 1도 없는 상태에서, 최고 난이도 육성법에 다다르는 '올힘 캐릭터'를 키워 온 것이다.

어떻게 여태 멀쩡히 살아남았는지도 물었더니, 그 대답은 더 가관이었다.

"운동했어."

"……."

"밥도 많이 먹었고."

그의 캐릭터 육성 비법은 고작 '헬스'였다. 던전 아포칼립스물이 된 세계에서 그는 오직 운동하고, 먹고, 싸운 게 전부인 것이다.

'뭐…… 당연하다면 당연한 건데.'

대화를 더 나눠 보니 나도석은 확실히 상식을 월등히 벗어난 사람이었다.

뭐라더라?

스텟으로 힘을 찍은 이유는 운동할 때, 중량을 더 올리고 싶었기 때문이란다.

헬 난이도 퀘스트를 고른 이유도 '헬'이란 글자가 마음에
들었단다.

심지어 플레이어가 된 과정도 괴랄했다.

느닷없이 몬스터들이 나타났길래 전부 때려죽이다 보니
각성했단다.

'……인터넷을 경유하질 않아도 플레이어가 될 수 있다는
건 놀라운 정보긴 한데.'

어떻게 일반인이 몬스터들을 맨손으로 때려잡는단 말인
가. 비현실적이었지만, 그걸 해낸 당사자가 눈앞에 있으니
뭐라 할 수도 없었다.

"당신…… 진짜 여러모로 괴물이네."

"당신에게 그런 말을 들으니 쑥스럽군."

그는 언제 손목을 채우던 쇠사슬을 부쉈는지, 머리를 긁고
있었다. 역시 쓸모없을 줄 알았다.

강서준은 한숨을 낮게 내뱉었다.

"한 가지만 더 물을게요."

"응?"

"당신의 턱을 고치던 그 스킬…… 잘못 본 게 아니라면 '재
생' 스킬 같은데. 어디서 났어요?"

"이거? 그 눈 뾰족하고 돼지 같은 놈들 잡아먹다 보니 생
긴 건데."

"……역시."

이후로도 몇 가지 더 대화를 나눈 강서준은 가뿐한 표정으로 자리에서 일어날 수 있었다.

그 시각.

리자드맨의 우물엔 한창 분주하게 움직이는 리자드맨 사이에서 수정구를 들여다보는 사내가 있었다.

크룩, 아니 배기찬이었다.

"상황은?"

ㅡ힐러들 때문에 다소 난항이었지만 다행히 3구역으로 포자 바이러스를 대량 살포하는 데는 성공했습니다.

"호오."

ㅡ하지만 케이가 등장함으로써 일단은 숨을 죽이고 있습니다.

"……케이가 거기에 있어?"

배기찬은 약간 터무니없어 헛웃음을 지었다. 불과 얼마 전까지만 해도 던전에 있던 놈이 언제 아크로 돌아갔단 말인가.

신출귀몰하기가 귀신같았다.

수정구 너머에서도 우려의 목소리가 들려왔다.

ㅡ네. 해서 작전을 계속 진행해도 될지 확인받기 위해서 연락드렸습니다.

원래라면 아크의 고렘 놈들이 자리를 비운 틈을 노려서 아크를 크게 뒤흔들어 놓을 목적이었다.

나중에 놈들이 돌아가더라도 크게 절망하도록 말이다.

그런데 그곳에 케이가 있다고?

-어떻게 할까요? 일단 잠수를…….

"아니. 작전은 지속한다."

배기찬은 눈을 날카롭게 빛내면서 말한다.

"오히려 기회야. 트리거를 움직여서 아크를 더욱 뒤흔들어라. 절대 케이가 던전에 눈길조차 던지질 못하도록 사정없이 난동을 부려."

그때 수정구 너머에서 조심스러운 목소리가 또 들려왔다.

-그런데 배기찬 님. 의문이 있습니다.

"뭐지?"

-케이가 느닷없이 '축제'를 연다더군요.

"……축제?"

배기찬은 손으로 턱을 쓰다듬으며 고민을 이어 나갔다. 무슨 속셈이지? 이 타이밍에 느닷없이 축제라.

"……함정이군."

-저도 그리 생각합니다.

"하지만 놓치기엔 또 아쉽군. 성공한다면 돌아올 이득이 너무 커."

배기찬은 결정을 내려야 했다.

"자리를 마련해 줬으면 참석해 줘야겠지. 모든 권한을 허락한다. 반드시 작전을 성공시켜라."

-알겠습니다.

전직 퀘스트

쇠뿔도 단김에 빼라고.

나도석과 대화를 마친 강서준은 바로 링링에게 향했다.

그녀는 봉쇄령을 담당하는 마법진을 점검하고 있었다.

"……지금 뭐라고?"

"말했잖아. 나도석이 트롤의 둥지를 알고 있는 것 같아. 그러니 금방 가서 '트롤의 심장'을 가져올게."

"무슨 말인지는 알겠는데, 케이. 축제가 바로 내일인 거 몰라?"

현재 시각은 대략 밤 10시였다. 동틀 때까지 대량 8시간 정도 남은 상황.

링링이 우려하는 게 뭔지 충분히 이해했다.

"본무대는 저녁에 하잖아."

"……저녁까지는 돌아올 수 있고?"

"노력해 볼게."

"하, 꼭 최하나를 무대에 올려야겠어?"

강서준은 확신 어린 어조로 말했다.

"그래야 축제가 완성될 테니까."

반주역에서 죽어 가던 김정우에게 노래를 부르던 최하나가 떠올랐다. 로테월드의 무대 위에서도 죽어 버린 영혼들을 위해 노래를 부르던 모습도 선명하게 기억이 난다.

그녀라면, 그녀의 노래라면.

'아이돌 최하나'라면 강서준이 생각하는 축제를 완성할 수 있을 것이다.

강서준은 어깨를 으쓱이며 말했다.

"그리고 다른 이유도 있어."

"……다른 이유?"

"이대로는 안 되겠거든."

강서준은 자신의 주먹을 꽈악 쥐었다가 다시 펼쳤다. 너덜너덜한 카카시의 가시 건틀렛이 보였다.

여태 이 녀석의 도움을 많이 받았다. E급 던전에서 구한 물건치고는 꽤 버티질 않았던가.

하지만 이젠 이것만으로는 부족했다.

'지금의 난 너무 약해.'

생각해 봤다.

드림 사이드 1의 케이가 이곳에 있었다면 상황은 어떻게 흘렀을까.

감히 아크에 '가짜 케이'가 날뛸 수나 있었을까? 컴퍼니가 대담하게 포자 바이러스를 살포하거나 그리드를 양산할 생각을 할 수 있었을까.

나도석 때는 어땠나.

케이라면 그 정도로 고전했을 만한 일도 아니었다.

'던전에서도 마찬가지야.'

리자드맨의 우물에서의 공략은 NPC의 힘에 편승해야만 가능했다. 그게 현재 아크의 플레이어이자, 강서준의 현주소였다.

그는 고개를 가로저었다.

'케이는 그런 존재가 아니야.'

유일무이한 절대자.

무소불위의 능력자.

케이는 불가능을 몰랐고, 어떤 어려운 공략이 눈앞에 있더라도 그 혼자만의 힘으로 돌파할 수 있는 강함이 있었다.

비록 강서준에게도 '이매망량'이 되어 도깨비의 힘을 다루거나, '백귀'를 다뤄 전보다 더욱 강해졌지만.

그것만으로는 부족했다.

'케이는 대체 불가능한 존재여야 한다.'

그리고 그 모든 능력의 원천은 '단 하나'에서 시작된다.

'……전직 퀘스트를 해야겠어.'

강서준의 눈에 담긴 의지를 읽은 걸까. 링링은 관자놀이를 꾹꾹 누르더니 말했다.

"위험한 생각을 하는 건 아니지?"

"……걱정 마. 반드시 시간 내에 돌아올 테니까."

그리고 사실 링링이 크게 걱정하지 않아도 될 이유가 있었다.

"던전엔 나도석도 같이 갈 거니까."

전직 퀘스트.

드림 사이드에서 어떤 플레이어든 원하는 직업이 있다면, 그와 관련된 조건을 만족시켜야 등장하는 퀘스트.

검사라면 힘 스텟을 일정 수치 이상을 넘겨야 했고, 궁수라면 민첩 스텟을 많이 투자해야 했다.

마법사도 마찬가지였다.

'직업마다 차별된 조건을 성립시켜야 자연스레 부여되는 게 전직 퀘스트야.'

즉 드림 사이드는 전직을 위해서 NPC를 찾을 필요가 없었다. 플레이어의 육성법에 따라서 부여되는 직업은 천차만

별이었으니까.

'내가 만족시켜야 할 조건은 하나였어.'

강서준의 스텟은 이미 동 레벨에서 그 누구도 따라올 수 없는 수준이었다. 진즉에 어떤 직업으로든 전직할 수 있는 조건은 마련해 뒀다.

그럼에도 여태 전직 퀘스트를 시도조차 못 한 데에는 한 가지의 간단한 이유가 숨어 있었다.

'최소 레벨 100일 것.'

강서준은 옆을 따라 걷던 나도석을 바라보며 물었다.

"혹시 전직 퀘스트는 뭘 하셨어요?"

"나? 음…… 몬스터 1천 마리 잡기였나."

"고작?"

"맨주먹으로."

나도석은 '재생'과 '심신합일' 등의 스킬에, 올힘 스텟으로 인하여 확실히 독특한 전직을 한 편이었다.

불굴의 인파이터.

일전에 관절이 모두 꺾였음에도 억지로 움직였던 이유는 단순히 '심신합일'만의 효과는 아니었던 것이다.

그는 정신이 멀쩡하다면, 온몸이 갈려 나가도 절대 쓰러질 수 없는 '불굴의 인파이터'였다.

가히 그에게 어울리는 터프한 직업이 아닐 수 없었다. 나도석은 과거를 회상하듯 입꼬리를 씨익 올렸다.

"크으…… 재밌었는데. 그날 손맛에 중독된 이후로는 맨손이 아니고서는 영 싸울 맛이 안 나더라고."

역시 괴짜다웠다.

만약 강서준에게 비슷한 전직 퀘스트가 부여됐다면, 일단 욕부터 잔뜩 박아 넣고 시작했을 텐데.

몬스터 1천 마리 잡기라고 해도 그게 어떤 몬스터를 잡아도 상관없다는 게 아닐 테니까.

'동 레벨 몬스터를 잡아야 하니까.'

그걸 전부 맨주먹으로 때려잡으라는 괴랄한 퀘스트였다. 그 대상자가 나도석이 아니었으면 쉽게 공략할 만한 내용은 아니었다.

'문제는 남 일이 아니라는 건데.'

강서준은 100레벨을 달성한 것과 동시에, 당연히 '전직 퀘스트'도 부여받았다. 이미 그는 모든 조건을 만족시킨 것이다.

'포션을 쓰지 않고, 마력을 전부 소진시킨 상태로 12시간 연속 사냥이라…….'

드림 사이드 1에서도 겪었던 일이었지만 정말 지랄 맞은 난이도였다. 그 중간에 잠깐이라도 잠들거나 휴식을 취하면 바로 전직 퀘스트가 초기화되니까.

"……이곳입니까?"

"응. 여기 지하에 있어."

"상당히 어울리는 곳에 던전화를 일으켰네."

나도석의 안내를 받아 이동한 곳은 서울의 한곳에 자리한 '혈액원'이었다.

전국에서 모인 수많은 혈액팩이 보유된 곳으로, 병원의 입장에선 그 어느 곳보다 중요했을 장소였다.

하지만 이곳은 을씨년스러운 분위기만 풍겼다. 더는 사람의 흔적이 보이지 않는 것이다.

'그나마 던전이 공략됐으니 망정이지.'

제때를 놓치고 공략되지 못했다면, 서울엔 심장을 찔러야만 죽는 몬스터가 또 추가됐을 것이다.

강서준은 지하 한쪽에 일렁이는 하얀 문을 확인했다. 던전 공략이 완료되어 더는 다른 색깔을 나타내진 않았다.

하지만 내부는 여전히 던전일 것이다.

일정한 숫자의 트롤은 계속 생산될 것이며, 해당 던전의 보스 몬스터인 '트윈헤드 트롤'도 계속해서 되살아 날 것이다.

게임이니까.

"그나저나 정말 이걸로 내 실수는 퉁 치는 거겠지?"

"네. 당신이 부순 중앙광장의 수리비는 따로 청구하진 않을게요."

"좋아."

"그리고 절 도와주시면 당신의 요구대로 한 번 더 싸울 기회를 드리죠."

"……마음에 드는군!"

강서준은 나도석을 이번 일에 끌어들이기 위해 몇 가지 약속을 했다.

하나는 아크에서 그가 벌인 일을 없던 일로 묻어 주겠다는 것이며, 다른 하나는 나도석이 원할 때 한 번 더 결투를 해 주겠다는 '프리결투권'이었다.

'못 말리는 전투광이로군.'

하긴, 그는 몬스터가 나타났기에 때려잡아서 플레이어가 된 이레귤러였다. 일반인의 상식으로 판단하는 건 곤란했다.

모르긴 몰라도, 이 사람이 드림 사이드 1을 플레이했다면 천외천의 한 자리를 꿰차지 않았을까?

"그리고 제가 했던 말 전부 기억하죠?"

"응? 몬스터를 건들지 말라는 거?"

"네. 제가 알려 드린 때가 오기 전엔 나서지 마요."

"걱정 마. 내가 그럴까 봐 덤벨도 들고 왔잖아."

강서준은 나도석에게 몇 번의 신신당부를 한 뒤에야, 던전으로 입장했다. 들어서자마자 보이는 건 어두운 동굴 곳곳에서 일렁이는 붉은 눈동자였다.

[D급 던전, '트롤의 둥지'에 입장하였습니다.]

강서준은 호흡을 가다듬으며 손에 착용하고 있던 '카카시의 가시 건틀렛'을 해제했다.

동시에 '도깨비 왕의 감투'나 '도깨비 왕의 반지'도 착용을 해제했다.

강서준은 장비 하나 걸치지 않은 맨몸이 되어 버렸다.

키이이잇!

그리고 달려드는 트롤의 울음소리.

류안을 발동하며 접근한 강서준은 트롤의 몸을 살짝 쳐 봤다. 일부러 이 안으로 들어오기 전에 마력은 소진시킨 뒤였기에, 그의 공격은 순수한 근력에 의해서 벌어졌다.

그럼에도 트롤의 몸 한쪽이 터져 나갔다.

키이이잇!

하지만 금세 회복해 내는 트롤.

재생 능력이 있는 이놈을 죽이려면 심장을 일시에 꿰뚫어야만 한다. 또한 그 심장 위로는 가장 두꺼운 뼈가 한껏 웅크리고 있다는 것.

한마디로 뼈와 심장을 일격에 부술 정도로 강력한 공격이어야만, 트롤을 죽일 수 있었다.

강서준은 이어서 트롤의 어깨, 무릎, 복부, 머리 등을 차례로 공략했다.

뒤에서 보고 있던 나도석이 훈수를 둔 건 그때였다.

"그놈 심장을 터뜨려야 죽어."

"……나도 압니다!"

강서준의 전투는 또 다른 트롤이 어그로에 이끌려 나타나기 전까지 계속 이어졌다.

['트롤'을 제거했습니다.]
[경험치를 습득했습니다.]
[아이템, '트롤의 가죽'을 습득했습니다.]

가뿐히 트롤의 심장을 꿰뚫은 강서준은, 멈추지 않고 다른 트롤에게 달려들었다. 메시지가 연달아 나타났지만 신경 쓰이는 건 하나였다.

[전직 퀘스트를 진행 중입니다. 남은 시간은 11시간 48분입니다.]

한 몬스터를 상대로 12분이라…… 역시 이 퀘스트를 클리어하는 데엔 '트롤'만 한 상대도 없었다.

동 레벨 기준이었으니, 강서준에겐 부담이 될 것도 없었으니까.

'장비를 벗어도 이놈들을 쉽게 이길 만한 스텟치라는 게 좀 걱정이지만…….'

이렇듯 심장을 터뜨리지 않으면 쉽게 죽질 않는 특징이 있었다. 평소엔 곤란하겠지만 이런 특수한 퀘스트엔 제격인 놈들이었다.

옆에서 나도석이 침음을 흘리며 말했다.

"흐음…… 수련이었군?"

강서준은 트롤의 공격을 회피하며, 일정한 타이밍에 놈의 심장을 제외하고 계속 두드렸다. 나도석은 그걸 보고 또 헛소리를 이어 나갔다.

"역시 근성이 있어. 배울 점이 있군."

뭐, 그가 그렇게 생각하거나 말거나.

강서준은 더는 나도석을 신경 쓰질 않았다. 30분 정도 더 트롤과 드잡이를 잇다 보니 손에 감각이 익었다.

이젠 힘 조절을 통해서 트롤의 몸을 함부로 터뜨리지 않을 자신이 있었다.

그리고 그때였다.

[전직 퀘스트의 시련이 추가되었습니다.]
[각 팔과 다리에 5kg의 모래주머니가 생성됩니다.]

도합 20kg의 무게!

강서준은 순식간에 무거워지는 몸을 의식하며 이를 악물었다. 결국 이때가 오고 만 것이다.

'지랄 맞는 전직 퀘스트 같으니라고!'

하지만 이 또한 예상했다.

그의 전직 퀘스트…….

그를 '랭킹 1위'로 만들어 준 '직업'은 그가 생각해도 '사기성'이 다분했으니까.

그리고 드림 사이드에서 그런 사기적인 직업을 얻으려면 그만한 시련을 넘어야만 하는 법이다.

데스 리스크 데스 리턴.

오랜만에 떠올려 보는 이 보상 패턴에 강서준은 미간을 구겼다.

'내 전직 퀘스트의 시작점은 사실 헬 난이도 퀘스트였으니까.'

강서준이 원하는 직업의 첫 번째 조건이 바로 '선택의 미로'에서 '헬 난이도'를 고를 것이었다.

그리고 헬 난이도 퀘스트라고 하면 당연히 그 과정에선 '시련'이 같이 주어진다.

[전직 퀘스트의 시련이 추가되었습니다.]

[3분간 산소가 제한됩니다.]

앞으로 이런 시련이 얼마나 더 주어질까.

12시간의 연속 전투.

해내야만 그는 원하는 전직을 이룰 수 있을 것이다.

콰아앙!

마력조차 다루지 못하는 채로 몇 번이나 반복되는 무호흡 전투. 슬슬 팔과 다리에 달라붙은 모래주머니의 무게는 도합

50kg을 넘어섰다.

점점 그조차 위험한 순간들이 밀려왔다.

'⋯⋯쓰러질 것 같다.'

슬슬 기계적으로 움직이고 있었다. 의식하지 않아도 주먹은 휘둘렀고, 류안으로 보기도 전에 트롤의 공격을 회피했다.

숨은 쉬고 있을까.

여긴 어디지?

'시간은 얼마나 흐른 걸까.'

무거운 주먹을 휘둘러 트롤을 밀어냈다. 점차 모든 게 무뎌지는 순간이 찾아오고 있었다.

이때가 가장 위험했다.

원래 운전할 때도 시내 주행보다는 고속도로에서의 졸음운전이 더 위험한 법이다.

반복된 전투.

똑같은 몬스터.

지칠 대로 지쳐 버린 몸을 억누르는 각종 시련들까지. 강서준은 희미해진 시야를 제대로 보기 위해서 눈을 부릅떴다.

정신을 차려야 한다.

여기서 쓰러지면 모든 게 말짱 도루묵이다.

하지만.

[전직 퀘스트의 시련이 추가됩니다.]

[한쪽 시야를 제한합니다.]

이놈의 전직 퀘스트는 끝날 기미가 없었다.

강서준은 순식간에 반쪽이 난 시야에 적응할 틈도 없이, 트롤의 다리를 걸고 넘어뜨렸다.

이후로도 의식이 몇 번이나 점멸했을까.

흐릿한 시야 너머로 트롤의 얼굴이 보였다. 강서준은 숨을 헐떡이며 겨우 주먹을 휘두르고 있었다.

그때였다.

콰아아앙!

눈앞의 트롤의 심장이 일시에 터져 나갔다. 죽어 버린 것이다.

"……무슨 짓입니까."

"약속한 시간이야. 고생했다."

"네?"

강서준은 그제야 새로운 메시지가 나타났음을 깨달았다.

[축하합니다. '전직 퀘스트'를 성공적으로 클리어했습니다.]

[스킬, '집중(S)'을 습득했습니다.]

[!]

[직업과 관련된 모든 스킬은 한 단계씩 등급이 상승합니다.]

[스킬, '류안(A)'의 등급이 '류안(S)'가 되었습니다.]

[스킬, '마력 집중(F)'의 등급이 '마력 집중(E)'가 되었습니다.]

……중략……

그의 고생에 보답하듯 수많은 메시지가 폭죽처럼 계속 터져 나왔다. 강서준은 그 많은 내용을 읽어 내려가며 형용할 수 없는 감정에 희열을 느끼고 있었다.

그리고 마지막으로 그는 읽을 수 있었다.

[장비, '봉인된 책'의 첫 번째 자격을 성립했습니다.]

['첫 번째 봉인'이 해제됩니다.]

최하나는 눈을 껌뻑였다.

'여기가 어디지?'

희미한 시야로 새하얀 천장이 보였다. 낯설지만 익숙한 풍경이었다.

'……병원?'

무의식적으로 손가락을 움직여 봤다. 멀쩡히 움직이는 걸로 봐서는 이상은 없었다.

통증도 느껴지지 않는다.

'내가 왜 여기에……'

다음으로 확인해 본 건 시야의 한쪽에 밀려 있는 시스템 로그 기록이었다. 그녀에게 무슨 일이 벌어졌는지 바로 알 수 있었다.

[스킬, '번 블러드'의 영향으로 HP가 감소합니다.]
[중급 'HP포션'을 복용 중입니다. HP가 회복됩니다.]
[스킬, '번 블러드'의 영향으로 HP가 감소합니다.]
[중급 'HP포션'을 복용 중입니다. HP가 회복됩니다.]

같은 문장의 반복이었다.

최하나는 이게 무슨 상황인지 알고 있었다.

'결국 부작용을 일으킨 건가…….'

번 블러드는 피를 불태워 신체를 강화하는 스킬. 필연적으로 HP를 소모시키는 위험성이 있었다.

해서 언젠가 이런 날이 올 줄은 알았다.

늘 죽음을 담보로 싸워 왔으니까, 충분히 예상했던 문제였다.

그렇다면 왜 그녀는 무리를 했냐는 건데.

'흐읍……!'

차츰 정신이 들자, 깨질 듯한 두통과 함께 쓰러지기 직전의 기억이 쓰나미처럼 밀려왔다. 최하나는 마지막으로 봤던 풍경을 떠올렸다.

기암괴석으로 둘러싸인 갈릴리오를 위협하는 거대한 도마뱀. C급 던전의 중간 보스. 반룡 몬스터.

'자이언트 혼 리자드!'

위기에 빠진 김강렬 일행을 구하기 위해 어쩔 수 없이 '번 블러드'를 극성으로 발동했던 그녀였다. 전력으로 놈과 부딪치던 순간들이 떠올랐다.

그녀는 정말 죽을 뻔했다.

'······전투는 이긴 건가?'

적어도 죽지 않고 병원까지 실려 왔다는 건 승리를 했다는 증거겠지.

하기야 그곳엔 강서준이 있었다.

제아무리 자이언트 혼 리자드라고 해도 그를 버텨 낼 재간은 없었을 것이다.

'서준 씨······.'

최하나는 로그 기록의 마지막 문장도 읽을 수 있었다.

[아이템, '트롤의 심장'을 복용했습니다.]
[특수 조건을 만족시켰습니다.]
[종족 특성 '트롤'이 추가됩니다.]

번 블러드의 부작용을 상쇄시키는 유일한 아이템인 '트롤의 심장'.

과거 드림 사이드 1에서도 비슷한 문제를 해결하기 위해서 트롤이 등장했던 던전을 찾아, 이 아이템을 겨우 구해 냈던 게 떠올랐다.

근데 이게 어떻게 그녀의 몸속에 있을까. 의식을 잃은 사이에 대관절 무슨 일이 벌어졌기에…….

그때였다.

최하나는 복도 너머로부터 들려오는 남녀의 목소리를 들었다. 티격태격하는 걸로 보아 사이는 좋지 않은 듯했다.

"쓸모없는 근육덩어리인 줄 알았는데."

"뚫린 입이라고 함부로 놀리는군. 째끄만 한 게."

"당신. 치아 배열 뒤바뀌고 싶어?"

최하나는 미간을 좁히며 상대가 누군지 파악해 봤다. 여자의 목소리는 얼추 누군지 알 수 있었다.

'링링.'

반면 남자는 도통 기억이 나질 않았다. 목소리에 대해서 꽤나 예민한 편이었던 그녀였기에 더욱 자신했다.

모르는 남자였다.

"꼬맹이. 죽고 싶나?"

"흥."

어느덧 병실로 들어선 두 사람은 눈을 뜬 최하나와 시선을 마주할 수 있었다. 링링은 남자의 사나운 눈초리를 무시하며 말했다.

"일어났네. 몸은 좀 어때?"

최하나는 침대에서 몸을 일으키며 말했다.

"……조금 뻐근한 것만 빼면 괜찮아요."

"사지 멀쩡하고?"

"네."

"마력은?"

"안정적이네요."

한편 최하나는 링링의 옆에 선 남자를 그제야 확인할 수 있었다. 예상대로 전혀 기억에 없는 남자였다.

누구지?

단, 한 가지는 확실했다.

'이 남자…… 강하다.'

예리한 '매의 눈'을 가진 그녀였다. 본능적으로 상대의 수준도 어느 정도 파악할 수 있었는데.

막말로 이자는 '파악 불가'였다. 마치 강서준처럼 말이다.

링링은 최하나의 이마에 손을 대더니 말했다.

"열도 없고. 완전히 '번 블러드'의 부작용은 사라진 모양이네."

"……링링 님이 트롤의 심장을 구해 주신 건가요?"

"아니. 그건 케이랑 이 근육이."

"근육이 아니고 나도석이다."

이후로 링링은 그녀가 기절한 사이에 벌어진 일들을 간략히 설명해 줬다. 강서준이 지난밤 나도석과 함께 '트롤의 심장'을 구해 왔다는 얘기도 들을 수 있었다.

"감사합니다."

"인사는 됐다. 나도 원하는 걸 이뤘으니까."

"그래도 감사합니다."

나도석에게 고개를 숙여 감사를 표한 최하나는 문득 주변을 둘러보다 링링과 눈을 마주쳤다.

"……서준 씨는요?"

"잠시 도서관에 다녀오겠다던데."

"도서관요?"

링링은 불만스럽다는 얼굴로 말했다.

"이유는 나도 몰라. 예전에도 도통 종잡을 수 없었는데, 현실은 더 그런 것 같아. 사춘기도 아니고, 왜 그래?"

가볍게 혀를 찬 링링은 대신 다른 화제를 꺼냈다.

"그나저나 축제는 진짜 참여할 거야? 원한다면 당장이라도 빼 줄 수는 있는데."

"네. 몸은 괜찮아요. 할 수 있어요."

최하나는 고개를 끄덕이며 침대에서 완전히 벗어났다. 이미 '트롤의 심장'으로 인해서, '트롤 특성'…… 말하자면 '재생' 스킬이 생겨난 그녀였기에 몸 상태는 꽤 쾌적했다.

링링은 미간을 구기며 말했다.

"내 말을 이해하지 못했구나. 네 몸 상태가 괜찮은 건 내가 제일 잘 알아."

"……."

"솔직히 난 마음에 안 들어. 축제가 계획이라고? 설령 이게 놈들을 유인하는 함정이라고 해도, 사람들의 목숨을 담보로 함정을 판다는 건 합리적이지 못해. 위험부담이 너무 크다고."

그녀는 축제에 대해서 아직도 부정적이었다. 최하나는 그런 그녀를 보면서 나지막이 말했다.

"……고작 그것 때문만은 아닐 겁니다."

"응?"

"서준 씨라면 다른 생각이 더 있을 거예요."

확고한 최하나의 눈을 들여다본 링링은 잠깐 고민이 많은 얼굴을 했다.

"……흐음."

최하나는 문득 창 너머의 사람들을 보았다. 병실이 없어 야외에 걸터앉아 휴식을 취하는 3구역의 사람들.

그리고 지난날 아크의 바깥을 떠돌면서 수많은 사람들을 봐 왔다.

로테월드에서 희생당했던 그들도.

강서준은 함께 봤다.

"제가 아는 강서준 씨가 고작 유인 작전을 위해서 사람들의 목숨을 미끼로 내놓진 않았을 겁니다. 분명히 다른 이유가 있을 거예요."

아마 말로 표현하기 어려울 것이다.

때론 감정이란 건 직접 경험하기 전에는 절대 알 수 없는 문제니까.

세상을 이성적으로만 바라보려는 링링이라면 더더욱 그럴 것이다.

이건.

'직접 겪어야 알게 될 문제야.'

링링은 못다 한 말을 꺼내려는 듯 입맛을 다시며 말했다.

"……설령 그렇다 해도 급할 건 없어. 본무대는 오후 9시야. 좀 더 쉬는 게 어때?"

그 말에 최하나가 어깨를 으쓱이며 답했다.

"반년 만의 무대예요. 전 프로라고요."

앞으로 축제까지 6시간.

오랫동안 방치했던 노래와 춤을 가다듬기엔 빠듯한 시간이었다.

오후 8시 30분.

축제의 본무대는 9시부터 시작이었지만 이미 중앙광장엔 아크의 시민들이 가득 몰려 인산인해를 이루고 있었다.

"그 말 진짜야? 최하나가 나온다고?"

"……듣기로는 아이돌들도 대거 나온다던데."

"살아 있는 아이돌이 있을 줄이야!"

"진짜 축제를 하긴 하나?"

의외는 축제를 그다지 탐탁지 않아 하던 플레이어들도 잔뜩 상기된 얼굴로 각종 간식을 먹으며 무대 앞으로 모여들었다는 점이었다.

아무래도 최하나가 클라크 이전에 전 국민의 사랑을 받던 유명 연예인이기 때문인 걸까.

"최하나가 신곡을 발표한다더라."

"……미친?"

"아, 이러면 무대를 볼 수밖에 없잖아."

세상이 멸망하기 전부터 지치고 힘든 일상을 살아가는 데에 큰 위로가 되던 게 바로 그녀의 노래였다.

남녀노소가 좋아하고, 인생을 노래하는 가수.

무려 최하나는 이번 축제에서 신곡을 발표하겠다고 선언했다.

안 그래도 스마트폰에 몇 안 남은 음원으로 최하나의 노래를 듣던 플레이어들, 그리고 시민들에겐 다시없을 기쁜 소식이었다.

오랜만에 그들은 설레고 있었다.

하지만.

그곳엔 단순히 축제에 참여하려는 시민이나 플레이어만 모여드는 게 아니었다.

날카롭게 주변을 둘러보며 무전을 하는 일련의 사람들.

"작전을 개시하라."

-알겠습니다.

컴퍼니.

그들은 조심스럽게 시민들의 틈에서 버튼을 조작했다. 이 근처에서 대기 중이던 '트리거'에게 한 가지 명을 내리는 버튼이었다.

아크에 퍼진 던전병을, 격발시켜라.

해서 환자들의 상태를 악화시키고, 그리드를 만들어 축제를 망가트리는 게 1단계 작전이었다.

"……."

하나 아무리 기다려도 그들이 원하는 일은 일어나지 않았다. 감염자들이 변해도 진즉에 변했을 시간이 지나도 축제는 여전히 성황이었다.

-A구역, 던전병 발병 실패했습니다.

-B구역, 실패입니다.

-C구역, 실패입니다.

각 구역별로 흩어져 있던 조직원들의 보고가 이어졌다. 가만히 그 내용을 듣던 컴퍼니의 '김우현'은 신경질적으로 되물었다.

"원인은?"

ㅡ……아무래도 무료로 나눠 주는 음료에 치료제가 섞인 듯합니다.

"이 짧은 시간 동안 3구역의 모든 주민을 완치시켰다고?"

ㅡ그러지 않고서는…….

김우현은 미간을 내 천(川)자로 그리면서 한숨을 내뱉었다. 남아 있던 미련을 털어 내는 한숨이었다.

"어쩔 수 없지. 바로 다음 단계로 돌입한다."

아쉽지만 어느 정도 예상했던 일이었다.

그들의 적이 누군가.

바로 천외천의 링링이다.

그녀는 게임에서도 보통 똑똑하지 않으면 다루는 것 자체가 어렵다는 '마법사'를 자유자재로 다뤄, 천재성을 입증한 소녀.

현실에서도 이미 유명했던 그녀였다.

하물며 드림 사이드 2에서는 어쩌고 있는가. 더하면 더했지, 그녀의 천재성은 나날이 도드라졌다.

아크를 둘러싼 마법진만 해도 그렇다.

"그래도 이건 안 될 거다."

김우현은 이미 축제가 벌어지는 2구역 곳곳에 트리거를 배치시킨 상태였다. 원래 계획이던 '던전병 환자 대거 발발'과 '그리드 양산'은 실패했지만, 크게 개의치 않는 이유였다.

작전의 핵심은 결국 이 녀석이니까.

'동시다발적으로 등장하는 트리거를 막을 수 있는 플레이어는 아크에 없다.'

현 아크의 최대 약점은 고렙의 플레이어들이 전부 자리를 비웠다는 것이다.

아크에 케이나 링링, 클라크가 있는 건 어떡하냐고? 김우현은 씨익 웃으면서 드론으로 보여지는 2구역을 둘러봤다.

괜히 트리거를 여러 마리 투입한 게 아니다.

'케이는 아직 드림 사이드 1의 힘의 일부도 되찾지 못했어. 고작 셋에서 동시다발적으로 일어나는 일을 막을 수는 없어.'

그리고 축제에 트리거가 등장했다는 사실 자체만으로도 컴퍼니의 계획은 일부 성공하는 꼴이었다.

결국 놈들 안방에 몬스터를 넣어 놨다는 걸 증명하는 꼴이니까.

김우현은 자신이 있었다.

"트리거를 전부 기동해라."

-네.

다시 김우현은 드론의 영상에 집중했다. 아직 웃고 떠드는 축제는 비명을 지르는 아비규환의 현장으로 뒤바뀔 것이다.

그래. 이건 케이의 오만이 부른 비극이다.

이런 시국에 축제라니!

김우현은 사악하게 웃으면서 비극이 벌어지길 기다렸다. 팝콘이라도 있으면 좋을 텐데.

그리고 다시 시간이 흘렀다.

"……A조. 어떻게 된 거지?"

김우현은 미간을 구기며 말했다.

"B조 보고해."

"C조!"

각 조의 이름을 불러 봤지만 아무도 대답하지 못했다. 그는 문득 모골이 송연한 느낌을 받았다.

몇 번이나 조의 이름을 불러 봤다.

겨우 무전이 돌아온 건 D조였다.

─……내가 말했을 텐데. 내 눈에 띄지 말라고.

들려온 목소리에 김우현은 심장이 쾅 떨어지는 기분이 들었다. 이 목소리를 어찌 모를까.

"케이."

그는 입술을 잘근 깨물면서 물었다.

"……무슨 짓을 한 거지?"

─숨으라고 할 때 말 잘 듣고 숨었어야지. 안 그래?

"이런다고 네놈이 날 막을 수 있을 것 같아?"

김우현은 이번 작전의 마지막 단계를 실행하기로 결정했다. 그래, 이번 작전의 끝은 트리거가 아니었다.

진짜는 그의 손에 쥐어져 있는 것이다.

하지만.

─찾았다.

"……!"

김우현은 화들짝 놀라며 뒤로 펄쩍 물러났다. 무전이 아닌, 가까이에서 뚜벅뚜벅 걸어오는 발소리가 들렸기 때문이다.

"너넨 기억력이 금붕어냐?"

어두운 터널. 빛이 한 점 없는 그곳에서 금빛의 두 눈동자가 살벌하게 일렁이고 있었다.

"……케이!"

어느덧 가까이에 다가선 강서준은 싸늘한 눈초리로 말했다.

"내가 내 눈에 띄면 전부 죽여 버린다고 했잖아. 안 그래?"

"……이익!"

"쉿. 오늘 축제인 거 몰라? 조용히 해. 흥이 깨지잖아."

김우현은 부들부들 떨면서 말했다.

"이대로 끝난 줄 알면 착각이다. 감히 네놈이라도……."

"시끄럽고. 얼른 끝내자."

"뭐?"

케이는 성큼 다가오더니 김우현의 목을 움켜쥐었다. 언제 이곳까지 다가왔는지 몸이 반응조차 하질 못했다.

"무, 무슨……!"

"나도 최하나의 무대는 보고 싶거든."

콰직!

축제

본무대가 시작하기 전.

강서준은 경계의 벽 위에서 진하게 내린 아메리카노를 마시고 있었다.

지난밤을 새운 전투에 이어, 쉬지 않고 계속 움직여서 피곤했기 때문이었다.

'하지만 모든 준비는 끝났어.'

[스킬, '류안(S)'을 발동합니다.]

강서준은 경계의 벽 위에서 2구역 전체를 둘러볼 수 있었다. 여기서 꽤 거리가 떨어진 중앙광장까지도 어렵지 않게 보일 정도로 시야가 넓었다.

'생각보다 성능이 더 좋아.'

아무렴 S급으로 성장한 '류안'이었다.

이 정도 성능도 나오지 못한다면 S급이란 이름이 서럽다. 강서준은 들려오는 무전을 확인했다.

─해독은 끝났어. 나머진 네 몫이야.

"알겠어, 고마워."

링링의 무전에 가볍게 답한 그는 드디어 축제의 곳곳에서 이상한 흐름을 흘리는 녀석들을 발견했다.

예상대로 컴퍼니는 이 축제를 노리고 공격을 개시한 것이다. 그리고 그 목적에서 죽게 될 사람은 얼마나 될까.

문득 링링이 한 말이 떠올랐다.

'무모하고 어리석은 계획……'

박명석이야 이 전력이 최고라고 말했지만, 링링이 보기엔 위험 요소가 너무 컸던 것이다.

틀린 말은 아니었다.

실패하면 공든 탑은 모두 무너질 테니까. 아크는 여기서 붕괴하고 말 것이다.

"리스크는 늘 있었어."

그럼에도 강서준은 축제를 강행했다. 단순히 컴퍼니를 처치하기 위해서?

호흡을 정돈하며 금빛으로 빛나는 두 눈동자를 부릅떴다.

포착된 놈들의 움직임이 세세하게 그의 시야에 걸려 있었다.

'아무리 단단한 벽이라도 안에서부터 무너지면 결국 허물어지는 법이야.'

그때는 걷잡을 수 없는 희생으로 그 대가를 치르게 될 것이다.

[스킬, '초상비(F)'를 발동합니다.]

경계의 벽에서 훌쩍 뛰어내린 강서준은 가뿐히 가까운 지붕을 밟아, 앞으로 나아갔다. 분명 높은 곳에서 떨어졌음에도 착지음마저 음소거된 듯 조용했다.

스킬 덕분이었다.

'풀을 밟아도 소리가 나질 않는 경공.'

소설에서 읽었던 그대로였다.

강서준은 씨익 웃으며 지붕 몇 개를 더 뛰어넘었다. 가장 가까이에 있던 적이 눈앞에 나타났다.

슬슬 기지개를 켜며 몸을 일으키는 놈.

하지만.

스거어억.

카카시의 가시 건틀렛에서 뽑아낸 가시는 정확하게 놈의 목을 베어 내고 지나갔다.

두부 잘리듯 뎅강 떨어져 나간 머리는 공중을 빙글 돌더니 바닥에 널브러졌다.

['나태의 트리거 : 강동주'를 처치하였습니다.]
[경험치를 습득했습니다.]
[보상으로 '나태한 자의 목걸이'를 습득했습니다.]

그새 강서준은 다른 곳을 향해 달리고 있었다.

[하나 더 발견했습니다.]

2구역 곳곳으로 흩어져 조사 중인 플레이어들이 시시각각
무전을 보내왔다. 강서준도 류안으로 쉽게 그 흐름을 쫓아서
움직였다.
'다음은 2블럭 앞 건물 옥상!'
좁은 골목의 벽의 양쪽을 연달아 박차고 올라간다. 목표로
했던 건물 옥상까지 다다르는 건 금방이었다.
혓바닥을 길게 내민 한 마리의 트리거가 그를 발견하고 날
카롭게 혀를 휘둘러 왔다.

[스킬, '파이어볼(F)'을 발동합니다.]

강서준은 공중의 한쪽으로 파이어볼을 발사시켜, 그 충격

으로 몸의 방향을 틀었다. 그대로 바닥에 착지한 그는 휘둘러지는 혓바닥을 유려한 몸놀림으로 피했다.

다시 공격까지는 한순간이었다.

['식욕의 트리거 : 양현주'를 처치했습니다.]
[경험치를 습득했습니다.]
[보상으로 '미식의 칼날'을 습득했습니다.]

귓가로 무전이 또 들려왔다.

─……너무 요란하게 하지 마.

"고마워. 소리 차단해 줬지?"

─됐고, 앞으로 셋이야. 얼른 끝내.

"오케이."

다시 옥상에 착지한 강서준은 무전과 류안으로 적을 쫓았다. 초상비를 극성으로 발휘하니, 건물과 건물을 오갈 수 있는 고속 주행도 가능했다.

물론, 그만큼 마나의 소모량이 많아졌지만 전처럼 금세 배터리가 떨어질 일은 없었다.

[스킬, '집중(S)'을 발동합니다.]
[마나의 소모량을 50% 절약했습니다.]

이 스킬은 필요한 마나만을 뽑아 쓰도록 고도의 정밀한 컨트롤을 가능하게 하는 효과도 있었다.

그만큼 머리가 피곤해졌지만, 그 정도는 가뿐히 무시하고 넘길 수 있었다.

그에겐 S급 침착 스킬도 있으니까.

스거걱!

스걱!

스거어억!

뒤이어 트리거를 모두 찾아내 단칼에 베어 버린 강서준은 호흡을 정돈하며 주변을 둘러봤다.

발견한 다섯 마리는 모두 처치했다.

하지만 아직 놈들의 '머리'를 잡은 게 아니니, 상황은 끝난 게 아니었다.

'……어디에 숨었냐.'

그의 류안이 문득 황급히 자리를 떠나는 한 사람을 발견했다. 플레이어로 보였지만, 그 낌새가 다분히 수상했다.

그는 예상대로 컴퍼니의 조직원이었다.

강서준은 놈의 무전기를 강탈할 수 있었다.

"……내가 말했지? 내 눈에 띄지 말라고."

ㅡ……무슨 짓을 한 거지?

"숨으라고 할 때 말 잘 듣고 숨었어야지. 안 그래?"

ㅡ이런다고 네놈이 날 막을 수 있을 것 같아?

분노에 찬 목소리가 들려왔지만 강서준은 신경 쓰지 않았다. 그는 오직 무전기에서 쏟아지는 신호를 읽어 들일 뿐이었다.

[스킬, '류안(S)'을 발동합니다.]

강서준은 씨익 웃으면서 말했다.

"찾았다."

❖

"너넨 기억력이 금붕어냐?"

놈은 가까운 지하에 숨어 있었다.

아크에서도 하수구는 필요했고, 사람의 발길이 닿을 리 없는 곳이었으니 숨기도 딱 적당했으리라.

"……케이!"

남아 있던 컴퍼니원이 그를 보면서 성난 목소리를 토해 냈다. 그러거나 말거나, 강서준은 살벌하게 말했다.

"내가 내 눈에 띄면 전부 죽여 버린다고 했잖아. 안 그래?"

"……이익!"

"쉿. 오늘 축제인 거 몰라? 조용히 해. 흥이 깨지잖아."

컴퍼니원은 교회에서 봤던 놈과 마찬가지로 하얀 성복을 입고 있었다. 마인을 다루던 그놈과 같은 소속이라는 증거였다.

그리드와 마인이라…….

인간을 괴물로 만드는 것에 있어서 공통점이니, 같은 소속이어도 이상할 건 없었다.

"이대로 끝난 줄 알면 착각이다. 감히 네놈이라도……."

"시끄럽고. 얼른 끝내자."

"뭐?"

강서준은 초상비를 극성으로 발동하며 공간을 접듯 놈에게 접근했다. 움켜쥔 목울대가 긴장한 듯 떨어 댔다.

"무, 무슨!"

"나도 최하나의 무대는 보고 싶거든."

콰직!

일격에 목울대를 부쉈다. 컴퍼니원은 허무하게도 바로 죽은 듯 보였지만, 긴장을 늦추진 않았다.

분명히 죽어 버린 놈의 몸에선 기이하게 마력이 점차 그 힘을 늘려 가고 있었으니까.

"링링…… 보고 있어?"

-응.

"이놈이랑 나만 따로 공간을 격리시켜 줘. 가능하겠지?"

-말은 쉽게 하는구나.

"가능해? 아님 불가능해?"

―바깥으로 유인만 해 줘.

강서준은 일단 불길한 마력을 들끓던 놈의 시체를 던져 버렸다. 금세 놈의 시체는 점차 괴상한 형체로 변형되고 있었다.

머리에 뿔이 자라나고 어깨 너머로 날개가 솟아났다. 들소? 놈이 날카롭게 이빨을 들이밀며 달려드는 순간이었다.

"우어어어어!"

울음소리 정도야 링링의 차단 마법으로 들리진 않겠지만, 이놈이 내지를 충격까지 모두 상쇄할 수는 없을 터.

강서준은 하수구를 뛰어 빠르게 밖으로 이동했다. 넓은 공터는 아니었지만 얼추 빈민가 사이에 있던 골목으로는 나올 수 있었다.

―격리시켰다.

일 처리도 빠르지.

후우웅!

강서준은 건물 외벽을 밟아 재차 공중에서 한 바퀴 빙 돌았다. 바깥으로 튀어나온 몬스터는 얼추 미노타우르스를 떠오르게 하는 외형이었다.

알 법했다.

트리거의 상위 개체. 욕망의 끝에 다다른 자.

"익스텐더……."

강서준은 가시를 길게 뽑아내며 호흡을 가다듬었다. 상대가 익스텐더라면 조금 긴장할 필요가 있었다.

『케이…… 넌 죽을 곳을 골라서 찾아온 것이다!』

익스텐더답게, 괴물인 주제에 의식을 갖고 있었다. 그리고 놈이 대뜸 소리를 빼액 지른 건 그때였다.

['성취욕의 익스텐더 : 김우현'이 '스피커 다운'을 발동했습니다.]

"크윽……."

무방비 상태로 들어 버린 놈의 괴성은 일격에 고막을 찢어 버렸다. 귀에서 피가 뚝뚝 흘러나왔다.

정신을 차릴 틈이 없었다.

익스텐더는 강서준을 향해 빠르게 쇄도해 왔다.

『아직도 네놈이 드림 사이드 1의 케이인 줄 아느냐!』

날개를 접으며 빠르게 머리의 뿔을 찌르는 익스텐더!

강서준은 미간을 찌푸리며 주먹을 말아 쥐었다.

그리고 말했다.

"야, 시끄럽다고 했잖아."

[스킬, '파이어볼(F)'을 발동합니다.]
[스킬, '마력 집중(E)'을 발동합니다.]

움켜쥔 주먹 속에는 터무니없지만 '파이어볼'이 들어 있었다. 강서준은 지척까지 다다랐던 익스텐더를 향해 움켜 쥔 파이어볼을 그대로 휘둘러 버렸다.

공격을 가했던 익스텐더는 오히려 카운터를 맞고 바닥으로 널브러져야 했다.

겨우 몸을 일으킨 놈은 강서준을 올려다봤다.

"어, 어떻게……."

그때 강서준은 미간을 구기고 있었다.

"이거 더럽게 아프네."

불타올랐던 그의 손은 크게 화상을 입은 상태였다. 방금 파이어볼을 움켜쥐어 휘두른 대가였다.

하지만 곧, 손의 화상은 치료됐다.

또한 먹먹해졌던 소리가 점차 정상으로 돌아오는 걸로 보아, 고막도 완전히 치료된 모양이었다.

[스킬, '초재생(F)'을 발동합니다.]

그러자 놈이 더욱 놀란 얼굴로 말했다.

"무슨 짓을 한 거냐…… 어떻게 마법과 힐을 동시에!"

"글쎄. 말해 줄 이유가 있나?"

강서준은 으스대며 재차 파이어볼을 가공했다. 움켜쥔 파이어볼이 규모가 커질수록 피부를 녹이고 데미지를 주었지만 신경 쓰지 않았다.

그만큼 더 강력한 힘을 낼 터.

"그러고 보니 드림 사이드 1의 케이랑 같은 줄 아냐고 물었었지?"

녹아내렸던 피부는 재생되고, 또한 녹길 반복했다. 그럴수록 강서준의 손에 쥐어진 파이어볼은 그 규모가 커졌다.

"당연히 다르지."

"뭐?"

"그때보다 더 강해질 것 같거든."

놈이 다시 날개를 활짝 펴고 날아올랐다. 최후의 일격이라도 가하려는 걸까. 가공할 만한 기세로 놈의 마력이 솟구쳤다.

"오만한 노오오옴! 반드시 네놈을 꺾고 말 것이……!"

"몇 번을 말하냐."

[조합 스킬, '파이어 익스플로전(F)을 발동합니다!]

놈의 말을 잘라먹은 강서준은 그의 주먹보다 훨씬 커진 파이어볼을 손에 두른 채로, 놈의 정면으로 휘둘렀다.

일시에 터져 나간 폭발!

단 일격에 익스텐더의 상체가 소멸해 버렸다.

"……시끄럽다고."

['성취욕의 익스텐더 : 김우현'을 처치했습니다.]

[레벨이 올랐습니다.]

[레벨이 올랐습니다.]

한 번에 두 개의 레벨이 올랐다. 익스텐더의 최소 레벨이 150대인 걸 감안한다면 당연한 경험치였다.

[보상을 획득할 수 있습니다.]

1. 스텟 +5

2. 성장하고 싶은 머리띠

[전부 획득하시겠습니까?]

강서준은 대충 시스템 메시지를 옆으로 밀어내며 한숨을 덜어냈다. 그의 손은 파이어볼의 파괴력에 의해 아작이 났지만 점차 회복되고 있었다.

[스킬, '초재생(F)'을 발동합니다.]

"……이 정도면 충분하려나."

그는 속으로 쾌재를 부르며 씨익 웃었다. 역시 드림 사이드의 진짜 시작은 '전직부터'라는 말이 괜히 있는 게 아니었다.

다양한 스킬.

더 강력해진 힘!

이러니 강서준이 드림 사이드 1의 난이도가 거지같았어도 섭종까지 무려 5년을 즐긴 것이다.

이쯤이면 그의 가장 부족했던 부분인 '공격력'은 물론, '스킬'도 보완해 낸 셈이다.

퍼엉! 퍼어어엉!

전투가 끝나자, 곧 격리가 해제되면서 멀리 폭죽이 터지는 게 보였다. 강서준은 밤하늘에 수를 놓는 불꽃을 올려다봤다.

"불꽃놀이는 마지막 순서였잖아."

─네가 워낙 요란했어야지.

"상대가 워낙 얌전했어야지."

무전기 너머로 링링의 한숨이 바로 들려왔다. 그녀는 나지막이 되물었다.

─근데 너…… 대체 직업이 뭐야?

"응?"

─전직을 했다고는 들었지만, 도통 감을 못 잡겠어. 마법, 힐, 체술…… 이러니 더더욱 1의 케이 같아졌지만. 솔직히 갑자기 너무 괴물 같아졌잖아.

링링은 조심스레 말을 이었다.

─대답해 주기 어려워?

강서준은 어깨를 으쓱이며 불꽃놀이를 올려다봤다.

직업이라…… 딱히 숨길 생각은 없었다.

이젠 단순히 게임은 아니니까.

아크의 사령탑인 링링이라면, 그의 직업을 알고 있는 게 오히려 앞으로의 던전 공략에서 전략을 짤 때 더욱 유용할 것이다.

'……안다고 바뀔 것도 없으니까.'

어차피 이 직업은 한정판이다.

강서준은 씨익 웃으면서 말했다.

"도서관 사서."

─……뭐?

"내 직업은 '도서관 사서'야."

도서관 사서.

선택의 미로에서 헬 난이도를 골라야만 전직할 수 있다는 극악의 조건을 가진 이 게임의 유일무이한 직업.

케이가 랭킹 1위가 될 수 있었던 가장 큰 이유 중 하나였다.

'도서관 사서로 전직하지 못했다면 드림 사이드 1의 케이는 없었겠지.'

사실 이름만 봐서는 비전투직업에 불과한 이 직업은, 활용도에 따라서 무궁무진한 가능성을 갖고 있었다.

그중 이 직업의 가장 큰 혜택이라 볼 수 있는 점은 아무래도 '어떤 스킬이든 제약 없이 습득할 수 있다는 점'이었다.

'마법이면 마법. 검술이면 검술.'

다양한 스킬을 마음껏 습득하고, 그 스킬을 조합해서 '케이'만의 독특한 전투법을 완성하는 것이다.

'역시 사기적인 직업이야.'

그래서 뭐 밸런스가 망가지지 않냐고?

모르는 소리였다.

이 직업의 조건 중 선택의 미로에서 헬 난이도를 고르는 건 고작 '첫 번째 조건'에 불과했다.

'직업 전용 아이템도 구해야 해.'

그것도 어디 평범한 아이템인가. 무려 L급, 입수 난이도가 극악에 다다르는 장비였다.

일반 사냥에선 구할 수도 없고.

아무리 돈이 많아도 살 수조차 없다.

오직 퀘스트를 통해서 장비를 구할 수 있으며, 그 퀘스트의 난이도는 두말할 것도 없다.

당연히 헬 난이도 뺨친다.

'이번엔 다행히 패스했지만.'

강서준은 인벤토리에 고이 간직된 그의 섭종 보상, '봉인된 책'을 떠올렸다. 그나마 이번 전직이 편했던 건 이 녀석을 갖고 있기 때문인 것이다.

'섭종 보상에 넣길 천만다행이지.'

봉인된 책.

L급 직업 전용 장비로, 도서관 사서만이 사용할 수 있는 아이템이었다.

그리고 강서준이 각종 직업의 다양한 스킬을 마음껏 쓸 수 있는 매개체가 되기도 했다.

일종의 스킬북 같은 것이다.

'원래 이 책을 가져온 이유도 안에 등록된 스킬들이 아까워서였지만…….'

유감스럽게도 전직 후 펼쳐 본 봉인된 책엔 아무런 스킬도 기입되지 않았다. 아무래도 시스템이 자체적으로 밸런스를 맞추기 위해 지워 버린 듯했다.

―그러니까 넌 책을 읽으면 그 책의 스킬을 네 몸에 적용시킬 수 있다고?

"원래는 스킬북을 필요로 했지만, 아무래도 이번엔 다르더라고. 혹시 몰라서 무협지를 읽어 봤더니 등록되던데."

―미쳤네…….

강서준은 고개를 끄덕이며 링링의 말에 긍정했다. 그녀의 말마따나 스킬을 얻게 되는 과정은 그가 생각해도 사기적이었다.

막말로 책을 읽기만 해도 관련된 스킬을 얻어 낸다니. 마음만 먹는다면 원하는 스킬을 마음껏 얻을 수 있는 것이다.

강서준은 어깨를 으쓱이며 한마디를 덧붙였다.

"다 되는 건 아니야. 조건이 꽤나 까다로워."

일단 등록한 스킬은 일반적인 방식으로는 등급 업을 시킬 수 없는 단점도 있었다.

도서관 사서만이 얻을 수 있는 스킬이었으니, 도서관 사서만이 할 수 있는 방식으로 등급 업을 시켜야만 하는 것이다.

아마 책의 두 번째 봉인을 풀기 전엔 어렵겠지.

ー그래도 캐릭터의 방향을 생각한다면 지나치게 가능성이 무궁무진하잖아?

"잘못하면 이도저도 아닌 잡캐가 될 수도 있는 거지."

하지만 링링은 그 말에 절대 긍정하질 않았다.

ー……네가?

"어쨌든. 무대는 어때? 최하나는?"

ー아, 이제 시작했어. 왜? 너도 오려고?

강서준은 초상비를 발동시키며 나지막이 답했다.

"물론. 이래봬도 나 최하나 팬이야."

축제의 본무대가 막을 올리고 있었다.

⊰≈⊱

그녀가 무대에 등장한 건 아크의 하늘에 대단위로 수놓던 폭죽이 얼추 끝날 무렵이었다.

암전된 무대.

그 위로 새하얀 스포트라이트가 떨어지면서, 전투복이 아닌 '무대 의상'을 입은 최하나가 한 떨기 꽃 같은 미소를 지으며 나타났다.

환호성을 지르던 사람들은 최하나의 입술이 열린 것과 동시에 약속이라도 한 듯 고요해졌다.

"눈을 감아요. 기억나나요."

아름다운 선율에 맞추어 피아노 반주가 나지막이 울렸다. 약간 물기 젖은 목소리는 청초하게 퍼졌다. 그 음색이 절로 심장을 자르르 자극했다.

"흩어져 버린 모래알처럼. 수놓은 별들처럼 희미해졌죠."

무대에서 그다지 멀리 떨어지지 않은 옥상. 일련의 플레이어들은 그곳에 자리를 잡고 있었다.

그들은 컴퍼니로부터 아크를 지키기 위해서 무던히도 순찰을 돌았던 이들이었다.

강서준이 익스텐더까지 잡아내면서, 최소한의 인원을 제외하고는 모두 무대를 봐도 된다는 허락이 떨어진 것이다.

그리고 강서준의 옆으로 박명석이 다가오더니 대뜸 입을 열었다.

"이거였군요. 축제의 진짜 이유."

"네?"

"너무 당연했던 것들이라 잃어버렸는지도 몰랐어요. 그

러네요. 우리한테 필요한 건 유능한 플레이어만이 아니었어요."

박명석은 축제가 펼쳐지는 2구역의 중앙광장을 쭈욱 둘러봤다.

먹고, 마시고, 울고, 웃고…….

누구는 잔을 부딪치며 건배를 외치고, 누구는 뜨거운 불길 앞에서 프라이팬을 뒤집었다.

최하나의 무대를 보며 울 것 같은 얼굴을 한 사람들도 있었다.

중앙광장 하나에 다양한 사람들이 있었다.

박명석은 쓸쓸하게 말했다.

"우린 너무 많은 걸 잃었었군요."

강서준은 고개를 끄덕이며 답했다.

"네. 우린 착각해선 안 됩니다."

강서준이 생각하기에 아크에 당장 필요한 건 적으로부터 모두를 지켜 낼 수 있는 든든한 울타리가 아니었다.

컴퍼니가 없는 안전한 도시? 그런 것보다 중요한 건 따로 있다.

'삶의 가치.'

무엇을 위해 사는가.

어째서 그렇게 노력하는가.

여태 그들이 살아온 이유가, 고작 레벨 업을 해서 몬스터를 죽이기 위함은 아닌 것이다.

'게임도 그래. 오직 사냥만이 전부인 게임은 망겜 소리 듣기 마련이라고.'

아크는 그게 문제였다.

고작 레벨이 높다는 이유로 대단해지고, 플레이어가 아니라는 이유로 쓸모가 없어졌다.

왜 2구역과 3구역 사이에 경계가 생겨났을까. 왜 그들 사이에 우선순위가 매겨졌는가.

삶의 가치가 오직 '생존'에만 집중됐기 때문이다.

"살아간다는 건 생존만이 전부가 아니니까요. 그 이상의 것들도 봐야죠."

삶의 가치가 달라진다면.

플레이어는 이 세계에서 그저 싸움에 좀 더 특화됐을 뿐이다. 그들만이 특별한 건 아니었다.

강한 플레이어가 돼서 몬스터를 잘 때려잡는다고, 최하나처럼 심금을 울리는 노래를 부를 수 있을까.

상황에 따라 각자 쓸모는 다른 법이다.

할 수 있는 것들도 다르다.

'나조차 세상이 멸망하기 전엔 그냥 백수였어.'

강서준은 어깨를 으쓱이며 절정에 다다르는 최하나의 무대를 바라봤다. 그녀의 목소리가 고조됨에 따라 사람들의 감정선도 한껏 올라갔다.

박명석은 말했다.

"잘할 수 있을 것 같아요."

"네?"

"······빌어먹을 이 세상도 살 만하다고요."

울컥하는 그의 목소리를 들으며 강서준은 나지막이 고개를 끄덕였다. 최하나의 노래는 끝나 가고 있었지만, 아무래도 이 여운은 길게 남아 사라질 것 같진 않았다.

다음 날, 강서준은 아침 일찍 채비를 꾸렸다. 딱히 가지고 온 짐은 없었기에 챙길 짐도 별로 없었다. 그저 배웅하는 사람들에게 마주 인사를 할 뿐이다.

오대수가 물었다.

"바로 떠나십니까?"

"네. C급 던전을 마저 공략해야죠. 놔두고 온 일들이 워낙 많잖아요?"

"그렇군요······."

기존의 목적이던 최하나의 회복은 기대 이상으로 해냈다. 아크를 전복시키려던 컴퍼니의 음모도 철저히 부쉈다.

트리거 여섯 마리 제거부터 익스텐더 한 마리의 제거는 대단히 큰 업적이었다.

'가장 이득인 건 내 전직이지.'

강서준은 예상외의 이득에 입꼬리를 씨익 올렸다. 그렇다고 그가 어느 웹소설의 주인공처럼 하루아침에 먼치킨이 된 건 아니지만, 좋은 건 좋은 것이다.

'이 정도면 변수는 만들 수 있겠지.'

C급 던전을 통째로 뒤흔드는 태풍이 될 수는 없어도, 작은 돌풍 정도는 만들 수 있을 것이다.

그리고 그때였다.

"어제 무대 너무 좋았어요! 고마워요!"

"최하나! 최하나! 최하나!"

"음원 발매해 주세요!"

"최하나 님! 여기 좀 봐 주세요!"

어떻게 알고 찾아왔는지 무수한 사람들이 큰 소리를 외치며 연신 최하나의 이름을 부르고 있었다.

그중 기자도 섞여 있었다.

서울에서도 겨우 살아남은 기자들이 한데 뭉쳐 만든, '아크일보'의 오늘자 메인타이틀이 결정되는 순간이었다.

'어디서 소문이 샌 건지.'

강서준은 사람들에게 손을 흔드는 최하나를 보면서 어깨를 으쓱였다. 역시 유명 연예인 출신은 다르긴 다르다. 이런 상황에서도 여유롭기 그지없다.

사람들의 시선은 강서준에게도 향했다.

"케이 님! 들었습니다! 당신이 우릴 살렸다면서요?"

"우리에게 케이는 당신뿐이야!"

"외국산 케이는 싸가지만 없지!"

"케이! 케이! 케이!"

이쯤 되면 저들이 최하나의 팬인지 케이의 팬인지 모를 지경이다. 강서준은 괜히 낯간지러워 시선을 돌려 링링을 바라봤다.

"그럼 다녀올게."

"응. 죽지 말고."

강서준은 링링을 비롯하여 오대수를 일별했다. 이것으로 아크를 떠날 채비는 모두 마쳤다.

문득 옆에서 나도석이 말했다.

"C급 던전이라…… 흥미롭군!"

온몸이 무기 같은 근육질의 남자, 나도석. 그도 강서준을 따라서 C급 던전 공략행에 참여하기로 했다.

이유는 말했다시피 '흥미'였다.

"……수원으로 안 돌아가도 됩니까?"

"알아서 잘 살겠지."

"당신이 없으면 많이 힘들 텐데요."

"사서 걱정은. 나 하나 없다고 죽을 동네였으면 진즉에 전멸했겠지."

"흐음…… 알겠습니다."

그가 그렇다면 그런 것이다. 강서준은 대충 생각하고 넘어가기로 했다.

사실 이만한 플레이어가 함께해 준다면 강서준의 입장에선 두 팔 벌려 환영할 일이었으니까.

"그나저나 출발은 네 명이 한다고 하질 않았나?"

"병원에서 일이 많다더군요. 아, 저기 옵니다."

강서준은 서울병원에서 수많은 환자와 의사 들의 배웅을 받으며, 이쪽으로 다가오는 김훈을 확인했다.

"꼭 살아서 돌아와!"

"당신은 의료계의 희망이야! 죽으면 안 돼!"

"김훈!"

"……."

요 며칠 동안 병원에서 뭘 하고 다닌 건지. 아이돌 못지않은 대우를 받으며 돌아온 김훈은 쑥스러운 듯 고개를 숙였다.

"제 능력이 생각보다 치료에 효과적이더라고요. 남는 인력 좀 돕다 보니……."

들기론 그가 구해 낸 사람만 물경 30명이 넘었다. 그것도 죽을 뻔한 위기에 처한 환자만을 구한 숫자였다.

김훈의 특수 포션 치료.

원하는 구역으로 포션을 공간 이동 시켜서 직접적으로 상처를 치유하는 터무니없는 치료법은 현 의료계의 돌풍을 불러왔다고 평가됐다.

오죽했으면 '공간 이동' 능력자를 모집하겠다고 직업코리아나 곳곳의 게시판에 구인 공고가 올라갔을까.

"그럼 슬슬 가 볼까요."

아크를 벗어나 광화문까지 일직선.

가는 내내 리자드맨 따위가 덤벼들었지만, 나도석까지 포함된 강서준 일행을 상대로 뭘 어쩔 수 있을까.

강서준은 금세 리자드맨의 우물 앞까지 다다를 수 있었다.

김훈이 말했다.

"김강렬 대위님의 마지막 연락으로는 리자드맨 군단의 움직임이 심상치 않다더군요. 시나리오 퀘스트도 거의 종반부에 도달했고요."

강서준은 고개를 끄덕이며 전해 받은 시나리오 퀘스트 내용에 대해서 떠올려 봤다.

"'용의 인장'을 차지하는 쪽이 던전의 주인이 되는 내용이었죠?"

던전의 주인.

이른바 보스 몬스터.

C급 던전부터는 NPC와 몬스터 중 누가 승리하는지에 따라서, 앞으로의 일들이 모두 결정 난다.

'리자드맨의 승리로 끝나선 안 돼.'

마지막 전투에서 리자드왕이 용의 인장을 차지하기라도 한다면 끔찍했다. 서울은 C급의 리자드맨 전사들의 침공을 받게 될 테니까.

"큰 싸움이 있을 겁니다."

규모는 못해도 전쟁이다.

그들의 적은 리자드맨의 군단이니까. 이전의 던전에서 펼쳐 왔던 그 어떤 전투보다 치열할 것이다.

'그뿐일까.'

개수작을 부리고 있을 컴퍼니도 찾아내 일벌백계를 내려야겠지. 가짜 케이의 실체를 밝혀낼 필요도 있다.

[C급 던전, '리자드맨의 우물'에 입장하였습니다.]

다시 공략을 재개할 시간이었다.

양자택일의 함정

리자드맨의 우물을 통해 NPC들의 마을 '갈릴리오'까지 돌아가는 길은 생각보다 훨씬 순탄했다.

"으라차!"

앞서 달려 나가며 리자드맨 전사의 허리를 반으로 접어 버리는 나도석.

꼬리를 쥐고 빙빙 돌리기까지 하는 괴력을 보고 있노라면 헛웃음이 먼저 나왔다.

'다시 봐도 괴물이야.'

하기야 선택의 미로에서 헬 난이도를 골라 클리어한 건, 보통 일이 아니었다.

몬스터가 눈앞에 있기에 때려잡아 플레이어가 된 것도.

단순히 운동할 때 중량을 늘리고 싶다는 이유로 오직 힘에만 투자한 스텟도 그렇고.

나도석의 플레이 방식은 다른 천외천처럼 규격을 벗어났고, 상식과는 아득하게 떨어져 있었다.

비록 아직 '마력'을 방어할 수단이 없어서 지난번 전투는 강서준의 승리로 끝났지만.

'과연 마력에 대해 방비하게 된다면 어떨까.'

섣불리 누가 우위에 있다고 장담할 수 없었다. 나도석이나 강서준이나, 모두 헬 난이도를 클리어한 '성장 중인 괴물'이니까.

'최하나도 그래.'

강서준은 로켓의 등에 올라탄 채로 연신 마탄을 발사하는 그녀를 바라봤다.

마탄은 모두 붉은색.

모든 공격이 '번 블러드'에서 기인했다는 증거였다. 실제로 그녀는 아크에서부터 지금까지 줄곧 '번 블러드'를 해제한 적이 없었다.

'번 블러드 상시 발동이라…….'

트롤의 심장을 먹어 '자가 회복 능력'을 갖춘 그녀였다. 번 블러드를 지독하게 무리해서 쓰질 않는 이상 그녀가 부작용을 겪을 일은 앞으로 없을 것이다.

게다가 이렇듯 번 블러드로 꾸준히 HP를 깎아 주면, 자가 회복 능력인 '재생' 스킬의 숙련도가 쌓이는 법.

일거양득(一擧兩得).

그녀는 강한 공격을 상시 사용할 수 있으면서, 이젠 가만히 있어도 강해지는 방법을 터득했다.

타아아앙!

"그나저나 신기하네요. 이 녀석이 그 '자이언트 혼 리자드'가 맞나요?"

최하나는 아직 믿기지 않는다는 눈치로 로켓을 내려다봤다. 로켓은 열심히 네 발을 놀리며 앞으로 나아가고 있었다.

하기야 상상이나 했을까.

불과 며칠 전만 해도 서로 죽고 죽이고자 목숨을 건 싸움을 벌인 사이였는데, 지금은 말처럼 타고 다니고 있었으니.

문득 강서준은 나도석을 향해 말했다.

"그나저나 미안합니다. 혼자만 달리게 해서."

"신경 쓰지 마. 설령 탈 수 있다 해도 내가 거절이니까."

나도석은 덩치가 있어 로켓의 등에 올라탈 수 없었다. 현재로서는 강서준을 포함하여 최대 세 명이 한계 인원.

해서 나도석은 던전에 들어온 이후로 줄곧 옆을 달리고 있었다.

그는 꼬리를 잡아 빙빙 돌리던 리자드맨 전사를 멀리 던져 버리며 말했다.

"편함에 중독되면 근손실이 나거든."

참으로 나도석다운 말이었다.

"그나저나 아직 멀었어?"

"아뇨, 거의 다 왔습니다. 저기 기암괴석이 바로 목적지……."

후우웅!

그때 강서준은 불현듯 들려오는 바람소리에 류안을 발동했다. 궤적을 보니 나도석의 머리를 정통으로 노리고 날아온 화살이 있었다.

[스킬, '파이어볼(F)'을 발동합니다.]

화르르륵!

창졸간에 날아간 불덩어리는 손쉽게 화살을 불태워 버렸다. 그와 동시에 나도석은 화살이 날아온 방향으로 달려가면서 말했다.

"먼저 가지!"

"……잠깐만요!"

홀쩍 수풀을 넘어 점처럼 멀어진 나도석. 멀리 병장기 부딪치는 소리가 금세 들려왔다.

강서준이 로켓의 머리를 쓰다듬으면서 말했다.

"로켓. 속력을 내자."

키이이잇!

수풀을 헤쳐 달려가니 곧, 뻥 뚫린 공터에 도달할 수 있었다.

수많은 사람들이 보였다.

그리고 그들은 한 사람을 두고 넓게 경계를 펼치고 있었다.

그 중심에서 나도석이 신난 듯 큰 목소리로 외쳤다.

"좋아! 다들 근성이 있어! 좋아아!"

"……무, 무슨 괴물이!"

"덤벼어!"

"찔러도 죽질 않잖아!"

온몸이 피투성이가 된 채로 씨익 웃는 나도석을 보며, 도리어 둘러싼 전사들이 몸을 떨었다.

나도석은 접근한 사람을 힘껏 들어서 날리거나 쓰러트리는 걸 반복했다.

"하……."

강서준은 이마에 손을 얹으면서 한숨을 내쉬었다. 기암괴석이 가까워서 슬슬 도착할 때도 됐다 싶었는데.

"어? 리자드맨…… 리자드맨입니다!"

멀리서 누군가의 외침이 들려왔다. 그 소리가 난 방향을 돌아보니 한 전사가 이쪽을 가리키고 있었다.

그리고 그 옆에 선 사내는.

"……어라?"

"흠……."

아는 사람이었다.

그는 나도석과 강서준을 멀뚱멀뚱 바라보다, 얼마 안 있어 상황을 눈치채고 새빨갛게 익은 얼굴로 말했다.

"……멈춰! 모두 멈춰어!"

당장이라도 나도석을 죽일 기세였던 전사들의 행동이 일시에 굳었다. 영문도 모른 채로 멈춘 사람들의 시선이 한 사람에게 꽂힐 뿐이었다.

그는 사방에 손을 저으면서 말했다.

"은인의 일행이야! 모두 예를 갖춰!"

"……네?"

곧 전투를 펼치던 사람들도 강서준을 발견할 수 있었다. 다들 화들짝 놀란 얼굴이었다.

그들이 강서준을 모를 리가 없었다.

바로 '무녀 카린'의 부하들이니까.

한편 검을 물리고 물러나는 사람들을 둘러보며, 아쉬운 듯 혀를 차는 나도석이 보였다.

문득 소름이 끼친다.

'이 사람. 알면서 일부러……?'

미간을 구긴 강서준은 어쨌든 그렇게, 갈릴리오로 복귀할 수 있었다.

기암괴석 사이에 자리한 NPC들의 마을, 갈릴리오.

호른 부족의 호위를 받으며 도착한 그곳엔 어떻게 소식을 들었는지 꽤 많은 사람들이 기다리고 있었다.

다들 지친 안색이었지만 전처럼 그늘진 얼굴은 아니었다.

강서준은 마을을 쭉 둘러보며 말했다.

"많이 변했네요."

한차례 컴퍼니에 의해 곳곳이 부서졌던 갈릴리오는 고작 일주일도 안 걸려서 꽤 복구된 상태였다.

"아크의 여러분이 도와준 덕분이죠."

그 말을 들으며 나지막이 고개를 끄덕였다. 아마 아크의 플레이어들이 이곳에서 꽤 많은 퀘스트를 반복해서 클리어한 듯했다.

'마을 자재를 모으거나 리자드맨 사냥을 돕거나⋯⋯.'

만약 최하나가 다치지 않았더라면, 강서준도 이곳에서 갈릴리오의 NPC들로부터 퀘스트를 받아 렙업에 전념했을지도 몰랐다.

은인의 칭호를 가졌으니 경험치도 꽤 쏠쏠했을 것이고, 다른 NPC들의 호감도 많이 샀겠지.

'아쉬워할 건 없다. 여기에 있었으면 전직은 못 했을 테니까.'

리자드맨 전사를 사냥하는 정도로 12시간을 내리 싸울 수 나 있을까.

애초에 여긴 너무 위험했다.

12시간을 내리 싸우려면 수많은 리자드맨 대군을 상대해 야만 가능한 일. C급 던전에서 트롤의 둥지에서 했던 짓을 벌인다면 죽을 위기는 수십 번을 넘겨야 할 터였다.

'그럼에도 실패 확률이 더 커.'

리자드맨이 트롤처럼 생명력이 질긴 놈들은 아니니까.

'그리고 그랬다면 돌아갈 아크는 진즉에 사라지고 없었을 거야.'

강서준이 아크에 없었더라면…….

링링, 박명석은 어떻게든 던전병 창궐과 트리거, 익스텐더 를 막아 냈을지도 모른다.

하지만 거기까지 닿는 데에 얼마나 희생을 치러야 할까.

상상도 못 할 것이다.

"이쪽입니다, 아크의 사람들이 모여 사는 곳이."

카린의 부하이자, 세아의 전속 호위였던 칼의 안내를 받아 도착한 곳은 '바람의 쉼터'라는 여관이었다.

그곳엔 이미 소식을 들었는지 김강렬을 비롯하여 많은 플 레이어들이 기다리고 있었다.

김강렬은 한달음에 달려와 말했다.

"축제가 그렇게 성황이었다면서요."

"……네?"

"저흰 여기서 뭐 빠지게 퀘스트하고 사냥하고 있었는데, 누구는 최하나 님의 공연도 보고…… 그렇게 좋았다죠?"

말에 돋은 가시가 한결 날카롭다. 다소 뽀로통한 말투. 찔릴 것만 같았다.

강서준은 눈을 가늘게 뜨며 말했다.

"그런 것치고는 꽤 신나게 레벨 업을 하신 것 같습니다만."

"……티 납니까?"

"온몸에 자신감이 뿜어져 나옵니다. 도대체 얼마나 올린 겁니까?"

"하하! 여기 완전 노다지입니다. 일주일간 벌써 10업이나 했다니까요."

김강렬의 레벨은 얼추 110에 근접하는 수준이었다. 제아무리 C급 던전에서의 사냥이었다고는 하나, 일주일 만에 10업인 것이다.

살짝 배 아프려고 하네.

"그나저나 강서준 님. 딱 적당할 때 오셨습니다."

"네?"

"안 그래도 오늘 수상한 정황을 포착했거든요."

강서준은 고개를 끄덕이며 일단 바람의 쉼터로 들어섰다. 안쪽은 목재로 만들어진 주점이 1층이었고, 2층부터는 숙소라고 했다.

"자세히 설명해 주시죠."

"네."

원목 테이블을 둘러싸고 앉자, 안쪽에서 점원이 나왔다. 의외는 그 점원의 인상착의가 꽤 익숙하단 건데.

"……세아?"

"당신이 '케이 님'이시군요. 은인을 뵙습니다."

이 마을의 족장인 오가닉의 딸이자, 이전 퀘스트에서 가장 중요한 열쇠였던 그녀는 지금 '하얀 앞치마'를 두르고 있다.

무슨 일인가, 하니 김강렬이 빠르게 설명해 줬다.

"목숨을 구해 주신 은혜를 갚고자 요리를 하신답니다. 족장님도 허락하신 일이라 거절할 명분은 없었고요."

"그런가요."

"게다가 음식 솜씨도 대단하십니다."

확실히 세아가 가져온 스프는 냄새부터 기가 막혔다. 찍어 먹기 좋게 옆에 놓인 빵은 모락모락 김이 피어났다.

"방금 만들었어요. 드셔 보세요."

안 그래도 시장했던 강서준은 일행과 시선을 마주하며 스프부터 떴다. 옆에서 최하나와 나도석이 식기를 달그락 거리는 소리도 들려왔다.

문득 도깨비감투가 흔들렸다.

"……알았어."

영혼이 연결된 라이칸과 로켓의 의사는 굳이 말로 묻질 않아도 알 수 있었다. 강서준은 그들을 바람의 쉼터 내에서도 아주 구석진 곳에 소환했다.

"왕이시여…… 영광입니다."

"됐어. 세아 님? 이들에게도 음식을 부탁드려도 되겠습니까?"

"물론이죠."

세아는 금세 스프를 떠 와서 라이칸과 로켓에게 건넸다. 둘은 함지박 웃으면서 음식에 코를 박았다.

이놈들 안 먹어도 되면서, 먹는 걸 밝히고 있다. 고롱이를 닮아 가나.

강서준은 일단 그들을 일별하며 다시 김강렬에게 집중하기로 했다.

"미안해요. 마저 설명해 주겠어요?"

"……네. 일단 퀘스트의 진척 상황부터 알려 드리죠."

강서준이 잠시 아크에 다녀오는 동안 김강렬은 무던히도 퀘스트를 수행해 왔다. 레벨을 올리는 목적도 있었지만, 사실 진짜는 정보 수집에 있었다.

그들이 어떤 퀘스트를 진행하고 얼마나 풀이했느냐에 따라서 앞으로의 시나리오는 난이도부터 달라질 테니까.

"오가닉 족장님이 저희를 많이 도와주셨습니다. 다행히 던전 내에 있는 흩어진 호른 부족의 전사들도 꽤 많이 규합시켰고요."

김강렬은 주변을 둘러보더니 조심스럽게 말을 이었다.

"문제는 어디에서도 '플레이어의 흔적'을 발견하질 못했다는 겁니다."

"……그건 무슨 소리죠?"

"아무래도 하르트, 그 사람이 데리고 간 플레이어들에게 문제가 생긴 것 같습니다."

강서준은 미간을 좁히며 두 가지 가능성을 추려 봤다.

'몬스터를 선택해서 그쪽을 공략하고 있거나, 이미 전멸을 당했거나…….'

김강렬이 말했다.

"한데 오늘 수상한 정황을 발견했습니다. 인간들을 잡아둔 리자드맨의 감옥이 있다는 군요."

"하르트의 팀원들이 그곳에 있다고 생각하시는 겁니까?"

"모릅니다. 하지만 확인해 볼 가치는 있어요."

앞서 말한 두 가지 가능성을 전부 부정한다면, 아마 이번 소문의 주인공은 아크의 플레이어일 확률이 높았다.

여태 붙잡혀 있었으니 소문조차 나질 않은 거겠지.

하지만 그들이 쉽게 붙잡힐 전력은 아니었을 텐데. 가짜 케이라고는 해도 전투력 하나는 진짜였으니까.

'……확신하진 못해. 상대편엔 리자드맨만 있는 게 아니니까.'

컴퍼니가 가세한 상황이었다. 또한 그들 중엔 천외천에 버금가는 플레이어가 있을지도 모르지 않은가.

김강렬이 한숨을 내뱉으며 말했다.

"게다가 내일 '처형식'을 거행한다는 얘기도 있습니다."

"공교롭군요."

"네. 무엇보다 문제는 그 위치입니다."

김강렬은 가방에서 지도를 꺼내어 펼쳤다. 호른 부족의 상점에서 쉽게 구할 수 있는 아이템이었다.

그리고 그가 찍은 곳은 남쪽의 후미진 곳.

"……함정이군요."

시나리오 퀘스트가 펼쳐지는 장소는 북쪽. 반면 처형식이 벌어진다는 감옥이 남쪽에 있는 것이다.

뻔한 수작이었다.

"이곳까지 시간 내에 다녀오는 건 무리입니다. 가는 것만 해도 하루는 족히 걸릴 거리예요."

즉, 이건 어느 쪽을 선택해도 손해를 입을 수밖에 없는, '양자택일의 함정'이다.

양자택일의 함정.

둘 중 어느 쪽을 골라도 한쪽은 희생될 수밖에 없는 선택의 문제.

"북쪽으로 향하면 사람들을 잃고, 남쪽으로 향하면 퀘스트에서 배제된다라……."

강서준은 미간을 구기며 말했다.

"우릴 갈라놓을 속셈이로군."

"네. 골치 아프게 됐습니다."

이게 단순히 게임이라면 모를까.

플레이어, 즉 아크의 사람들이 남쪽에 갇혀 있을지도 모른다는 소식을 듣고도 모른 척할 수도 없었다.

처형식이라…….

"쯧, 시답잖은 짓을."

그리고 이런 짓을 자행했을 놈이야 빤하다. 제아무리 C급 던전이라 해도 몬스터에 불과한 놈들이 이토록 치밀한 계획을 짰을 리는 없으니까.

컴퍼니 놈들. 쫄리긴 한 모양이지?

'하기야 자이언트 혼 리자드를 잃고, 아크 전복 계획까지 전부 실패했으니…….'

놈들의 입장에선 아마 이번 계획에 사활을 걸었을 것이다. 그들이라고 인력이 남아도는 건 아니니까.

김강렬은 주변을 둘러보며 조심스럽게 목소리를 낮추어 물었다.

"강서준 님, 어쩌실 생각이십니까?"

"……김 대위님의 의견은 어떻죠?"

"전 포기하는 게 옳다고 봅니다. 안타깝지만, 그들 때문에 작전에 차질이 생기게 할 수는 없어요."

맞는 말이었다.

이번 시나리오 퀘스트의 향방이 향후 서울의 미래도 결정 짓는다. 사사로운 감정에 얽매여 큰 그림을 그릴 줄 모른다 면, 아크의 미래는 암담할 수밖에 없는 것이다.

김강렬은 입술을 몇 번 들썩이다 다시 입을 열었다.

"……하지만 시도조차 안 하고 포기해선 안 된다고도 생각 합니다."

"왜죠?"

"구하려는 노력조차 하질 않는다면 앞으로는 그 누구도 던 전 공략에 목숨을 걸지 않을 겁니다."

고작 게임 속 플레이였다면 단순히 장기 말을 버리듯 저들 을 버리고 가는 건 좋은 선택이었다.

하지만 게임이 아니기에, 간과해선 안 될 것들이 있었다.

아크에서 3구역 사람들이 버려졌다는 인식이 새겨지면서, 다들 아크를 신뢰하지 않게 된 것처럼.

여기서 구하려는 시도조차 하질 않는다면 플레이어들은 강서준을 비롯한 아크의 수뇌부를 신뢰하지 않을 것이다.

언제든 그들이 위험해 처했을 때, 작전을 위해서라면 버려 질 거라고 확신하게 될 테니까.

'우리가 군인 정신으로 무장하고 있으면 또 모를까.'

대다수가 10대에서 20대의 나이로 형성된 플레이어들이 다. 개중 군인 출신은 몇 되지도 않았다.

작전을 위해서 본인의 목숨을 희생한다고? 그런 영웅적인 마인드를 갖춘 사람은 드물었다.

"……알겠어요. 방법을 생각해 보죠."

"네. 그런데 강서준 님? 이분은 대체 누구신지……."

김강렬이 가리킨 방향에선 나도석이 세아에게 음식을 주문하고 있었다. 대뜸 닭가슴살 구이를 만들어 달라고 말하는 걸 보면 저것도 병이지 싶다.

"안 그래도 소개시켜 드릴 참이었습니다. 이 사람으로 말하자면……."

쿠우웅!

말이 채 끝나기도 전에 큰 소리가 울리면서 '바람의 쉼터'의 정문이 활짝 열렸다. 한눈에 봐도 큰 근육의 남자가 들어오더니 외쳤다.

"세아! 닭가슴살 구이!"

호른 부족의 족장 오가닉.

강서준은 그를 보면서 나지막이 침음을 삼켰다. 저 남자…… 원래 저 정도로 근육질이었나?

죽을 날을 앞두고 있던 비실비실한 몰골과는 하늘과 땅 차이였다.

오가닉은 빠르게 강서준을 발견했다.

"호오! 드디어 돌아왔군!"

지난 일주일간 이 남자에게 무슨 일이 벌어진 거야? 보는 것만으로도 위압감이 드는 덩치로 다가온 오가닉이 손을 내밀었다.

얼떨결에 악수를 한 강서준은 묵직한 악력에 미간을 구겼다.

"역시 은인이야. 근골이 튼튼하군."

"······그러는 족장님이야말로 다른 사람이 된 것 같은데요."

"하핫! 그런가!"

아닌 게 아니라, 방금 악수하다 손뼈 부러졌다. 이 무슨 정신 나간 악력이란 말인가.

[스킬, '초재생(F)'을 발동합니다.]

한편 잠시 주방에 들어갔던 세아는 잘 구워진 닭가슴살 구이를 들고 나왔다. 오가닉이 한달음에 다가가 접시를 받아 들었다.

"역시 내 딸이군. 아빠가 오는 줄은 어찌 알고."

하지만 접시의 주인은 그가 아니었다.

"내 거야."

"······누구지?"

"좋은 말로 할 때 그 손 놔. 음식 갖고 장난하는 거 아니야."

나도석과 오가닉.

두 사람의 시선이 날카롭게 교차했다. 위아래 그리고 양쪽을 스캔하듯 번쩍이고 있었다.

먼저 입을 연 건 오가닉이었다.

"근골이 대단한데."

"그쪽이야말로 중량 좀 치겠군."

그러더니 대뜸 악수를 건넸다.

"오가닉이다."

"나도석."

맞잡은 두 사람의 신경전이 잠시 이어졌다. 맞잡은 두 손 위로 힘줄이 불거지고 근육이 꿈틀거리기까지 했다.

손을 뗀 건 거의 동시였다.

"마음에 들어."

"근성이 있어."

두 사람은 그대로 자리에 앉아 뭔가 심도 깊은 토론을 시작했다. 조금 전까지만 해도 살벌하게 펼치던 신경전 따위는 없었던 일로 쳤는지, 닭가슴살까지 나눠 먹는 정을 보여 줬다.

강서준은 쓰게 웃으면서 나도석에 대한 설명을 이어 나갔다.

"새로운 동료입니다. 보다시피 저런 남자고요."

"……아, 네."

잠시 후, 바람의 쉼터엔 플레이어부터 호른 부족의 전사들까지 모여 왁자지껄, 한껏 시끄러운 분위기가 형성됐다.

김강렬이 앞선 시나리오 퀘스트를 대비하여 호른 부족과 함께하는 전체 회의를 제안했고, 오가닉이 수락하면서 벌어진 현장이었다.

오가닉은 거나하게 술을 따르면서 말했다.

"오늘 같은 날, 술이 빠지면 섭하지! 내일 죽을 때, 오늘 잔을 안 비운 걸 후회할 거다!"

"마셔! 죽자!"

호른 부족의 전통이란다.

전투에 나가기 전날, 이렇듯 술을 마셔 전야제를 펼치는 것.

죽음을 각오했기에 미리 서로에게 작별 인사를 나누는 성스러운 의식이라고도 했다.

……꼭 그런 목적은 아닌 듯했지만.

"그나저나 술은 안 마시는 게 아니었습니까? 축제 때도 술은 안 마셨었잖아요."

"전통이라잖아."

"근손실 난다면서요?"

나도석은 못 들은 체를 하며 근육질의 전사들과 절친이라도 된 듯 부대끼면서 술잔을 부딪쳤다. 딱 보니 술이 좋은 게 아니라, 운동을 좋아하는 사람들과 이런 자리를 가지는 게 그냥 좋은 듯했다.

김강렬도 처음엔 한숨을 쉬더니 이젠 앞서서 술잔을 따르고 있었다.

최하나가 옆으로 다가와 술잔을 부딪쳤다.

"이런 것도 나쁘진 않네요."

연거푸 건네는 술을 전부 받아 마셨는지 얼굴이 알딸딸하게 붉어진 그녀였지만, 취한 기색은 전혀 찾아볼 수 없었다.

아마 실시간으로 회복될 것이다.

그녀의 스킬 '재생'은 술에 취하는 걸 허락하지 않을 테니까.

짜아아안!

분위기는 점차 무르익었다.

김훈은 병나발을 불며 노래를 불러 댔고, 김강렬도 합세하여 술주정을 부리고 있었다.

카린은 코를 골며 잠이 들었고, 세아는 그녀에게 담요를 덮어 줬다.

꽤 평화로운 분위기였다.

전투를 앞둔 전야제라는 게 서글프게 느껴질 정도였다.

오가닉은 궤짝에 담긴 술을 홀짝이며 강서준에게 다가오더니 말했다.

"취하진 않는군."

"보기보다 술 세거든요."

그에겐 S급 침착과 S급 집중, F급 초재생 스킬이 있다. 이런 스킬들을 가지고 고작 알코올에 취한다면 밸런스는 개나 줘 버린 망겜일 것이다.

오가닉은 술잔을 건네며 말했다.

"들었다. 남쪽에 동료들이 붙잡혔다며? 어찌할 생각이지?"

"……."

"미리 말해 두지만 호른 부족의 전사들은 전군 북쪽으로 향할 거야. 아무리 은인이라 해도 도와줄 수 없어."

"알고 있습니다."

호른 부족에게 있어 시나리오 퀘스트보다 중요한 이벤트는 없다. 시스템이 그리 정해 놓은 것도 있겠지만, 던전의 주인을 차지하는 과정만큼 그들에게 우선순위가 될 건 없었다.

강서준은 어깨를 으쓱이며 답했다.

"그보다 시나리오 퀘스트에 대해서 얘기하도록 하죠. 분명 용의 인장을 차지하면 이긴다는 거였죠?"

"맞아. 이 던전을 다스릴 왕을 증명하는 물건이지."

강서준은 미간을 좁히며 말했다.

"하지만 아직 용의 인장의 등장 조건을 밝혀내진 못했다고 들었습니다."

오가닉은 잠시 입을 다물었다가 다시 열었다.

"카린의 예언으로는 전투가 벌어지면 자연스레 알게 될 거라더군."

카린은 호른 부족의 NPC로, 무녀라는 특성이 있었다. 강서준이 나타날 것도 예지를 통해 알았댔지.

"……불친절한 예언이군요."

"그래도 정확해. 카린의 예언이 빗나간 적은 없으니까."

강서준은 취하지도 않는 술을 한 입에 털어 넣었다. 오가닉이 제안한 술은 호른 부족의 특제로, 독하긴 더럽게 독해서 목이 아플 정도였다.

초재생 스킬도 발동하는 것 봐라.

오가닉은 은근한 눈으로 강서준을 바라보면서 물었다.

"근데 아직 답해 주질 않았어."

"무얼 말이죠?"

"남쪽…… 그쪽은 어떡할 거지?"

강서준은 옆에 남아 있던 술을 마저 비운 뒤 오가닉을 향해 말했다.

"혹시 '양자택일의 함정'이라고 들어 봤습니까?"

"……무슨 뜻이지?"

"어느 쪽을 선택해도 손해를 보는 상황을 말합니다."

오가닉은 고개를 가로저었다. 물론 대답을 원해서 물은 게 아니니, 강서준은 바로 말을 이었다.

"해서 양자택일의 함정에 빠진 사람은 선택해야 합니다. 어느 쪽을 잃는 게 나을지에 대해서 말이죠."

"……흐음."

강서준은 눈을 빛내면서 말했다.

"근데 전 늘 그게 의문이었습니다."

강서준이 좋아하는 히어로 영화 중 박쥐 슈트를 입은 영웅이 있다.

영화 제목은 '어둠의 기사'.

극중 내용에서 주인공은 어느 쪽을 골라도 누군가를 희생할 수밖에 없는 '양자택일의 함정'에 빠진 적이 있었다.

그의 선택으로 인해 사랑하는 연인을 잃어야 했고, 대신 수많은 사람은 살려 냈던 걸로 기억한다.

그걸 볼 당시, 이렇게 생각했다.

ㅡ박쥐맨의 잘못이다.

양자택일의 함정은 한쪽을 희생시켜야만 다른 한쪽을 구할 수 있는 말 그대로 선택의 함정이다.

그래.

악당이 치밀한 작전으로 함정에 빠트린 점? 인정한다.

어느 쪽을 골라도 희생자가 생길 수밖에 없었던 안타까운 현실? 인정한다.

하지만 강서준은 그게 박쥐맨의 최선이었냐고 묻는다면 바로 부정할 자신이 있었다.

－팀을 만들었어야지.

세상에 나쁜 놈은 차고 넘치는 법이다. 그걸 혼자서 막으려고 애쓰는 것 자체가 미련한 게 아닐까.

박쥐맨은 팀을 꾸려서 히어로 활동을 했어야만 한다.

'만약 팀이 있었다면……?'

양쪽으로 찢어져서 동시에 다른 장소를 공략해도 되지 않겠냐고.

양자택일의 함정?

그건 택도 없는 소리였다. 팀이 있다면 굳이 선택할 것도 없을 테니까.

'한 손으로 하늘을 가릴 순 없어.'

특히 드림 사이드는 팀플레이를 빼놓고 플레이할 수 없었다. 혼자 잘 먹고 잘산다고 해결되는 게임이 아니니까.

당장은 괜찮아도 훗날 여러 개의 미션을 동시에 수행해야 하는 퀘스트가 나타나면 어쩌려고.

강서준은 미간을 구기며 생각을 이어 나갔다.

'북쪽에 모든 전력을 투입해도 이번 시나리오 퀘스트는 공략이 난해해. 우리들이 참여하질 못한다면 그만큼 승률도 줄어들 거야.'

그러니 이번 일은 선택의 여지가 없었다. 남쪽의 플레이어는 던전 공략보다 가치가 있질 않았으니까.

하지만 다시 생각해 본다.

이게 최선인가.

오가닉은 미간을 구겼다. 그는 강서준이 무슨 말을 하려는지 알아낸 사람처럼 먼저 입을 열었다.

"다시 말하지만 전력을 나누는 건 무리야. 난 북쪽으로 갈 테니까."

"물론이죠. 저도 찬성입니다."

"그럼…… 그 눈빛은 뭐지?"

강서준은 씨익 웃으면서 말했다.

"양자택일을 한다면 말이죠."

"……?"

그리고 대뜸 손가락을 하나 펼쳤다.

"한 명."

"뭐?"

"길잡이로 단 한 명만 붙여 주시죠. 그거면 충분해요."

오가닉은 턱을 괴고 곰곰이 고민하더니 말했다.

"……역시 안 돼. 북쪽의 전력은 많을수록 좋아. 이기적으로 들릴 수도 있겠지만 너희 아크의 사람들도 보내고 싶지 않아. 게다가 이번 작전의 핵심은 너야, 강서준."

오가닉은 은근한 눈빛으로 강서준의 어깨에서 고롱고롱 잠들어 있는 용을 바라봤다.

모르긴 몰라도, 고롱이는 이번 전투에서 존재 자체만으로 큰 활약을 펼칠 예정이었다.

"압니다. 저도 이번 작전에 빠질 생각이 없어요. 물론 남쪽을 포기하겠단 뜻도 아니고요."

"……무슨 생각인지 모르겠군."

강서준이 말했다.

"저희도 단 두 명을 보낼 겁니다."

양자택일은 필요 없다.

무언가를 잃어야 무언가를 얻는다?

N포 세대조차 되지 못했던 강서준이 할 말이 아니었다.

"남쪽은 단 세 명이면 충분합니다."

그게 양자택일의 함정을 파헤칠 최적의 공략법이었다.

늦은 밤.

모두가 잠든 조용한 갈릴리오에서 조심스러운 발걸음으로 길을 나서는 세 사람이 있었다.

최하나는 비틀대는 카린을 향해 말했다.

"괜찮겠어요?"

"……조금 걷다 보면 나아질 겁니다."

카린은 술에 거나하게 취했었는지 아직 제정신을 차리진 못하는 눈치였지만, 이번 여정에서 그녀를 빼먹을 수는 없었다.

그녀만큼 남쪽에 대해서 잘 아는 인물은 없었기 때문이었다.

"제 스승님이 남쪽에 거주하거든요."

"……그렇군요."

"남쪽은 제가 어릴 적에 살았던 곳이기도 해요. 온갖 꽃이 흐드러지게 피어나는 화원도 있는 아름다운 곳이었죠."

어릴 적이라……

최하나는 새삼스러운 눈으로 카린의 얼굴을 들여다봤다. 그리고 골목 어귀를 호롱불을 켜고 이곳저곳을 누비는 호른 부족의 전사들도 둘러봤다.

'여긴 NPC들의 마을이야.'

하지만 정말 게임처럼 단순히 인공지능이 사는 공간만을 뜻하진 않으리라.

이곳엔 어린 시절이 있으니까.

'누군가에게 이곳은 고향이고, 삶의 터전이고, 앞으로도 지켜 나가야 할 소중한 마을인 거야.'

최하나를 비롯한 플레이어들에게 '서울'이 바로 그런 의미가 아닌가.

문득 바람의 화원에서 부대끼고 같이 술을 마시면서, 내일의 각오를 다지던 전사들의 모습이 떠올랐다.

'새삼스레 NPC와 플레이어를 나눌 필요는 없어. 우린 결국 소중한 걸 지키기 위해서 싸우고 있는 점에서 똑같으니까.'

해서 내일 있을 시나리오 퀘스트가 이곳의 사람들에게 얼마나 중요한 일인지 깨닫게 된다.

어깨가 절로 무거워졌다.

'괜찮을 거야. 서준 씨가 있으니까.'

최하나는 일말의 불안을 털어 내고 앞으로 나아갔다.

그녀가 할 일은 다른 쪽이었다.

남쪽의 고립된 사람들의 구출. 사실 위험한 걸로 치면 이쪽도 시나리오 퀘스트와 맞먹을 것이다.

작전 인원은 고작 셋.

그들끼리 리자드맨들이 우글거리는 한 구역으로 잠입하여, 사람들을 구출하는 미션이었다.

불가능에 가까울지도 몰랐다.

카린이 찬 공기를 한껏 들이마시며 술이 약간 깬 얼굴로 입을 연 건 그때였다.

"근데 저분은 지금 뭐 하시는 거죠?"

"……운동이 부족하답니다."

"네?"

"술을 마셔 죄책감이 든대요."

나도석은 용케 걸으면서 런지 자세를 유지했다. 그럼에도 보조를 맞추는 걸 보면 여러모로 대단하단 생각도 들었다.

'헬 난이도 공략자라고 했지?'

당연히 강서준만이 해낸 줄 알았던 '불가해의 퀘스트'를 공략한 또 다른 남자.

어쩌면 케이라는 최강자에게 가장 어울리는 라이벌은 이 자가 아닐까.

가짜 케이인 '하르트' 따위는 비교조차 안 될 것이다.

최하나는 런지에 이어 인벤토리에서 덤벨마저 꺼내어 어 깨에 얹은 나도석을 일별했다.

카린도 더는 그쪽에 관심을 두질 않았다.

"카린 님, 가장 빠른 길을 안내해 주세요."

"……조금 위험할 겁니다."

"길이 험한가요?"

"아뇨. 리자드맨이 거주하는 구역을 몇 개 거쳐야 해요."

제아무리 리자드맨 군단이 북쪽의 시나리오 퀘스트를 공 략하려 잔뜩 북진한 상태라고 해도, 거주 구역엔 상시 리자 드맨 일개 중대는 남아 있는 법.

고작 셋이서 정녕 가능한 일일까?

카린은 아무래도 부정적인 의견이 강한 쪽이었다.

"시간이 조금 걸리더라도 돌아가는 게 나아요. 오히려 리 자드맨에게 걸리면 지체될 시간이 더 길어요."

하지만 최하나는 고개를 가로저었다.

"아뇨, 최대한 빠른 길로 안내해 주시죠."

"위험하다니까요?"

"……그런 걱정은 접으시고요."

어느덧 갈릴리오를 벗어나 어두운 정글로 들어선 일행이었다. 슬슬 주변에서 리자드맨 전사들의 울음소리가 아스라이 들려왔다.

키아아앗!

밤이었다.

야간 버프가 적용됐고, 던전 안이니만큼 더욱 그 능력은 평균 수준을 넘어설 것이다.

카린의 말마따나 위험하고, 셋이서 해내기엔 불가능에 가까운 미션일지도 몰랐다.

하지만 최하나는 머뭇거리지 않았다.

두려울 것도 없었다.

'예전의 내가 아니니까.'

그녀의 눈엔 로그 기록이 기분 좋게 걸려 있었다.

[12시간 동안 '번 블러드'를 유지했습니다.]

[축하합니다. '전직 퀘스트'를 클리어했습니다.]

[직업 전용 스킬, '시공탄(S)'을 습득했습니다.]

[!]

[직업과 관련된 스킬이 한 단계씩 상승합니다.]

[플레이어, '최하나'는 '전직 퀘스트'를 성공시켰습니다.]

[당신의 직업은 '마탄의 사수'입니다.]

그리고 다음 날이었다.

호른 부족의 전사들은 전날 밤의 숙취는 개나 줘 버렸는지, 말똥말똥한 눈으로 아침을 맞이했다.

"북진한다."

전투 준비를 마치고 북쪽, 퀘스트가 펼쳐질 장소까지 도착하는 데에 걸린 시간은 고작 5시간.

긴 행군을 마쳤는데에도 지친 기색이 없는 그들은 적당한 위치에 자리를 잡을 수 있었다.

키이잇…… 키잇…….

아스라이 울리는 리자드맨의 울음.

분명 리자드맨들도 호른 부족을 발견했을 텐데도 섣불리 공격을 가하질 않았다.

좋은 소식은 아니었다.

그만큼 군단의 통솔이 잘되고 있다는 증거였으니까.

저렇게 똘똘 뭉친 놈들은 찔러 봐야 제 손만 아픈 법이었다. 강서준은 무기를 손질하는 호른 부족의 전사들을 지나쳐 높은 언덕으로 올라섰다.

수풀이 우거진 곳 사이로 꽤 규모가 넓은 호수가 있었다.

저곳이 바로 시나리오의 종착지였다.

"정확히 때가 되면 저 호수 위로 '용의 인장'이 떠오르는 겁니까?"

"모르지. 하지만 이곳이야. 카린의 예언과도 딱 떨어지는 장소니까."

강서준은 고개를 주억거리며 장비를 점검하기 시작했다. 용의 인장이고 뭐고, 전투가 벌어져야 그 조건이 알려진다고 했으니 미리 걱정해 봐야 의미가 없었다.

그 시간에 리자드맨의 동태나 살피는 게 낫겠지.

'많이도 모였군.'

특히 강력한 마력을 흘려 대는 놈이 있었다. 오가닉과 맞먹는 거구의 리자드맨이 이쪽을 노려보고 있었다.

꼴에 머리에 왕관도 썼네.

'저 녀석이 리자드왕.'

오가닉처럼 힘을 갈무리한 상태였음에도 괴물 같은 힘은 쉽게 가려지질 않았다.

"역시 컴퍼니는 몬스터 쪽에 붙었나."

리자드왕 옆으로는 가면을 쓴 수상한 인간들도 서 있었다. 무엇으로 저 몬스터를 구워삶았는지는 모를 일이나, 벌써 왕의 측근이라도 된 듯했다.

쿠구구궁…….

모든 준비가 끝났을까.

호수의 한가운데에서 나지막이 돌덩어리가 떠오르기 시작했다.

점차 건물의 형태도 갖추고 있었다.

저곳에 용의 인장이 나타나는 건가?

"리자드맨이 움직입니다."

김강렬의 보고에 강서준은 일행을 돌아봤다. 다들 긴장으로 바짝 몸이 굳은 표정이었다.

그는 나지막이 입을 열었다.

"다들 알다시피 여긴 이 던전의 마지막입니다. 좋든 싫든 지겨운 리자드맨을 더는 신경 쓰질 않아도 된다는 거죠."

아크는 꽤 오랫동안 리자드맨의 피해를 받아 왔다. 워낙 숫자가 많고 집단으로 행동했던 탓에 한때의 아크는 식량마저 단절되지 않았던가.

게다가 아크는 이 던전을 공략할 여유도 마땅치 않았다. 그렇게 방치된 던전이 당장 목을 노리는 비수가 되어 돌아온 셈이었다.

이젠 그 불편한 연쇄 고리를 끊을 것이다.

"뭘 걱정하는 겁니까. 그토록 바라던 오늘이잖습니까."

플레이어들의 목울대가 저절로 위아래로 움직였다.

오늘을 위해서 많은 퀘스트를 수행했고 사냥을 반복했을 테지만, 여전히 부족한 게 많은 그들이었다.

해서 강서준이 할 말은 하나였다.

"죽지만 마요."

"……네?"

"이 던전은 반드시 공략해 낼 테니까."

옆에서 오가닉도 전사들에게 비슷한 뉘앙스로 말문을 열었다. 호른 부족의 함성이 일대를 뒤흔든 건 금방이었다.

그 우렁찬 목소리엔 기백이 담겼을까. 옆에 있던 사람에게도 묘한 고양감을 주었다.

오가닉이 손을 들어 외쳤다.

"목숨을 바쳐라!"

"와아아아아!"

강서준은 저도 모르게 주먹을 꽉 쥐었다.

그리고 그때였다.

바닥이 기묘하게 떨리기 시작했다.

리자드맨의 대군단이 움직인 것이다.

"옵니다! 좌측에 리자드맨 출현!"

"우측에도 옵니다!"

"정면!"

여태 어떻게 참았는지 혈안이 된 리자드맨이 사방에서 모습을 드러내고 있었다.

언뜻 보아하니 멀리 호숫가로 향하는 리자드왕도 보였다.

"……공략 개시합니다!"

키아아앗!

지척에 달려든 리자드맨 전사를 향해 호른 부족의 전사들이 빠르게 창을 찔러 넣었다.

파도가 서로 부딪쳐 포말을 일으키듯, 두 세력이 동시에 서로를 향해 핏빛 포말을 일으켰다.

강서준도 파이어볼을 응축해서 사방으로 난사하듯 던졌다.

콰아아앙! 콰앙! 콰아앙!

요란스러운 폭음만큼이나 불덩어리에 피해를 입은 리자드맨이 곳곳에서 속출했다. 워낙 숫자가 많으니 조준해서 던질 것도 없었다.

"작전대로 움직여!"

오가닉이 신호를 주자, 호른 부족의 전사들이 일제히 나무를 타고 위로 올라갔다.

강서준이 고안한 계획이었다.

'리자드맨은 위를 보지 않으니까.'

처음 3구역에서 리자드맨을 봤을 때 그저 도시의 건물이 생소해서 2층 이상으로 접근하질 않는 줄 알았다.

하지만 요 며칠 리자드맨의 우물을 오가면서 느낀 건, 이 놈들의 시야각이 위쪽으로는 발달되지 않았다는 것이었다.

'약점은 공중이다.'

즉 나무를 타고 움직인다면 리자드맨의 포위에도 손쉽게 빠져나갈 수 있었다.

'굳이 피를 흘릴 필요는 없어.'

지난밤. 회의에서 오가닉은 도마뱀을 전부 때려잡으면 그만이라고 말했지만, 사실 이 퀘스트의 핵심은 전쟁이 아니었다.

어떻게든 용의 인장을 차지하는 것.

조건을 알아내서 그에 걸맞은 공략만 수행하면 될 일이었다. 불필요한 소모전은 의미가 없었다.

아무렴 리자드맨보다 호른 부족의 수도 절대적으로 부족했으니까.

'그리고 우리에겐 과학이 있어.'

강서준은 아래의 리자드맨 전사들이 애꿎은 수풀을 향해 창을 휘두르는 걸 볼 수 있었다.

플레이어들이 수풀에 던져 놓은 스피커에서 들려온 소리 때문이었다.

홀로그램까지 쓸 필요는 없었다.

그것만으로도 나무 위로 쏟아질 신경을 완전히 분산시켜 줬고, 리자드맨 전사들의 어그로를 끌어 줬다.

"남은 문제는 이놈들인데."

키아아앗!

멀리 엄청난 굉음이 터져 나오면서 나무 위로 불쑥 커진 몬스터가 있었다. 그 덩치는 '자이언트 혼 리자드'를 방불케 했다.

컴퍼니. 놈들이 움직인 것이다.

"적당히 어그로 끌다 호른 부족의 전사들과 함께 움직여요.”

“네. 여긴 저희만 믿으십시오!”

김강렬을 일별한 강서준은 가볍게 나무를 박차고 뛰어올
랐다. 그의 눈동자는 금빛으로 물들고 있었다.

[스킬, ‘류안(S)’을 발동합니다.]

[스킬, ‘초상비(F)’를 발동합니다.]

거대 몬스터에게 향하는 최적의 길.

풀을 밟아도 흔들림이 없는 ‘초상비’를 통해서, 날 듯이 나
무 수 그루를 주파했다.

멀었던 몬스터의 형체가 금세 가까워지고, 그놈 때문에 바
닥을 나뒹구는 호른 부족의 전사들을 스쳐 지나갔다.

강서준은 주먹을 말아 쥐었다.

“일단 한 놈.”

콰아아앙!

파이어볼을 움켜쥔 그는 거대화한 리자드맨의 몸통을 통
째로 터뜨려 버렸다. 단순히 마력 집중으로 두드려 팰 뿐인
예전과는 차원이 달랐다.

역시 공격 스킬이 다르긴 다르다.

“자, 다음은……”

강서준이 향한 곳은 최전선에 해당하는 장소였다. 호수 인

근은 나무 자체가 자라나질 않아 이미 지상전을 펼치는 전사들이 많았다.

그곳에서 오가닉은 말 그대로 전장의 신이 되어, 양학을 잇고 있었다.

콰아아앙!

강서준도 가뿐히 지상에 착지하며 리자드맨 백부장을 손쉽게 처치했다. 그 뒤로도 호른 부족과 손발을 맞추면서 리자드맨 전사들을 상대했다.

그렇게 얼마나 싸웠을까.

호수 앞 개활지로 일대 전선이 생성되고, 기다렸던 문장이 나타났다.

[시나리오 퀘스트 '용의 인장'이 시작됩니다.]
[첫 번째 조건이 공개됩니다.]

모든 플레이어의 눈앞에 나타난 문장은 정확히 이렇게 적혀 있었다.

1. 시나리오 지역에 진입할 것.

호수 위로 완전히 부상한 콜로세움 위로 붉은 별이 떠올랐다. 그쪽까지 가는 길도 수십 개로 나뉘어서 떠오르고 있었다.

바로 앞.

리자드맨 전사들이 가득한 구역 뒤로도 새하얀 돌길이 호수 중앙에 생성된 '원형의 콜로세움'까지 닿고 있었다.

시나리오 퀘스트

[스킬, '파이어볼(F)'을 발동합니다.]

콰아앙!

다가오는 리자드맨 전사의 면상에 불꽃을 때려 박으면서 몸을 회전시킨다. 숨 쉴 틈도 없이 찔러 오는 창을 피하며 가시를 뽑아내고, 그대로 놈의 목젖을 긋는다.

키익……!

단말마의 비명을 내지르며 쓰러지는 리자드맨 전사!

그 뒤편으로 또 다른 리자드맨이 달라붙었다.

틈을 파고들어 길게 튀어나온 주둥이에 가시를 꽂아 넣기까지 물 흐르듯 이어졌다.

벌써 몇 번째인지 모르겠다.

[스킬, '초상비(F)'를 발동합니다.]

가벼운 발놀림으로 찔러 오는 창과 검을 피하며 공중을 빙글 돈 강서준은 주먹을 꽉 말아 쥐었다.

[스킬, '마력 집중(E)'을 발동합니다.]

콰아아아아아앙!

또 한차례 리자드맨 전사를 무너뜨린 강서준은 호흡을 정돈하며, 가까이에서 전투를 펼치던 김강렬의 곁에 섰다.

"괜찮습니까!"

"……네! 버틸 만…… 으읏, 합니다!"

김강렬을 비롯한 아크의 플레이어들은 의외로 큰 활약을 보이고 있었다.

지난 일주일간 퀘스트를 독식하며 렙업을 걸친 성과일까. 스킬과 과학을 십분 활용하니 그들도 전장에서 꽤 빛나는 것이다.

사실 레벨이 조금 부족하더라도, 플레이어의 각양각색의 스킬은 전장에 수많은 변수를 창출해 내는 요인이었다.

"헉, 헉……."

"끝도 없이 튀어나오네 진짜!"

문제는 시간이 흐를수록 그 공격은 무뎌지고, 점차 부상도 걷잡을 수 없이 늘어난다는 점이었다.

장기전은 무리였다.

"조금만 더 버텨요! 족장님이 큰 기술을 준비하는 모양이니까."

"……알겠습니다!"

플레이어들을 독려한 강서준은 한쪽에서 새롭게 모습을 드러낸 거구의 리자드맨에게 접근했다.

컴퍼니의 몬스터!

이렇듯 전장의 곳곳엔 컴퍼니의 손길이 닿은 '특수 개체'가 있어서, 여러모로 골치 아픈 경우가 발생했다.

"그만 좀 나와라. 제발……!"

지척에 다다른 놈의 꼬리를 밟고 빠르게 등허리에 오른 강서준은 두 눈을 번뜩이며 허공을 움켜쥐었다.

이놈의 약점도 가짜 자이언트의 혼 리자드와 같이 배 아래에 있었지만, 거기까지 파고들 필요는 없었다.

'요점은 거길 파괴하면 된다는 거야.'

그의 손엔 어느새 파이어볼이 생성되어 있었다. 크기가 커질수록 불주먹이 이글거리며 타올랐다.

공격은 크게 터져 나갔다.

[조합 스킬, '파이어 익스플로전(F)'을 발동합니다.]

　내리찍은 주먹 아래로 거대한 폭발이 생성되며, 거대 리자드맨은 거품이 터져 나가듯 사방에 흩날렸다.

　핏방울이 마치 비처럼 내렸고, 어느 순간 호른 부족의 전사들이 썰물처럼 쑤욱 어딘가로 빠져나갔다.

　기다렸던 때였다.

　"흐아아아아압!"

　오가닉의 함성과 함께 가공할 만한 기세로 마력이 휘몰아쳤다. 당장 흐름만 봐도 심장이 덜컥 내려앉는 기분이 들 정도였다.

　저 인간…… 이 일대를 완전히 초토화시킬 셈인가.

　어마어마한 마력은 오가닉의 창으로 몰려들었고, 그 창엔 일대를 뒤집어 버릴 폭풍이 휘감겼다. 그리고 약간의 사전 동작과 함께 창은 정면으로 내질러졌다.

　크콰카카카카카칵!

　'……파도잡이의 창은 애들 장난에 불과했었군.'

　오대수의 창이 파도를 일으키며 적을 유린하던 때가 떠올랐다. 그 무기도 꽤 쓸 만했었는데.

　지금 오가닉의 투창을 보면 괜히 부끄러워질 정도였다. 그때의 공격은 물장난 그 이상도 이하도 아니었던 것이다.

　'해일이야.'

실제로 오가닉의 창이 지나간 자리는 자연재해에 휩쓸린 것처럼 수많은 리자드맨이 갈가리 찢겨 나부끼고 있었다.

큰 소음과 함께 호수의 한쪽에 쾅 꽂힌 오가닉의 창.

터무니없지만 그 근처에 있던 물은 사방으로 밀려나가고 없었다.

오가닉은 서서히 창이 있던 자리로 호수의 물들이 들어차는 걸 확인하며 말했다.

"전사들이여……."

오가닉의 말에 호른 부족의 전사들이 능숙하게 자세를 잡았다. 당황하며 물러났던 리자드맨 전사들이 다시 자리를 잡을 시간은 없었다.

"……목숨을 바쳐라!"

"우와아아아아아아!"

오가닉을 필두로 노도와 같은 기세로 뻗어 나가는 호른 부족의 전사들!

아크의 플레이어들도 뒤처질세라 재빠르게 창이 뚫어 낸 길을 따라 내달렸다.

물러났던 리자드맨 전사들이 다시 달라붙었지만 전처럼 꽉 막힌 길은 아니었다.

금세 콜로세움의 앞까지 다다랐다.

[두 번째 조건이 공개됩니다.]

2. 왕의 자격을 갖출 것.

*현재 퀘스트를 수행하는 이 중 모든 조건에 부합하는 자는 '4명'입니다.

문득 오가닉의 머리 위로 붉은 별이 떠올랐다. 호른 부족의 족장이니만큼 '왕의 자격'쯤이야 갖췄을 줄 알았다.

의외는 그 숫자인데.

'네 명이라고?'

미간을 좁힌 강서준은 주변을 둘러봤다. 아이러니하게도 그의 머리맡에도 붉은 별이 떠올라 있었다.

'도깨비의 왕이 적용되는구나.'

그렇다면 도합 세 명의 후보는 예상 가능했다. 강서준, 오가닉…… 그리고 나머지는 리자드왕이겠지.

'다른 한 명은?'

더 말할 것도 없이 눈앞에 새로운 메시지가 나타났다. 호른 부족의 전사들이 호수를 등 뒤에 두고 배수의 진을 친 순간이었다.

[세 번째 조건이 공개됩니다.]

3. 왕의 무기를 소유할 것.

*현재 퀘스트를 수행하는 이 중 모든 조건에 부합하는 자는 '4명'입니

다.

이번엔 어느새 회수한 오가닉의 창과 강서준의 두 주먹 위로 붉은 별이 떠올랐다. 생각해 보니 그의 건틀렛도 사실 '왕의 무기'였다.

'플랜트 킹을 죽여서 얻은 무기니까.'

어쨌든 강서준은 각종 조건을 통과하며 콜로세움에 입장할 수 있었다.

그 안에는 전투 준비를 마친 일련의 부대가 있었다.

리자드왕의 무리.

한데, 그곳에서 강서준은 의외의 인물을 발견할 수 있었다.

헛웃음이 나온다.

"……네가 왜 여기서 나와?"

머리 위로 붉은 별 하나를 띄운 채로 리자드왕의 옆에 선 한 남자.

그의 흑색 단검 위에도 붉은 별이 떠 있었다.

강서준은 나지막이 중얼거렸다.

"하르트."

❦

빠르게 길을 가로지른 최하나는 어두컴컴한 동굴을 들여

다봤다. 목적지인 리자드맨의 감옥이었다.

한편 카린은 입을 쩍 벌리고 있었다.

다소 놀란 눈치였다.

"당신들 대체 정체가 뭐예요?"

"……."

"어떻게 단둘이서 리자드맨 부대를 전멸시킬 수 있어요?"

그 말에 최하나는 어깨를 으쓱이며 동굴로 다가갔다.

단순히 그들이 더욱 강했기 때문에 가능했던 일이란 걸, 구태여 말로 설명할 필요는 없었다.

게다가 최하나도 꽤 놀라고 있었다.

나도석.

강한 줄은 알았지만…… 생각보다 더한 괴물이었으니까.

최하나는 애써 생각을 털어 내며 동굴을 쭉 둘러봤다. 카린도 미련을 벗어던지고 나지막이 말했다.

"피 냄새입니다."

어둠을 가로질러 동굴을 따라 이동했다. 지독한 혈향은 갈수록 날카롭게 코를 찔러 왔다.

멀리 걷질 않아도 한쪽에 각종 도구들이 널브러진 게 보였다. 고문이라도 한 건가?

"……이놈들 대체 뭘 하려는 거지?"

"우욱……!"

헛구역질을 하는 카린을 뒤로하고 최하나는 한쪽 벽에 전시되듯 널브러진 리자드맨의 사체를 확인했다.

온몸에 새파란 멍이 가득했고, 잘리거나 아스라진 신체 일부는 곳곳에 쓰레기처럼 버려져 있었다.

나도석은 한쪽 테이블 위에 있던 종이컵을 들어 올리며 말했다.

"누군가가 이곳에 있었군."

"……그것도 서울 사람이네요."

믹스 커피를 뜯어 먹은 흔적이 느닷없이 던전에 있을 리가 없었다. 서울의 누군가가 이곳에서 꽤 긴 시간을 머물렀다는 증거였다.

범인은 **빤**했다.

"결국 여기도 컴퍼니의 흔적인 거죠."

최하나는 혀를 차며 고개를 절레절레 저었다.

"일단 더 들어가죠. 안쪽에서 소리가 들려요."

번 블러드를 상시 발동하는 그녀는 신체 능력도 상당히 올라간 상태였다. 먼 거리의 소리도 집중하면 들을 수 있었다.

[스킬, '방음(F)'을 발동합니다.]

한편 소리 없이 발사된 마탄은 별안간 리자드맨 전사의 미간을 꿰뚫었다. 놈은 단말마의 비명을 내지르지도 못하고 툭 쓰러졌다.

킷……!

꺾이는 골목에서 우연히 튀어나온 리자드맨 전사는 나도석이 그대로 머리를 돌려 버리자 조용히 쓰러졌다.

"양갈래 길이야."

"……어떡하시겠어요?"

"난 오른쪽으로 가지."

최하나는 나도석의 말에 고개를 끄덕이며 긍정했다. 여기까지 오면서 나도석의 무력은 익히 봐 와서 걱정할 건 없었다.

"뭔가 발견하면 바로 연락해요."

"그래."

"카린 님은 저랑 이동하죠."

카린을 데리고 왼쪽으로 쭉 이동한 최하나는 철창 속에 짐짝처럼 쌓여 있는 사람들을 발견할 수 있었다.

그들은 죽은 듯이 누워서 미동도 하질 않았다.

"……살아 있는 것 같은데."

철창을 가뿐히 부수고 들어선 최하나는 그들의 코에 손을 가져다 대고 호흡을 확인했다.

미약하게 숨을 쉬고 있었다.

그리고 그때였다.

"최, 최하나 님! 저걸 부숴요!"

뒤따라 들어온 카린이 한쪽 벽에서 뭉게뭉게 무언가를 만들어 내던 한 기구를 가리켰다.

피슉!

반문할 것도 없이 날아간 마탄은 정체를 알 수 없는 기구를 박살 냈다. 안쪽에서 녹색 물이 쭈욱 흘러 바닥을 적셨다.

카린은 급하게 주머니에서 몇 개의 풀을 꺼내어 입에 넣어 씹었다.

"슈테른의 풀입니다. 지독한 수면 효과를 갖고 있죠."

"……그렇군요."

"최하나 님도 이거 드세요. 슈테른의 풀을 불태워 만든 연기는 10분 이내에 깊은 잠에 빠지게 만듭니다."

하지만 최하나는 고개를 가로저어 정중하게 거절했다. 굳이 해독할 필요가 없는 물질이었다.

[전용 장비 '마탄의 리볼버'의 전용 스킬, '번 블러드'를 발동 중입니다.]

['슈테른의 풀'의 수면 효과를 억제합니다.]

피를 불태우는 기술이었다. 당연히 그녀의 몸속에 악영향을 끼치는 수면 연기 따위는 피를 불태우는 과정에서 같이 불살라질 뿐이었다.

최하나는 플레이어들의 안색을 살피며 물었다.

"혹시 그 풀로 이 사람들을 깨울 수 있겠습니까?"

"네? 잠시만요."

카린은 풀을 으깨어 즙을 만들어 냈다. 다행히 그녀의 가방엔 슈테른의 풀을 해독할 약초가 많아서 해독제를 만드는 건 금방이었다.

곧 플레이어들이 꿈틀거리며 눈을 떴다.

"으음……."

"……여긴 어디지?"

잠시 몽롱한 시선을 내보이던 그들은 최하나를 보더니 나지막이 입을 열었다.

"……천사?"

"개소리 그만하고 정신 차려요."

"아, 최하나 님."

하나둘 머리를 털며 일어난 플레이어들은 주변을 둘러보기 바빴다. 꼴에 레벨은 좀 높다고 상황 판단만큼은 느리진 않았다.

금세 긴장한 얼굴의 그들.

최하나는 자초지종을 물어봤다.

"……전혀 기억이 나질 않습니다. 케이 님을 따라서 동쪽으로 이동했던 것 같은데."

"눈을 떠 보니 여기였다고요?"

"네. 도대체 무슨 일이 벌어진 겁니까? 우린 얼마나 잠들어 있었던 건가요?"

최하나는 한숨을 내뱉으며 그들에게 간략히 정보를 건네
줬다. 내용을 들은 그들은 황당한 얼굴을 할 뿐이었다.

"······일주일이나 잤다고요?"

"지금 C급 던전 공략은 마무리 단계에 들어섰고?"

"이곳에 컴퍼니가 있다고요?!"

놀라기만 하는 그들의 얼굴을 보면 괜히 바보 같다는 생각
도 들었다. 하기야 하르트를 진짜 케이라고 믿을 정도로 안
목이 구더기 같은 자들이 아닌가.

'레벨만 높은 가짜 랭커들.'

최하나는 평가를 신랄하게 깎아내리며, 바로 나도석에게
연락을 했다.

어쨌든 목표로 했던 이들은 찾았으니, 이젠 돌아갈 일만
남아 있었다.

한데 나도석은 의외의 답변을 했다.

─이쪽으로 와라. 인질이 더 있다.

어쩔 수 없이 플레이어들을 이끌고 오른쪽으로 쭉 이동한
최하나는, 곳곳에 널브러진 리자드맨의 사체를 밀어내며 목
적지에 다다랐다.

카린도 뒤따라오더니 크게 놀라며 말했다.

"스, 스승님?"

구석진 곳에서 나도석은 볼품사납게 굶주린 수많은 사람
들을 구출하고 있었다.

그중 백발이 무성한 한 노인.

피골이 상접한 몰골로 벽에 매달려 있기에, 최하나는 정확하게 구속구만을 저격으로 끊어 냈다.

힘없는 종이인형처럼 나풀나풀 쓰러지는 노인은 달려 나간 카린의 품에 안겼다.

"정신 차리세요…… 스승님!"

카린이 바쁘게 노인의 입에 HP포션을 흘려 넣었다. 외관과는 다르게 큰 부상은 아니었는지 잠시 몸을 부르르 떤 노인은 곧 눈을 떴다.

"으으으…… 안 돼."

제정신은 아니었다.

노인은 흐릿한 눈동자로 허공을 응시하며 손으로 휘휘 저으며 말을 이었다.

"싸워선 안 돼. 막아야 해."

같은 말을 반복하는 노인을 내려다보던 카린은 입술을 짓씹었다. 그녀가 보충 설명을 해 줬다.

"스승님은 미래를 보십니다. 제 예지력은 비교조차 안 될 수준으로 정교하게 이미지를 그려 내죠."

"……지금 미래 예지를 하고 있는 겁니까?"

"아무래도요."

카린의 말에 사람들은 저절로 노인의 입이 열리길 기다렸다. 무슨 예지를 하려는지는 몰라도 궁금해지는 게 당연한 심리였다.

노인이 말했다.

"……마지막 조건은, 남은 인구수일 테니까……."

하르트를 적으로 마주하는 현 상황은 어쩌면 예상 가능했던 문제였다.

'그는 원래 악인이었으니까.'

케이의 이름을 훔쳐 아크에 입성했고, 그걸 빌미로 숱한 악행을 저질러 온 놈이었다.

지난번엔 어깨를 부딪쳤다는 이유로 사람을 해치려고도 하질 않았던가.

새삼스레 몬스터의 편에 서서 던전 공략을 목적으로 한들, 하등 이상할 건 없었다.

강서준이 생각하는 문제는 다른 쪽에 있었다.

'이제 와서 모습을 드러낸 저의가 뭐지?'

여태까지 속였다면 꾸준히 속일 수도 있었을 것이다.

다른 컴퍼니원들처럼 가면만 쓰고 있었다면 정체까지 발각되진 않았을 테니까.

혹 케이를 연기할 생각이 없나?

'아니야. 놈이 가면을 벗은 건 전혀 합의되지 않았어.'

다른 컴퍼니원들이 하르트를 보며 크게 당황하는 것만 봐도 알 수 있었다. 놈들은 부랴부랴 하르트의 얼굴을 가리려고도 했다.

즉, 이건 놈의 독단적인 선택이었다.

대체 왜 그랬을까.

'⋯⋯도통 속을 모르겠군.'

열 길 물속은 알아도 한 길 사람 속은 모르는 법. 단순히 추측하자면 살인멸구를 하려는 걸지도 몰랐다.

[네 번째 조건이 공개됩니다.]

4. 시련을 넘으시오.

*용의 인장까지 총 3개의 시련이 생성됩니다.

*HP포션이 봉인됩니다.

*MP포션이 봉인됩니다.

[!]

[시스템에 의해, 스킬 '초재생(F)'는 일시적으로 봉인됩니다.]

강서준은 긴장감을 도려내며 두 눈을 감았다 떴다.

복잡한 생각은 전부 나중 일이다.

'결국 당장 내가 할 일은 하나야.'

원형의 콜로세움, 그 중앙.

용의 인장은 누군가가 뽑아 주길 기다리는 엑스칼리버처럼 그 자태를 뽐내고 있었다.

'용의 인장만 차지하면 끝나는 게임이야. 놈의 정체가 무엇이든, 시나리오 퀘스트를 성공시키면 될 일이야.'

그리고 같은 목적을 가진 이들이 저마다의 시선으로 콜로세움의 중앙을 노려보고 있었다.

아무래도 콜로세움의 입장과 동시에 리자드맨과 호른 부족 사이엔 투명한 벽이 생겨, 당장 두 세력의 전투는 잠시 휴전이 된 상태.

쿠구구궁.

강서준은 용의 인장을 둘러싸고 생성된 세 개의 특수 구역을 확인할 수 있었다. 조건으로 알려진 시련이란 것들인 모양이었다.

'불기둥이 사방에 솟구치는 땅.'

그 너머의 구역엔 물이 차오르고.

그다음은 눈 폭풍이 휘몰아쳤다.

강서준은 그제야 조건이 뜻하는 의미를 이해할 수 있었다.

'……용의 인장을 차지할 자격이라는 건 결국 미래의 던전을 버틸 만한 인재를 뽑는 과정이었나.'

C급 던전의 주인은 머지않아 B급 던전의 주인이 되기 마련.

그리고 C급 던전의 특징이 '시나리오 던전'이라면, B급부터는 그 앞에 '재난' 혹은 '재앙'이라는 단어가 붙는다.

이 정도 시련을 통과하지 못하는 자는 훗날 성장했을 B급 던전의 주인이 될 자격조차 없는 거겠지.

생각보다 훨씬 단순한 이유였다.

['불타는 대지'의 입장까지 5분 남았습니다.]

시간은 금세 흘렀다.

용의 인장을 둘러싼 세 개의 구역이 완전히 완성되고, 카운트되던 시계는 0으로 바뀐 순간이었다.

눈앞의 벽이 활짝 열렸다.

용의 인장까지 이젠 선착순이었다.

"달려!"

"우와아아아!"

호른 부족의 전사들은 호기롭게 함성을 내지르며 첫 번째 시련에 진입했다.

강서준도 그 뒤를 따라 불타는 대지 위에 섰다. 곳곳에 불기둥이 솟구쳐, 숨이 턱 막히는 곳이었다.

열기로 온몸이 익을 것만 같았다.

[첫 번째 시련 '불타는 대지'에 입장했습니다.]

[두 번째 시련 '물에 잠긴 대지'로의 입장까지 30분 남았습니다.]

[생존하십시오.]

강서준은 미간을 찌푸리며 가까이에 솟구친 불기둥을 피했다. 겁도 없이 수십 마리의 리자드맨 전사들이 그를 향해 달려오고 있었다.

이때만을 노린 걸까.

키이이이잇!

수시로 솟구치는 불기둥에 꿰뚫리는 리자드맨 전사들은 죽음을 불사르며 달려들었다.

리자드왕의 명령이라도 있었을까.

목숨 아까울 줄 알던 C급 던전의 몬스터답지 않게 제 목숨을 내던지면서 격돌하는 기세는 사뭇 위협적이었다.

호른 부족의 전사들도 이를 악물었다.

"버텨! 죽더라도 한 놈을 더 잡아!"

"키이이잇!"

"시끄러워! 도마뱀 새끼들이!"

오가닉도 성난 외침을 내지르며 창을 휘둘렀다.

"도마뱀 새끼들이 주제를 모르고 여기까지 기어 들어오는구나!"

오가닉은 불기둥을 정통으로 가격당하고도 근성으로 버텨 내는 괴물 같은 인내심을 보여 줬다.

근육이 녹아내릴지언정 창을 휘두르는 공격은 멈추지 않았다.

그리고 그 창이 향한 곳엔 이 던전의 보스 격인 '리자드왕'이 있었다.

"……제 죽을 자리는 곧잘 찾아오는구나. 오가닉."

역시 지능이 있는 몬스터답게 놈은 오가닉과 몇 마디 말을 섞으며 전투를 이어 나갔다.

가히 던전 속 세계관 최강자들의 싸움이었다. 둘의 공격이 맞부딪칠 때마다 생성된 충격파가 솟구치는 불기둥을 꺼트렸다.

그뿐일까?

근처를 서성이던 호른 부족의 전사들과 리자드맨 전사들이 휩쓸려 튕겨 나가는 건 예삿일이 아니었다.

불기둥 속에 생겨난 또 다른 재난.

강서준은 빠르게 몸을 움직여, 두 괴물의 전장에서 가능한 멀어졌다.

아직 그의 실력은 저 둘의 싸움에 간섭할 수준이 아니었다.

"그전에……."

류안을 발동시킨 강서준은 불기둥 사이를 오가는 일련의 무리를 쫓았다. 컴퍼니원들이 몰래 두 번째 시련을 앞둔 벽 근처에서 몸을 숨기고 있었다.

"네놈들만 편하면 쓰냐."

[스킬, '파이어볼(F)'을 발동합니다.]

불타는 대지인 덕일까. 평소보다 반절도 마력을 담질 않았음에도 파이어볼은 더 큰 형태를 갖췄다.

강서준은 몰래 숨어 있던 컴퍼니원들을 향해 파이어볼을 던져 버렸다.

놈들이 금세 사방으로 흩어졌다.

화르르륵!

하지만 그 뒤를 쫓을 수는 없었다.

첫 번째 시련이 펼쳐지는 지역은 원형 콜로세움에서도 가장자리에 있었으므로, 규모는 가장 넓었다.

괜히 저들을 쫓는다고 호른 부족과의 거리가 멀어진다면, 고립되는 건 오히려 강서준일 것이다.

'두고 보자고.'

어차피 이 퀘스트는 용의 인장이 있을 중심부로 향할수록 공간이 좁아지는 특징이 있었다. 당장 마주칠 일이 없는 놈이라도 끝내 용의 인장 앞에서 볼 수 있으리라.

'하르트…… 네놈도 말이야.'

강서준은 호흡을 정돈하며 다시 리자드맨 전사를 찾아 움직였다. 일부러 불기둥 근처를 서성이던 놈들을 발로 차 버렸다.

불속으로 확 뛰어든 꼴이었다.

경험치가 정산됐다.

[레벨이 올랐습니다.]

'아직 부족해.'

강서준은 류안을 극성으로 발동시키며 더욱 빠르게 움직였다. 특히 빈사 상태에 빠진 리자드맨들은 놓치질 않았다.

[스킬, '초상비(F)'를 발동합니다.]

어쩌면 강서준은 재난이 풍경이 된 이곳에서 누구보다 극적인 변화를 톡톡히 누리고 있는지도 모르겠다.

[레벨이 올랐습니다.]

[레벨이 올랐습니다.]

'모든 스텟을 민첩에 투자.'

리자드맨 전사의 평균 레벨은 120부터 150을 넘나들 정도로 다양했다.

그에 비해 강서준의 레벨은 이제 막 100을 겨우 넘긴 수준. 전쟁 규모의 전투를 잇달아 넘으면서 대략 10 이상 상승을 시켰는데도 그의 레벨 업은 멈출 기미가 없었다.

'더! 조금이라도 더 올려야 해!'

민첩에 투자한 덕택에 몸이 한결 가벼워졌다. 더욱 재빠르게 움직여 더 많은 막타를 노릴 자신이 생겨났다.

[레벨이 올랐습니다.]

문제 될 건 없었다.

재난? 불기둥?

솔직히 그에게 있어 이곳은 대단히 위협적인 장소도 아니었다.

'재난은 이골이 났어.'

헬 난이도 퀘스트에서 석 달을 버텨 온 전적이 있었다. 고작 이 정도 재난으로는 그의 발목조차 묶을 수 없었다.

[두 번째 시련이 개방됩니다.]

[입장까지 1분 남았습니다.]

아쉽지만 강서준은 리자드맨 전사의 머리를 터뜨리며 손을 털었다. 레벨만 얼추 3 정도 올렸나. 미련을 접어 두고 두 번째 시련으로 넘어갈 시간이었다.

다음 시련은…….

'물에 잠긴 대지.'

바로 벽을 넘자마자 코끝을 저미는 물과 온몸을 억누르는 압력을 느꼈다. 고작 열린 벽을 넘었을 뿐인데도 심해에 빠진 듯했다.

[두 번째 시련, '물에 잠긴 대지'에 입장했습니다.]

[출구를 찾으시오.]

여긴 숨을 쉴 수조차 없는 물속이니만큼 첫 번째 시련처럼 시간제한이 있진 않았다.

대신 어두컴컴한 물속에서 다음 시련으로 넘어가는 길을 찾아내야만 했다.

그리고 강서준은 자신이 있었다.

'이 정도는…….'

출구가 있다면 마력이 어떻게든 새어 나오고 있기 마련. 강서준은 류안을 발동시키며 물속 흐름을 읽어 들였다.

바로 찾아낼 수 있었다.

'……따라 오세요.'

강서준은 근처에서 잠수 중이던 호른 부족의 전사들에게 수신호를 보내자, 오가닉을 필두로 강서준의 뒤를 쫓아왔다.

아무래도 오가닉은 1차 시련에서 리자드왕을 쓰러트리진

못한 눈치였다.

'어쩔 수 없지.'

비슷한 수준의 몬스터를 30분 만에 쓰러트린다는 게 어디 쉬운 일인가.

오가닉도 금세 미련을 털어 냈다.

그들은 무난하게 두 번째 시련을 넘길 수 있었다.

[세 번째 시련 '눈 폭풍 대지'에 입장했습니다.]
[온몸이 얼어붙기 전에 출구를 찾으시오.]
[시스템에 의해, 스킬 '파이어볼(F)'는 일시적으로 봉인됩니다.]

치밀한 시스템 녀석은 유일한 마법인 '파이어볼'을 앗아 갔다. 강서준은 심해를 빠져나오면서 젖었던 몸이 금세 얼어붙는 걸 깨달았다.

삽시간에 빙판이 되고 있었다.

이대로면 손도 못 쓰고 죽을 것이다.

[스킬, '마력 집중(E)'을 발동합니다.]

그나마 마력을 두르니 조금은 움직일 만해졌다. 오가닉을 비롯하여 호른 부족의 전사들도 해법을 깨닫고 하나둘 스킬을 발동시켰다.

"어, 얼른 넘어가죠."

가까이 리자드맨들 중 백부장 이하로 마력을 제대로 다루지 못하는 개체는 전부 동사(冬死)한 게 보였다.

출구까지 거리가 멀지 않았음에도 버티질 못한 것이다.

'그나저나 아크 사람들은 데려오지 않길 잘했네.'

모르긴 몰라도 그들이 콜로세움으로 들어섰다면 첫 번째 시련에서 전부 타 죽었을지도 몰랐다.

정말이지, C급 던전 주제에 공략 난이도가 뭐가 이렇게 지랄 맞는지…….

"여긴?"

마침내 모든 시련을 통과한 이들은 용의 인장을 두 눈에 담을 수 있었다.

아직 그곳까지 가는 길목엔 반투명한 구체가 길을 막고 있었지만, 목적지를 코앞에 둔 것만으로도 감회가 새로웠다.

강서준은 진입한 면면을 확인했다.

호른 부족 다섯.

리자드맨 넷.

NPC에 비해 숫자는 많아도 각자 레벨은 부족한 리자드맨이었기에, 시련을 견딜 만한 개체는 극히 제한적일 수밖에 없었다.

강서준은 하르트도 볼 수 있었다.

지독하게 끈질긴 컴퍼니원들도 살아서 리자드왕의 옆을

지키고 있었다.

강서준이 말했다.

"리자드왕을 맡길게요."

"바라는 바야."

그리고 깜빡이도 없었다.

강서준은 지체하지 않고 하르트를 비롯한 컴퍼니원에게 달려들었고, 호른 부족의 전사들도 창을 꼬나 쥔 채로 적을 상대했다.

이참에 적들을 모조리 쓰러트린다면 구태여 조건을 맞추려고 아등바등 애쓸 필요는 없었다.

파이어볼을 움켜쥐고 빠르게 하르트를 향해 달려드는 동안에도 생각은 길게 꼬리를 물고 늘어졌다.

문득 강서준은 볼 수 있었다.

[다섯 번째 조건이 공개됩니다.]

시야를 가리는 한 메시지.

5. 가장 많은 생존자를 보유할 것.

눈앞으로 무수한 숫자가 카운팅됐다. 이 던전에 있는 모든 생존자가 합산되기 시작한 것이다.

그럼에도 공격을 멈추질 않고 하르트에게 달려든 강서준
이었지만, 시스템의 정산은 더욱 빨랐다.

[최대 생존자 수를 보유한 '왕'을 확인했습니다.]
[포자의 왕, '질투욕의 익스텐더 : 하르트'가 용의 인장을 차지합니다.]

……뭐?

김강렬은 거친 숨을 토해 내며 코앞까지 다다른 리자드맨
의 배를 꿰뚫었다.

피가 역류하면서 그의 손아귀가 전부 피로 물들었지만 그
것까지 신경 쓸 겨를은 없었다.

검을 뽑고, 다시 휘둘렀다.

전장은 그저 끝없는 전투의 연속. 숨이 남아 있는 한 전력
을 다해 싸우고 또 싸울 뿐이었다.

하지만 잠깐 집중이 흐트러졌을까.

그는 어깨에 꽂히는 창을 막을 수 없었다.

"크윽……!"

그리고 그때.

머리 위가 뜨거워진다 싶더니, 작은 흑룡 한 마리가 흑염

을 토해 내며 전장을 가로질렀다.

강서준이 두고 간 펫 '고롱이'였다.

키, 키이이잇!

고롱이가 지나간 자리로 리자드맨들은 렉이라도 걸린 것처럼 머뭇거렸다. 기회였다.

호른 부족의 전사들은 경직된 놈들을 향해 날카로운 검격을 쏟아부었다. 덕분에 잠시 숨을 돌릴 여유가 생겨났다.

"허억…… 괘, 괜찮으십니까?"

거친 숨을 토해 내며, 얼굴까지 피로 뒤덮인 몰골. 김강렬의 부대원인 공간 이동 능력자 '김훈'이었다.

"조금만 참으십시오."

김훈이 달라붙어 특수 포션 치료를 감행하자, 상처 부위는 빠르게 아물었다. 김강렬은 겨우 통증을 참으면서 물었다.

"……상황은 어때?"

"최악입니다. 당장 고롱이 덕분에 버티고는 있지만 다들 한계까지 부딪친 것 같아요."

숫자가 너무 열세였다.

리자드맨 전사들은 개별적인 전투력은 다소 낮더라도, 그 숫자가 방대한 데에 있어서 강점인 몬스터.

반대로 개개인의 실력은 뛰어나도 결국 체력적인 한계에 부딪치는 호른 부족의 전사들이었다.

김강렬도 오래 버틸 수 없음을 알고 있었다.

"조금 더 버텨야 해. 네 번째 조건까지 나왔으니…… 이제 금방이야."

용의 인장을 차지할 조건이 무언지 알아내진 못해도, 그 조건이 몇 개인지는 알고 있었다.

도합 다섯 개의 조건.

그것만 모두 성공시킨다면 이 지독한 전장의 승자는 그들의 몫이 되는 것이었다.

하지만 상황은 쉽지 않았다.

쿠아아아아앙!

한쪽에서 거구의 리자드맨이 나타나더니 호른 부족의 전사를 공중으로 날려 버렸다.

하늘로 비상한 전사는 그대로 바닥에 추락하면서 큰 부상을 입었다.

그렇게 생긴 구멍.

겨우 전선을 유지하던 호른 부족이 거세게 흔들리기 시작했고, 그 무리는 아크의 플레이어에게 가중됐다.

일단 김훈은 빠르게 공간 이동으로 호른 부족의 전사를 무사히 데리고 돌아왔지만.

문제가 남아 있었다.

"이분까지 치료하면 남은 포션은 단 한 병이에요."

김훈의 능력을 높이 사서 갖고 있던 모든 포션을 맡겼던 터였다. 하지만 수많은 전투로 인해 부상자는 늘어났고, 결국 한정된 포션은 금세 바닥을 드러냈다.

김강렬이 입술을 짓씹으며 말했다.

"안되겠어. 직접 상황을 봐야겠어."

"……네?"

"올라가자."

김강렬의 의도를 알아차렸을까.

김훈은 고개를 끄덕이며 김강렬을 붙들고 허공으로 공간 이동을 개시했다. 그들의 몸이 상공 30M쯤에 떠오르자 멀리 리자드맨의 행렬이 보였다.

아직 여기까지 다다르지 못한 리자드맨의 숫자도 많았다.

"이대로는 개죽음이야."

"……그전에 강서준 님이 일을 성공시키길 바라야죠."

"아니, 버틸 수 없을 거야."

서서히 추락하는 시점에서 재차 공간 이동으로 원래 있던 곳으로 돌아왔다. 김강렬은 치열하게 싸우는 전사들의 뒷모습을 보면서 말했다.

"콜로세움으로 들어가야겠어."

"……이대로 들어가면 안쪽으로 리자드맨을 잔뜩 끌고 들어가는 꼴이 될 겁니다."

여태 길목을 막고 전선을 세운 이유가 뭐겠는가. 가능한 한 리자드맨이 콜로세움에 개입할 여지를 줄이기 위함이 아니었던가.

김강렬은 고개를 가로저으면서 말했다.

"이대로 있으면 우리가 전멸할 거야."

포션도 다 떨어졌고 전사들도 상당수 지친 시점이었다. 여기서 무리해서 더 버틴다고 얼마나 버틸 수 있을지 모를 일이었다.

"여긴 너무 개활지야. 콜로세움을 끼고 싸우는 게 우리한텐 훨씬 이점이 될 수 있어."

제아무리 콜로세움에 어떤 위험이 도사리고 있을지는 아무도 모른다고 해도, 여기서 죽치고 있는 것보단 나으리라.

하지만 그때였다.

"……저거 뭐야?"

전장을 둘러보던 김강렬은 문득 하늘 위로 쏘아진 무언가를 확인했다. 적어도 리자드맨 전사들이 쏘아 낼 만한 것들은 아니었다.

퍼버버버벙!

하늘에서 폭죽처럼 터져 나가는 정체를 알 수 없는 무언가. 거기서 새하얀 연기가 흩뿌려져 전장을 통째로 뒤덮기 시작했다.

"대체 이게 무슨……."

['포자 바이러스'에 감염되었습니다.]

"……뭐?"

순식간에 사방은 하얀 연기로 뒤덮여 한 치 앞도 볼 수 없는 안개 속에 휩싸이고 말았다.

❦

잠시지만 강서준의 머릿속은 복잡한 시뮬레이션을 돌리는 컴퓨터처럼 재빠르게 움직였다.

포자의 왕, 질투의 익스텐더.

정보는 많았다.

그리고 다섯 번째 조건이 성립됐다는 말과 함께, '용의 인장'을 하르트가 차지하게 됐다는 문장을 읽었다.

강서준은 바로 상황을 이해했다.

'젠장……!'

어느새 반투명한 구체 너머로 들어간 하르트는 느긋한 얼굴로 용의 인장을 향해 걸어가고 있었다.

강서준이 개입할 여지는 없었다.

무슨 마법을 부렸는지는 몰라도, 현시점에서 이 던전의 다섯 번째 조건을 성립한 이는 단 한 명.

던전 내에 가장 많은 생명체를 보유한 집단은 '하르트'의 포자 바이러스 쪽이니까.

'그럼 지금 이 상황에서 내가 할 수 있는 최선의 수는.'

머리가 팽팽하게 돌아갔다.

용의 인장을 하르트가 쥐게 된다면 상황이 어찌 흘러갈지 눈앞에 얼핏 보이는 듯했다.

과연 이 던전의 앞날은 어찌 될까.

생각은 많았지만 행동은 짧았다.

휘이익!

하르트가 용의 인장을 손에 쥐기 전에 강서준이 던진 파이어볼은 허공을 갈랐다.

그리고 닿은 곳은 오가닉의 뒤통수였다.

퍼엉!

약간 그을릴 정도로 손상을 입은 오가닉. 그가 의문 어린 눈으로 강서준을 바라볼 즈음.

[당신은 '팀 킬'을 고의적으로 수행했습니다.]

[퀘스트에 반하는 행동입니다.]

동시에 하르트가 용의 인장을 손에 쥐었다.

[포자의 왕, '질투의 익스텐더 : 하르트'는 용의 인장을 차지했습니다.]

[던전의 소속된 모든 이들에게 하르트는 절대 명령을 내릴 수 있습니다.]

한창 전투를 펼쳐던 리자드왕과 오가닉의 행동이 굳고, 리자드맨을 비롯하여 호른 부족의 전사들도 석상이 된 것처럼 멈춰 버렸다.

하르트가 명을 내렸기 때문이었다.

"……흐음. 이런 느낌이었나."

놈은 흡족한 듯 투명한 벽을 넘어 밖으로 나왔다. 마치 신이라도 된 것처럼 그가 다시 내린 명령은 이것이었다.

"꿇어라."

쿠구궁!

억지로 리자드왕의 무릎이 꿇리고, 오가닉도 두 무릎이 바닥에 닿았다. 거절할 수 없는 절대적인 명령이었다.

하르트는 무릎을 꿇은 강서준의 앞으로 천천히 다가왔다.

"케이. 네놈도 결국 별것 아니구나."

"……크윽."

"말할 수 있도록 허락한다."

하르트는 오만한 눈으로 강서준을 내려다봤다. 질투욕의 익스텐더……. 놈의 욕구를 시스템 메시지로 확인한 순간부터 깨달은 게 있었다.

"너, 날 질투했구나."

"……뭐?"

"케이가 그렇게 부러웠냐?"

놈은 참을 수 없는지 재앙의 유성검을 강서준의 어깨에 꽂아 넣으려고 했다. 하지만 그보다 먼저 강서준의 주먹이 놈의 얼굴을 가격했다.

[조합 스킬, '파이어 익스플로전(F)'을 발동합니다.]

콰아아앙!

한 대 크게 얻어맞은 놈은 뒤로 나자빠지면서 몇 바퀴 바닥을 굴렀다. 겨우 균형을 잡으며 놈이 말했다.

"……어떻게 속박에서 벗어났지?"

"시스템의 제약을 벗어나는 방법은 많아. 난 플레이어니까."

NPC처럼 시스템에 의해 규정된 존재가 아니었다. 그는 이 게임을 플레이하기 위해 로그인한 플레이어.

시스템을 아는 만큼 빠져나갈 구멍도 쉽게 알아낼 수 있었다.

하르트도 그 방법을 금세 깨달았다.

"그래서 오가닉을 공격한 거였군."

"너처럼 음흉한 방법은 아니었지."

강서준은 콜로세움 위쪽에서 바람을 타고 안으로 흘러 들어오는 연기를 확인했다.

하르트가 이 던전에 벌인 마법이 무언지 쉽게 알 수 있는 장면이었다.

"포자 바이러스를 살포하는 것만으로도 다섯 번째 조건을 훔쳐 갈 수 있을 줄이야."

하기야 '포자 바이러스'도 일종의 생명이었다. 죽음의 화원에서 던전 브레이크를 통해 파생되는 유일한 '기생 몬스터'가 아닌가.

"머리 좀 썼네."

강서준은 초상비를 발동시키며 빠르게 하르트에게 접근했다. 놈이 재앙의 유성검을 맞부딪치며 공격을 회피했지만 소용은 없었다.

"크윽…… 말도 안 되는!"

면상에 주먹이 또 꽂혀 뒤로 나뒹군 하르트는 억울한 음성을 토해 냈다.

불과 일주일 정도의 시간이 흘렀을 뿐이었다. 꽤 비등비등했던 전투 실력은 어느새 강서준이 압도적인 우위를 차지하고 있었다.

"일주일이면 강산도 변할 시간이거든."

후우욱, 쾅!

움켜쥔 파이어볼이 바닥에 크레이터를 만들며 폭발했다.

용케 피해 낸 하르트였지만 초상비를 극성으로 발휘하는 강서준을 피할 바는 아니었다.

"전직을 하고도 남을 시간이고."

"……전직을 했다고?"

"그래. 이제야 상황 파악이 돼?"

게다가 그의 비약적인 전투력 상승에 지대한 영향을 준 건, 아이러니하게도 이번 전쟁이었다.

수많은 리자드맨이 뭉쳐 있는 곳.

막말로 끝없는 몰이사냥의 현장!

평균 레벨도 낮은 그에겐 더더욱 경험치가 쏟아질 수밖에 없는 곳이었다.

"크악…… 이럴 순 없어! 갓 전직한 주제에 어떻게!"

"말했잖아. 난 케이라고."

"이익!"

강서준의 주먹이 놈의 복부에 꽂히고, 빠르게 접근하며 한 번 더 놈의 턱을 날려 버렸다.

역시 레벨이 높아서 그런지 쉽게 쓰러지지 않는다. 고탄성 샌드백처럼 무수하게 두드려 맞았음에도 놈은 버티고 있었다.

"단단하긴 더럽게 단단하네."

그리고 그때였다.

"……으아앗! 놈을 막아!"

하르트가 대뜸 외친 함성은 예상 못 할 효과를 불러왔다.

쿠구구궁!

순식간에 강서준을 향해 다가오는 날카로운 창. 그것도 두 개나 되는 것들이 노도와 같은 기세로 그를 찔러 왔다.

"……!"

류안과 초상비로 피할 수야 있었지만, 그 공격에 내포된 충격까지 어찌 막을 수 있을까.

콰지지직!

튕겨 나간 강서준은 겨우 균형을 잡으며 일어섰다. 숨 쉴 틈도 없이 그에게 공격은 이어지고 있었으니까.

'……하르트가 깨닫질 못하길 바랐는데.'

그래서 정신없이 시작부터 놈을 몰아붙였던 것이다. 주먹으로 머리를 계속 가격한 이유도 생각을 여기까지 잇지 못하게 만들기 위함이었고.

하지만 운이 좋게도 놈이 외친 한마디는 강서준을 바로 수세에 몰리게 만들었다.

'리자드왕과 오가닉이라…….'

놈을 막으라는 한마디가, 이 던전의 보스급 둘을 동시에 움직이게 만들어 낸 것이다.

오가닉은 미간을 구기며 말했다.

"으으윽…… 몸이."

"거부하지 마십시오. 머리가 터져 버릴지도 모르니."

실제로 오가닉의 머리통은 폭발 직전인 것처럼 붉게 달아올라 있었다. 시스템의 명령을 억지로 거절하려 했기에 벌어진 현상이었다.

"은인에게…… 이럴 수는 없."

"전 이미 당신의 뒤통수를 쳤다고요."

"크윽……!"

콰아앙!

공격을 피해도 충격은 고스란히 누적되고 있었다. 그나마 초재생이 상처를 회복시켜 줬지만 얼마나 버틸 수 있을까.

마력이 전부 소진된다면 초재생은 더는 활동하질 않는다.

"크하하핫! 꼴사납구나!"

다시 여유를 찾은 하르트는 호른 부족의 전사 한 명의 허리를 굽히고, 이를 의자 삼아 앉았다.

"놈을 죽여라. 감히 내게 반항한 죗값을 치르게 해야지."

놈의 서늘한 명이 떨어짐에 따라서 오가닉과 리자드왕의 공격은 더욱 매섭게 다가왔다.

개개인의 레벨이 200에 근접하는 괴물들의 합공.

버텨 낼 재간이 없었다.

"흐으으읍……!"

결국 강서준도 최후의 수를 꺼낼 수밖에 없었다.

[장비 '도깨비 왕의 감투'의 전용 스킬, '이매망량'을 발동합니다.]

순식간에 그의 외투 위로 도깨비 갑주가 생성됐다. 또한 주변에서 떠돌던 영혼들이 일제히 그 안으로 흡수되면서 강서준의 힘을 더욱 보완해 줬다.

한 번, 오가닉과 리자드왕의 공격을 상쇄시킬 수 있었다.

콰아아아앙!

'······미친? 일격에 영혼이 모조리 뜯겨 나갔어.'

괜히 200레벨이 아니었다.

그래도 잠시 생겨난 여유 속에서 강서준은 생각을 정리할 수 있었다.

'방법을 찾아야 해.'

베스트는 오가닉과 리자드왕을 쓰러트리고 하르트까지 처치하는 거겠지.

하지만 단언한다.

'불가능.'

공략법을 달리해야 했다.

'적어도 한 명이라도 떼 놓을 수만 있다면?'

거기까지 머리를 굴렸을 때, 백귀들에게서 강렬한 의지가 전달됐다. 당장이라도 목숨을 불사르겠다는 라이칸과 로켓의 마음가짐이었다.

그리고 달려드는 오가닉을 보면서 강서준의 머릿속에 전류가 파지직 흘렀다.

'······방법이 있어.'

이 상황을 타개할 단 하나의 방법.

시스템의 제약을 벗어날 수 있는 그 작은 틈이 방금 두 눈에 보였다.

원인은 '용의 인장'에 있었다.

　'던전의 주인은 던전 내의 생명체에게 무소불위의 권력을 행사해. 사실상 현재 이 던전의 보스 몬스터는 하르트겠지.'

　절대 명령이랬다.

　해서 던전에 소속된 '리자드맨'이나 '호른 부족'은 용의 인장에 대항할 수 없었다.

　이미 그들의 주인이 된 자의 명은 시스템에 의해 부정할 수 없는 것이니까.

　'부정하면 죽일 거야.'

　오가닉이 애써서 부정하려 할 때마다 그의 머리가 터질 듯이 붉게 달아오르는 게 그 증거였다.

　시스템에게 '버그'는 필요 없으니까.

　그리고 팀 킬을 감행하면서 오가닉의 뒤통수를 가격한 연유도 그 때문이었다.

　'설마 플레이어가 용의 인장에 의해 조종당할 것 같진 않지만……'

　만약이라는 말이 있질 않은가.

　호른 부족의 은인이 된 플레이어.

　그러니까 퀘스트로 엮여서 운명 공동체가 되어 버린 상태로 '용의 인장'을 지배를 받는다면?

　돌이킬 수 없으리라.

　모르긴 몰라도, 하르트의 조종 아래에서 강서준도 꼭두각

시처럼 움직이고 있었을지도 모른다.

오가닉의 뒤통수를 치질 않았다면 말이다.

'지금의 난 호른 부족을 배신하면서 운명 공동체가 아니니까.'

플레이어는 본래 제3자였다. 던전의 외부에서 들어왔으니 사실상 던전에 속한 존재는 아니었다.

그리고 종종 이렇듯 이미 '던전의 보스 몬스터'가 결정된 시나리오를 가진 C급 던전도 있었다.

그런 경우엔 새로운 시나리오가 주어지기 마련이며, 플레이어는 해당 시나리오에 맞게 던전 공략을 진행하면 된다.

'아직 아무것도 끝나지 않았어.'

실제로 강서준의 눈앞으로 새로운 퀘스트가 나타났다.

〈퀘스트 – 용의 인장〉

분류 : 시나리오
난이도 : C+
조건 : '리자드맨의 우물'의 주인은 결정됐습니다. 주인 '하르트'는 당신이 죽길 원합니다. 방법은 하나입니다. '용의 인장'을 빼앗으십시오.
제한 시간 : 없음
보상 : 용의 인장
실패 시 : 사망 / 굴복

말이야 쉽지.

사실 강서준은 지독하게 난감한 기분에 휩싸일 수밖에 없었다.

후우우우웅!

콰아앙!

쿠구구궁!

연신 뒤로 물러나면서 두 개의 창을 피해 냈다. 그나마 민첩에 포인트를 투자했기에 망정이지, 죽도 못 쓰고 창에 찔려 죽을 뻔했다.

"은인! 도망쳐라! 크윽……!"

그러면서 오가닉의 창은 가공할 기세로 땅과 벽에 크레이터를 만들었다. 충격파를 피하려면 더 큰 범위로 뛰어야 했기에, 강서준의 체력은 더더욱 쉽게 소모됐다.

"인간…… 인간! 내 뒤통수를 치다니!"

리자드왕의 사정도 만만치 않았다. 믿었던 컴퍼니에게 뒤통수를 맞은 건 꽤 쌤통이었으나, 놈의 창이 향하는 곳이 강서준이라는 게 문제였다.

왜 그에게 화풀이를 한단 말인가.

'돌겠군.'

두 보스급 개체의 공격.

제아무리 이매망량을 발동시킨 강서준이라도 전부 피한다는 건 불가능했고, 시간이 흐를수록 그에게 남은 영혼도 전부 소멸하고 있었다.

이매망량마저 벗겨진다면 어찌 될까.

강서준은 지척에 접근한 오가닉을 보며 입술을 짓씹었다.

그래.

방법이야 있다.

확률이 지극히 낮아서 문제지만.

"오가닉 님, 제 말은 들리시죠?"

"크으으윽!"

"……들리는 걸로 알고 빠르게 설명하겠습니다."

강서준은 목숨이 위험한 걸 알면서도 오가닉의 반경으로 접근했다. 그의 창이 빠르게 휘둘러졌지만 가까스로 강서준의 허리 옆을 스쳐갔다.

충격파는 없었다.

대신 오가닉의 얼굴이 금방이라도 터질 듯 붉게 달아오르고, 온몸의 구멍이란 구멍에 피가 줄줄 새어 나왔다.

시간은 얼마 없었다.

"한순간 틈을 만들어 드리겠습니다."

"……뭐?"

"대신 당신은 모든 걸 잃을 수도 있어요."

강서준은 짧고 굵게 그가 할 일에 대해서 설명해 줬다. 과연 강서준을 믿고 그 방법을 실현해 줄지는 모를 일.

하지만 다른 방법은 없었다.

강서준은 미안한 얼굴로 말했다.

"가능하겠습니까?"

그러자 오가닉은 충격에 의해 한쪽 눈이 터져 나가면서도 한 치의 망설임도 없이 입꼬리를 씨익 올렸다.

"……이미 목숨은 바쳤다."

대답은 그걸로 되었다.

강서준은 한 걸음 오가닉에게 접근하며 스킬을 발동시켰다.

[칭호 스킬, '백귀(S)'를 발동합니다.]
[추가로 등록할 수 있는 영혼이 근처에 없습니다.]

본래 이 스킬은 죽은 영혼에게나 쓰는 스킬. 하지만 강서준은 거리낌 없이 그 대상을 오가닉으로 연결했다.

살아 있던 라이칸이 백귀가 됐듯이, 그 조건엔 사실 절대적인 명제는 없었으니까.

'오가닉도 가능할 거야.'

[!]
[호른 부족의 족장 '오가닉'은 당신의 수준을 압도적으로 뛰어넘습니다. 백귀에 등록된다면 그가 가진 힘의 전부를 잃을 수도 있습니다.]

[등록하겠습니까?]

역시.

예상대로 이 스킬의 쓰임새는 시스템 명령어에 적힌 것 이외에도 있는 법이었다.

드림 사이드는 늘 이렇다.

보이는 게 전부가 아니지.

'등록한다.'

[상대의 의사를 묻습니다.]

[……수락되었습니다.]

[적합성 판단이 시작됩니다.]

이제 남은 건, 오가닉의 몫이었다.

'아마 스킬은 실패하겠지.'

백귀의 기본적인 등록 절차는 첫째, 상대의 영혼과 강서준의 영혼을 연결시킬 것.

그리고 둘째가 바로 '영혼의 완전한 굴복'이었다.

후자는 성립될 수 없었다.

'하지만 틈은 생긴다.'

잠시지만 백귀의 후보로 등록되는 그 찰나의 순간. 단순히 '호른 부족의 족장'의 타이틀이 아닌, '백귀'라는 이름 아래에서 적합성 판단을 받는 지금 이 순간만큼은.

'이 던전의 NPC가 아니야!'

그리고 그게 현 상황을 타개할 단 하나의 공략이었다.

콰아아아아아앙!

엄청난 폭음이 터지면서 오가닉이 휘두른 창은 리자드왕을 꿰뚫었다. 전혀 예상치도 못한 공격이었기에 속절없이 관통당한 리자드왕은 멀리 콜로세움의 벽에 꽂혔다.

강서준도 그 타이밍을 놓치질 않았다.

[스킬, '초상비(F)'를 발동합니다.]
[스킬, '파이어볼(F)'을 발동합니다.]
[스킬, '초재생(F)'을 발동합니다.]
[스킬, '마력 집중(E)'을 발동합니다.]

중첩되는 스킬이 많아질수록 강서준의 온몸은 무거워졌다. 마력의 소모는 순식간에 바닥으로 치달았고, 달리는 와중에 영혼도 갈려 나가는 기분이 들었다.

반전을 눈치챈 하르트도 노성을 터뜨리며 검을 쥐었다.

"버러지 같은 놈이…… 또!"

콰아아아아앙!

일시에 격돌한 힘이 양측에 고스란히 전달됐다. 둘은 커다란 충격파를 일으키며 동시에 튕겨 나갔다.

"크윽……."

강서준은 겨우 몸을 일으키며 정면을 응시했다. 아무래도 오가닉과 리자드왕을 동시에 상대한 부작용이 이제야 나타나고 있었다.

그때였다.

[적합성 판단이 완료되었습니다.]

……벌써?

[상위 NPC '오가닉'의 영혼을 완전히 굴복시켰습니다.]
[당신의 백귀에 '호른 부족의 족장, 오가닉'이 추가됩니다.]

……뭐?

예상하지 못했던 내용이었다.

그 오가닉이 진짜로 강서준의 백귀에 등록될 줄이야.

엄청난 이득이었지만 마냥 좋아할 수도 없는 일이었다.

[백귀, '오가닉'의 능력치가 전면 재조정됩니다.]

무지막지하던 힘을 소유하던 오가닉의 몸체는 차츰 쪼그라들었고, 대충 봐도 강서준보다 못한 수준의 레벨로 모든 게 강등됐다.

그가 여태 쌓아 온 스킬까지 전부…….

오가닉은 더는 200레벨의 보스급 개체가 아니었고, 라이칸과 로켓과 비슷한 수준이 되고 만 것이다.

'리자드왕은……?'

다행히 놈은 오가닉이 백귀가 되기 전에 날린 일격으로 멀리 나가떨어진 상태였다. 혼신의 공격인 탓일까? 회복이 더딘 듯했다.

"오가닉 씨!"

"……알겠어!"

백귀가 되면서 영혼이 연결됐다. 둘은 구태여 작전을 설명하질 않아도 바로 공유할 수 있었다.

강서준은 라이칸과 로켓도 꺼내어 전투에 참여시켰다.

고양이 손이라도 빌려야겠지.

'리자드왕이 다시 정신을 차리기 전에…….'

하르트를 처치한다.

"……대체 왜 너만 특별한 거야!"

달려든 오가닉이 먼저 주먹을 내지르고, 그 뒤를 따라 라이칸이 방망이를, 로켓은 꼬리를 휘둘렀다.

콰아앙!

하지만 하르트는 별 어려움도 없이 셋을 튕겨 냈고, 강서준이 접근하자 재앙의 유성검을 강하게 휘둘렀다.

"항상 그랬어. 나만 이 모양이지? 네가 한 발짝 내딛는 거리는 나에겐 늘 열 발자국이었다고!"

"무슨 개소리를······!"

"너 때문이야. 너만 없으면!"

쾅! 쾅! 콰앙!

재앙의 유성검을 맞부딪치기 위해서 뽑아낸 가시가 점차 부러지고 있었다. 이윽고 왼손의 가시가 부서지고, 힘을 버티질 못한 강서준은 뒤로 튕겨 나갔다.

'이놈······ 점점 강해지고 있잖아?'

원인은 여러 가지였다.

놈이 가진 용의 인장이 어떠한 힘을 제공하는 걸 수도 있었고, 익스텐더의 어떤 조건을 만족시켜 본연의 힘을 억지로 끌어내고 있는 걸지도 몰랐다.

"······한 번 더!"

그럼에도 그가 할 건 하나였다.

어떻게든 놈을 쓰러트려, 용의 인장을 빼앗는 것.

강서준은 흔들리는 시야를 붙잡고 다시 몸을 일으켰다. 백귀들은 벌써 하르트를 향해 저돌적으로 달려들고 있었다.

콰앙! 콰아아앙!

강서준도 지체하지 않았다.

초상비를 발동하여 공간을 접듯이 달린 그는 파이어볼을 전력으로 가공해 냈다.

오가닉이 하르트의 몸통을 붙들고, 라이칸이 그 다리를 붙잡았다. 로켓이 정면으로 박치기를 감행하여 그 시선을 잡아

끌었다.

하지만 어디서 힘이 용솟음쳤는지 하르트는 오가닉을 한 손으로 날려 버리고, 다리를 붙들던 라이칸을 로켓을 향해 걸어찼다.

마지막으로 강서준을 올려다본 놈은 표독스러운 눈으로 말했다.

"넌 아무것도 아니야. 내가 케이야…… 내가 진짜라고!"

그러더니 뭔가를 꺼내어 자신의 심장에 콱 꽂아 넣었다. 강서준이 놈을 향해 파이어 익스플로전을 내리찍은 순간이 었다.

콰아아아아앙!

그리고 깨달았다.

이미 늦었다는 걸.

크콰카카칵!

강서준은 아래에서 터져 나오는 알 수 없는 흐름을 피할 여유도 없이, 바로 양손으로 가슴을 보호했다.

[장비, '카카시의 가시 건틀렛'이 파괴되었습니다.]

볼품사납게 튕겨 나간 강서준은 바닥을 몇 바퀴 구른 뒤에야, 자리에서 일어날 수 있었다.

방금 전의 일격으로 피가 역류했고, HP가 간당간당한 수준으로 떨어졌다.

실제로 그의 팔뚝은 살점이 모조리 뜯겨 나가 뼈만 앙상하게 드러난 상태였다.

[스킬, '초재생(F)'을 발동합니다.]

실시간으로 근육과 피부과 되살아나면서 HP도 차올랐지만 안심할 수는 없었다. 강서준은 고통에 신음하면서 정면을 응시했다.

[보스 몬스터 '???? ???? : ???(?)'가 등장했습니다.]

완전히 인간의 형체를 잃고, 점차 크기만 키워 나가는 어둠의 덩어리였다.

두 눈을 빨갛게 뜬 채로 이쪽을 노려보는 기세가 사뭇 소름이 끼쳤다.

질투욕의 덩어리.

놈은 강서준을 향해 넘치는 질투욕을 더욱 끌어올리며 그 덩치를 키워 나갔다.

그 힘이 얼마나 거대했는지 이번엔 하늘이 우르릉 떨면서 비가 쏟아질 것처럼 기상이변을 일으켰다.

'……아니야. 저 구름은.'

단순한 기상이변이 아니었다.

'류안'으로도 쉽게 파악할 수 없는 독특한 흐름을 가진 저 먹구름 속엔, 이전에도 본 적이 있는 소름 끼치는 기운이 담겨져 있었다.

로테월드 상공에 드리웠던 그것들.

'백 스페이스……!'

버그를 지우는 힘.

즉, 시스템도 눈앞의 이놈을 당장 이곳에 등장해선 안 될, 규격을 벗어난 괴물로 취급한다는 증거였다.

'설마 이놈…… 던전꽃을 삼켰나!'

정확하게 따지자면, 던전꽃과 포자 바이러스를 적절히 배합한 액기스일 것이다.

몬스터를 강제로 진화시키는 컴퍼니 특유의 아이템.

'익스텐더에게도 통용된다고?'

오히려 포자 바이러스 그 자체로 파생된 몬스터였기에 더더욱 강력한 효력을 발휘하는 걸지도 몰랐다.

던전병 1기 환자가 던전꽃을 먹으면 트리거로 여러 단계의 진화를 한 번에 거치는 것처럼.

"키아아아아앗!"

끝이 안 보이는 질투를 쏟아 내는 하르트는 걷잡을 수 없을 정도로 크기를 키워 나가, 어느덧 콜로세움보다 커지고 있었다.

강서준은 요란한 발걸음과 함께 콜로세움에 새로 입장한 사람들을 볼 수 있었다.

아크의 플레이어들이었다.

"강서준 님…… 갑자기 이게 무슨?"

지친 얼굴로 입장한 그들은 곧, 거대한 크기의 괴물을 올려다보며 입을 막았다. 강서준은 그들에게 다가갔다.

"……갑자기 리자드맨이나 호른 부족 사람들이 무릎을 꿇고 움직이질 않기에 무슨 일이 일어난 줄은 알았습니다. 하지만 대체 저게 뭡니까?"

그의 상태를 확인한 김훈이 다가와 포션 치료를 감행했다. 나른한 몸을 맡기며 강서준은 가볍게 대답해 줬다.

"하르트입니다."

"……누구요?"

"제 사칭범. 가짜 케이, 하르트요."

그 말에 아크의 플레이어들은 벙 찐 얼굴을 했다. 아무리 둘러봐도 사람의 형태는 전혀 남아 있질 않았기 때문이었다.

"괴물인 줄은 알았지만 진짜 괴물일 줄이야……."

질투욕의 익스텐더.

말하자면 던전병에서 발아한 그리드가 트리거를 거쳐, 인간을 닮은 괴물 형태로 진화하는 '익스텐더'라는 상급 몬스터.

인간일 때의 기억을 갖고 있으니, 플레이어와 크게 다르지 않을지도 몰랐다.

이렇듯 특정 조건을 만족시켜 그 욕구가 해소되기 전엔 절대 인간의 형태로 돌아올 수 없는 '확장형 괴물'이라는 점만 빼고.

'아크에서의 그놈은 확장 이전에 쓰러트릴 수 있었는데⋯⋯.'

아쉽게도 이놈을 쓰러트리기 직전에 변수가 생겨났다. 또한 그 확장 과정에서 컴퍼니의 변수가 더해지면서, 눈앞의 터무니없는 괴물이 완성된 셈이었다.

절로 한숨이 나왔다.

"⋯⋯그럼 저희 퀘스트는 어떻게 되는 거죠?"

아크의 대표 격에 해당하는 플레이어인 강서준이 호른 부족의 뒤통수를 치면서 이미 동맹은 깨졌다.

해서 아크의 모든 플레이어는 강서준과 마찬가지로 새로운 퀘스트가 부여된 상태였다.

적에게서 '용의 인장'을 빼앗을 것.

하지만 그 적이란 놈이 당장 규격을 벗어난 상태로 포효하고 있었다. 그들에겐 마땅히 할 수 있는 일은 없는 것이다.

강서준은 미간을 좁히면서 말했다.

"일단 여러분은 자리를 피해요."

"네?"

"머지않아 이곳으로 '화살표'가 쏟아질 겁니다. 닿는 즉시 몸이 소멸하는 죽음의 비죠."

강서준과 마찬가지로 로테월드에서의 경험을 공유하는 김 강렬은 바로 말을 알아들었다.

"……그때 그것들입니까?"

사색을 띤 그는 바로 이곳을 벗어날 채비를 했다. 속절없이 굳어 버린 호른 부족의 전사들에게 미안한 일이었지만 플레이어들에겐 그들의 목숨까지 챙길 여유는 없었다.

"가능한 여기서 멀어지도록 해요. 저 괴물은 리셋이나 당하라고 하고요."

하지만 김강렬이 플레이어를 규합해서 콜로세움을 빠져 나가려는 것과 다르게, 강서준은 하르트를 향해 걸어가고 있었다.

"……안 가십니까?"

"아직 끝내지 못한 게 있어서요."

"대체 무슨……."

뚜벅뚜벅 걸어서 움직인 강서준은 하르트의 근처에 섰다. 이에 하르트가 반응하며 주먹을 아래로 콰앙 내리찍었다.

"강서준 님!"

물론 공격은 피해 냈다.

다시 강서준이 모습을 드러낸 건, 한쪽 콜로세움의 무너진 성벽 위였다.

그의 앞으로 거구의 하르트가 붉은 눈을 부라리고 있었다.

문득 강서준은 뒤를 돌아봤다.

호수를 둘러싼 개활지엔 수많은 리자드맨과 호른 부족의 전사들이 실이 끊어진 인형처럼 축 늘어져 있었다.

강서준은 다시 고개를 돌렸다.

"다들 나가요. 여기부턴 제가 맡을 테니까."

"하지만 강서준 님…… 너무 위험합니다!"

그 말은 십분 공감한다.

이건 위험한 일이었다.

드림 사이드 1이었다면 진즉에 던전을 빠져나가겠지. 여유분이 세 개였을 때조차 아까운 건 목숨이었으니까.

아이러니하게도 강서준은 그렇기에 떠나지 않을 생각이었다.

'여긴 고작 게임이 아니니까.'

호른 부족의 전사들. 우습지만 리자드맨 측의 몬스터들까지.

이전처럼 고작 0과 1로 이우러진 데이터 쪼가리가 아니었다.

더군다나 C급 던전부터는 '이야기'가 있는 것이다. 등장인

물이 있으며, 그들에겐 인생이 있었다.

플레이어와 구분 지을 게 있나.

저들도 생명이었다.

강서준은 한껏 감격한 얼굴로 자신을 올려다보는 오가닉의 시선도 확인했다.

그래.

여기서 도망친다면 모든 걸 내던지면서 백귀가 되어 준 그에게 미안해서 어찌 살겠는가.

그리고 무엇보다.

"이젠 공략할 수 있을 것 같거든요."

[장비, '재앙의 유성검'을 습득했습니다.]

질투욕에 눈이 멀어, 놈은 가지고 있던 가장 강력한 무기를 방금 잃어버리고 말았으니까.

⬥⬥⬥

재앙의 유성검.

드림 사이드 1에서 강서준이 긴 시간을 함께했고, 또 애용했던 무기.

등급으로만 봐도 최하나가 가진 '마탄의 리볼버'와 비슷한 수준에 머무는 아이템이었다.

'······그야 같은 던전에서 얻은 아이템이니까.'

〈재앙의 유성검〉

불길한 기운이 감돌고 있다.

필요 레벨 : 300

공격력 : ???

등급 : S

〈전용 스킬〉

블러드 석션 : 피를 흡수하여 강화할 수 있습니다.

*섭종 보상으로 수많은 기능이 봉인되어 있습니다. 사용자가 바뀜에 따라 플레이어 강서준에 한하여 봉인의 수준이 변경됩니다.

하지만 엄밀히 따지자면 '마탄의 리볼버'와 동급의 아이템은 아니었다. 던전 공략 기여도에 따라 차등 지급되는 아이템 중에서도 강서준은 1등 보상 등급인 S급이었으니까.

최하나는 2등 보상 A급 아이템을 받았다.

"위험도, 그 강함도 차이가 나지."

그래서 최하나는 마탄의 리볼버를 고작 호신용으로 써 왔다. 누가 뭐라 해도 그녀의 주무기는 '저격총'이었고, 마탄의 리볼버는 보조무기에 불과했다.

강서준은 재앙의 유성검을 손에 쥐며 그 서늘한 감각을 고스란히 느꼈다.

'저주받은 무기'는 늘 그렇듯, 소름이 끼치는 뭔가가 있다.

"널 다시 봤을 때, 솔직히 얼마나 놀랐는지 모르겠다."

재앙의 유성검은 사실 강서준이 가졌던 무기 중 가장 강력한 무기는 아니었다. 그는 레벨 500을 넘겨, S급 던전을 넘나들며 그보다 강한 무기를 얻었으니까.

하지만 드림 사이드 1에서 가장 기억에 남는 무기를 떠올린다면, 당연히 이 무기였다.

고작 B급 던전에서 얻은 착용 레벨 300짜리 무기.

하지만 그 무기를 강서준은 A급 던전의 최종 레벨인 500까지 써먹었다.

'그만큼 악랄한 놈이지.'

해서 하르트가 재앙의 유성검을 단순히 휘두르기만 하는 걸 보고 얼마나 아쉬웠는지 모른다.

'그거 그렇게 쓰는 거 아닌데…….'

하기야 전용 스킬인 '블러드 석션'이 어디 쉽게 쓸 수 있는 기술인가.

최하나의 밥줄 스킬인 '번 블러드'가 피를 불태워 신체를 강화하듯, 이놈은 '블러드 석션'으로 피를 흡수해서 검을 강화하는 거니까.

'그 흡수량은 무한대고.'

물론 전투 중 다른 몬스터의 피를 먹여 강화하는 방식도 있었다.

하지만 그 사용 방식은 재앙의 유성검의 진짜 힘을 끌어낼 수 없었고, 검의 강화도 미미한 수준에 그쳤다.

"후우……."

강서준은 검을 꽉 쥐면서 하늘을 올려다봤다. 금세 다가온 먹구름에서 거짓말같이 화살표가 쏟아지고 있었다.

[장비 '재앙의 유성검'의 전용 스킬, '블러드 석션'을 발동합니다.]
[시전자의 피를 흡수합니다.]

강서준의 몸에서 붉은 연기가 쭈욱 흘러나오더니 재앙의 유성검을 뒤덮었다. 안 그래도 지친 몸에서 피까지 빠져나가지 빈혈에 걸릴 것 같았다.

어지러웠다.

하지만 버텨야 한다.

[스킬, '초재생(F)'을 발동합니다.]

실시간으로 피를 빼앗기고 또한 채우는 과정이 마치 핑퐁을 하듯 이어졌다.

역시 이 스킬을 익혀 두길 잘했다.

언젠가 재앙의 유성검을 되찾을 줄 알았다니까.

투두두두두!

"TKARUQTKF! AJRRHTLVEK!"

도통 알아먹을 수 없는 말을 외치는 하르트.

그를 향해 화살표가 정통으로 쏟아지면서 놈의 몸이 차츰 소멸되고 있었다.

억지로 힘을 강화한 자의 최후. 밸런스를 망가트리면서 얻어 낸 금단의 힘은 결국 시스템의 철퇴를 맞게 된 것이다.

그럼에도 하르트는 쓰러지지 않았다.

성난 손길로 콜로세움을 부수고 난동을 부리며 곳곳에 화풀이를 이어 나가고 있었다.

"그래. 슬슬 끝을 보자고."

그 아래에서 강서준은 빠르게 건물의 외벽을 박차고 하르트를 향해 달려갔다.

근처에 다다르니 화살표라는 '죽음의 비'가 그에게도 쏟아졌다.

하지만.

[스킬, '류안(S)'을 발동합니다.]
[스킬, '초상비(F)'를 발동합니다.]

류안으로 읽고, 초상비로 피해 냈다. 애초에 하르트 자체가 커다란 우산이 되어 주고 있었으니 화살표는 위협의 대상이 되질 않았다.

'기회는 한 번이다.'

접근한 강서준을 하르트가 발견했을까. 화살표로 소멸되는 와중에도 놈은 묵직하게 주먹을 날려 왔다.

땅의 한쪽이 대번에 가라앉을 정도의 일격이었다.

부서진 땅 아래에서 물이 솟구쳐 점차 콜로세움은 호수 아래로 가라앉기 시작했다.

"……무식하게 힘만 더럽게 세네."

강서준은 두 눈을 금빛으로 물들이며 사방에 비산한 돌덩어리를 박찼다. 저런 괴물을 상대로 오랜 시간을 끌 생각은 없었다.

[스킬, '영안(A)'을 발동합니다.]

거친 마력이 폭주하는 몸통이었다. 류안으로는 그 흐름을 모조리 파악하기란 쉽지 않은 일.

하지만 저 몸속에 영혼은 오직 하나였다.

영안이라면 찾을 수 있을 것이다.

"……."

쏟아지는 화살표.

격동하는 하르트의 움직임.

공기의 흐름.

근육의 떨림, 냄새, 비릿한 피맛……

순간적으로 강서준의 머릿속으로 많은 것들이 오고 갔다.

그중 강서준이 찾은 건 오직 하나였다.

[스킬, '집중(S)'을 발동합니다.]

'……찾았다!'

목표로 한 '악령'까지 긴 실선이 이어지고 있었다. 강서준은 그의 피를 머금고 불길한 울음을 토해 내는 재앙의 유성검을 그저 실선을 따라서 움직였다.

수많은 화살표와 돌덩어리 사이를 순식간에 스쳐 지나갈 수 있었다.

이윽고 목적지에 다다른 순간이었다.

우우우우웅!

예기치 못한 일이 벌어졌다.

「내가 뭘 그리 잘못했는데? 왜 나한테만 어려운 거야? 나만 되는 게 하나도 없어!」

이건……?

「난 인정 못 해. 걔가 비겁한 거지. 운 좋게 다 가지고 태어난 더러운 재능충들…….」

검 끝에 흘러나온 건, 기억의 잔재였다.

영혼은 결국 '기억의 덩어리'였고, 질투욕이 폭발해서 생겨난 괴물인 이놈은 그저 감정을 남발하고 있었다.

그리고 깨달았다.

'이놈…… 이미 죽었어.'

규격을 벗어난 힘의 여파로 놈은 이미 죽어 있었다. 웃기는 일이었다. 여태 강서준은 죽어 버린 영혼이 쏟아 내는 감정을 상대로 싸우고 있던 것이다.

"……쯧."

강서준은 가볍게 혀를 차며 검을 꽉 쥐었다. 더 이상 피를 빼앗겨서는 '초재생'으로 회복될 수 없을 걸 알았다.

끝을 낼 시간이었다.

하지만 한 가지, 놈에게 해 주고 싶은 말이 떠올랐다.

이미 죽어 버려서 들을 수 있을지는 몰라도 이대로 끝나 버리면 기분이 뭣 같을 것 같다.

"누가 금수저래?"

아무것도 가지지 못한 인생.

N무 세대.

늘 제자리걸음을 걷듯, 무엇도 가지지 못한 채 매일을 살아가던 사람이 바로 강서준이었다.

그는 하르트랑 같았다.

빚을 남기고 떠나간 부모님. 공부할 시간조차 없던 학창 시절. 반지하에서 곰팡이 냄새를 맡으며 살아온 나날.

기구한 거로 따지자면 그의 삶도 만만치 않았다.

하지만.

"네가 무슨 삶을 살아 왔든 차이는 하나야. 난 계속 도전했고, 넌 그저 한숨만 내뱉었어."

질투는 당연하다. 남의 떡이 더 커 보이는 건 누구나 느끼는 당연한 감정이었다.

중요한 건, 거기서 어떡할 거냐는 거다.

"내가 못나 보이는 건 아직 공략법을 찾지 못했기 때문이고, 내가 가지지 못한 건 아직 레벨뿐이라고."

푸슈우우욱!

재앙의 유성검은 바르르 떨고 있는 영혼을 완전히 갈라 버리고 있었다.

사태는 금방 진정됐다.

구심점을 잃어 멀리 흩어지는 마력과 화살표로 인해 허물어지는 하르트의 모습.

강서준은 참았던 숨을 뱉어 냈다.

[퀘스트를 성공적으로 클리어했습니다.]

[레벨에 비해 믿을 수 없는 업적을 해냈습니다. 보상을 준비 중입니다.]

[……!]

[막대한 경험치를 습득합니다.]

[레벨이 올랐습니다.]

[레벨이 올랐습니다.]

[레벨이 올랐습니다.]

……중략……

[레벨이 올랐습니다.]

끝도 없이 올라가는 메시지의 끝엔 C급 던전의 시나리오 퀘스트를 클리어한 '최종 보상'이 걸려 있었다.
강서준은 자신의 눈앞에 둥둥 떠 있는 인장을 바라봤다.

[특수 아이템, '용의 인장'을 습득했습니다.]
[칭호, 〈리자드맨의 우물〉의 주인'을 습득했습니다.]

잠시지만 하르트가 무소불위의 권력을 휘두르게 만들었던 '용의 인장'이었다.
어쩌다 보니 오가닉도, 리자드왕도 아닌 강서준이 던전의 주인이 되고 만 것이다.
"……."
문득 뭉개진 주변 풍경도 보였다.
산성에 녹아 버린 것처럼 콜로세움의 곳곳은 소멸했고, 대개 물에 수장되어 호수엔 온전한 건물의 형태는 남아 있질 않았다.
정말 끝난 걸까.
화살표에 몸통 곳곳이 소멸한 호른 부족의 전사들과 리자드맨 사이로 멀리 도망쳤던 아크의 플레이어들이 슬금슬금 접근했다.

고요한 전장엔 강서준만이 오롯이 서 있었다.

"끝난…… 겁니까?"

사망 플래그 비슷한 말을 내뱉는 김강렬. 강서준은 어깨를 으쓱이며 고개를 가로저었다.

끝났냐고?

질투욕덩어리였던 하르트는 소멸했고, 화살표도 목적을 잃은 탓에 씻은 듯이 사라진 마당이었지만.

아직 끝난 건 아니었다.

강서준은 아귀처럼 피를 빨아 대는 재앙의 유성검을 흘깃 째려본 뒤, 고개를 들어 다른 방향을 쳐다봤다.

안 그래도 피가 부족한데, 괜히 이놈의 스킬을 해제하질 않은 게 아니다.

"어딜 도망치려고?"

[스킬, '초상비(F)'를 발동합니다.]

물 위로 듬성듬성 올라온 돌벽을 밟아 가며 강서준은 가속을 더했다. 다급하게 개활지 너머에서 도망치는 한 녀석이 시야에 걸렸다.

콰아앙!

빠르게 내지른 주먹에 놈이 나자빠지고 말았다. 전투 능력 자체는 대단히 높진 않은 걸까.

바닥을 나뒹군 녀석의 목을 재앙의 유성검으로 겨누기까지 긴 시간이 걸리진 않았다.

놈이 경악하며 말했다.

"……어떻게 알았지?"

"네놈들처럼 음침한 놈들이 정면으로 나설 리가 없잖아."

하르트가 이번 음모의 주모자라고 하기엔 음흉한 맛이 부족했다. 왜냐면, 놈들은 무슨 일을 꾸밀 때엔 항상 정면으로 나서질 않았으니까.

진짜 하르트가 컴퍼니의 조직원 중에서도 골수 조직원이었다면, 가면을 벗을 일도 없었을 것이다.

"애초에 끝이 파국일 뿐인 익스텐더가 될 리도 없고."

강서준은 몸을 부들부들 떨면서 자신을 올려다보는 놈의 눈을 쭈욱 들여다봤다.

아쉽지만, 이놈도 강서준이 쫓던 그놈의 본체는 아닐 것이다. 하지만 전보단 더 많은 게 보인다.

[스킬, '류안(S)'을 발동합니다.]
[스킬, '집중(S)'을 발동합니다.]

"너 그렇게 생겼었구나?"

"……뭐?"

두 가지 S급 스킬이 절묘하게 어우러지면서, 놈의 스킬을 역추적하는 데에 성공했다.

전엔 그저 흐름으로만 느껴졌지만 이젠 놈의 스킬인 염탐의 반대편까지 볼 수 있었다.

투둑, 툭. 툭!

다급하게 놈이 스킬을 해제했는지 시야에 노이즈가 끼고, 보이는 것들이 뭉개졌다.

해서 강서준은 짧은 찰나에 보이는 모든 걸 기억하려고 노력했다. 이 모든 게 정보였다.

모르긴 몰라도, 컴퍼니의 본거지를 유추할 수 있으리라.

그때였다.

치지직!

류안으로 스킬의 흐름을 역추적하다 보니, 놈의 본체에 닿은 순간이었다. 그 본체에서 미묘한 흐름을 또 발견한 건 우연이었다.

뭐지?

불현듯 놈의 얼굴이 점멸했다.

실로 당황했는지 염탐 이외의 놈이 유지하던 스킬 너머의 모습이 고스란히 보이고 있었다.

그래서 알 수 있었다.

투두둑.

염탐이 해제되고, 더는 눈동자 너머의 풍경은 보이지 않았다.

눈앞의 컴퍼니원은 쓸모가 다했는지 머리나 귀, 두 눈에서 연기가 새어 나오고 있었다.

과부하가 걸린 기계 같았다.

강서준의 입맛은 꽤나 씁쓸했다.

"……크록이라고?"

터무니없지만 그가 본 놈의 얼굴은, 드림 사이드 1에서 분명히 죽인 전적이 있는 악성 NPC의 얼굴이었으니까.

<hr />

이후, 강서준은 리자드왕에게 명령을 내려 모든 리자드맨을 동쪽으로 돌려보낼 수 있었다.

모두 용의 인장이 가진 능력이었다.

"아쉽네. 이런 개사기급 능력을 앞으로 한 번밖에 쓸 수 없다는 게."

강서준은 길게 꼬리를 축 늘어뜨린 채로 힘없이 돌아가는 리자드왕의 뒷모습을 보면서 입맛을 다셨다.

무척 아쉽긴 했지만 파격적인 아이템 성능엔 제한이 걸려 있다는 건 당연한 일이었다.

그걸 쓸데없이, '멈춰라', '꿇어라' 따위로 날려 먹은 하르트가 멍청한 것이다.

'그나마 리자드맨들에게 동쪽 영역 제한과 던전 바깥 출입

불가 명령을 내릴 정도의 명령권은 남아서 다행이지.'

그도 아니면 골치 아플 뻔했다.

……앞으로 한 번의 명령권이 더 남았다는 것 자체가 엄청난 행운일지도.

"그나저나 이젠 이 던전은 어떻게 되는 건가요?"

"……일단은 공략이라고 봐야 되겠죠?"

C급 던전 공략엔 크게 두 가지가 있었다. NPC 편에 붙어 승리하거나…… 몬스터 편에 붙어 승리하거나.

표면적으론 이 두 개가 전부였다.

하지만 지금처럼 예외는 있는 법.

고인물의 격언처럼, 드림 사이드는 늘 보이는 게 전부가 아닌 것이다. 플레이어가 던전의 주인이 될 수도 있었다.

그럼 어떻게 될까.

'플레이어의 마음대로.'

던전의 입구를 완전히 막고 앞으로의 던전 등급 업을 없앨 수도 있었고, 이대로 놔둬도 무방했다.

모든 건 강서준의 선택에 따라 바뀌는 것이다.

강서준은 쉽게 결정을 내렸다.

'굳이 막을 필요는 없어.'

어차피 호른 부족의 사람들은 아크의 플레이어에게 호의적이었다. 리자드맨이 거슬리긴 했지만 놈들에겐 이미 '용의 인장'으로 강제적인 명령을 심어 놨다.

지금 이상으로 성장하는 건 불가능했고, 서울로 빠져나갈 일도 없다고 봐도 된다.

이 던전은 서울의 해가 되질 않는다.

'뭣하면 던전을 막아 버리면 되니까.'

물론, 던전의 주인이 되질 못했다면 이렇게 마음 편하게 생각할 수도 없었을 것이다.

설령 NPC의 승리로 끝나더라도 그중 악한 성질의 NPC가 난동이라도 부린다면 일은 귀찮아지니까.

그럴 땐, 던전 내에 숨어 있는 이스터에그라도 찾아서 던전의 입구를 봉쇄하는 수밖에 없었다.

그런 귀찮은 과정을 모두 배제할 수 있으니, 던전의 주인이 된다는 건 어렵지만 상당히 메리트가 있었다.

"후우……그럼 우리도 돌아가죠."

빠르게 전장을 수습한 일행은 5시간이나 걸리던 거리를 불과 2시간 만에 주파하여 갈릴리오에 복귀할 수 있었다. 최하나와 나도석은 먼저 도착해서 기다리고 있었다.

"고생 많으셨어요."

"네. 근데 저 사람들 뭐 하는 겁니까?"

"사소한 시비가 붙어서요. 금방 끝날 거예요."

강서준은 고개를 끄덕이며 갈릴리오 한쪽에서 한창 대련 중인 플레이어들을 눈여겨봤다. 겁도 없지, 그들은 나도석을 향해서 검을 들이밀고 있었다.

사소한 시비라…….

쿠웅, 콰아앙!

"무슨…… 썰어도 썰리질 않아!"

"죽어 버려!"

"으아아앗!"

오가는 말투가 정답게 죽음을 부르고 있었지만, 정작 나도석의 얼굴은 연속된 전투로 흥분한 눈치였다.

즐기는 것 같은데. 아닌 게 아니라, 기분 좋은 탄성도 내지르고 있었다.

"크핫! 이것밖에 안 되냐!"

"이익……!"

뭐, 저들 사이에서 무슨 일이 벌어졌든 간에 상황은 금방 정리될 게 분명했다. 저들이 뭔 짓을 해도 나도석에게 데미지를 입힐 리는 만무했으니까.

강서준도 대충 넘기기로 했다.

"일단 오늘은 이곳에서 쉬고, 내일 아크로 복귀하도록 합시다."

바람의 쉼터로 들어선 플레이어들은 제각각 자유 시간을 가졌다.

오랜 전투에 지친 이들은 대개 2층으로 올라가 숙면을 취했고, 대대적으로 술판을 벌이는 사람들도 있었다.

다들 긴장은 전부 놓은 상태였다.

'오늘만큼은…… 괜찮겠지.'

힘든 하루였다. 때로는 다 잊고 술을 진탕 마시면서 어깨에 든 짐을 내려놓는 것도 필요했다.

하물며 이곳엔 더는 그들에게 해가 되는 존재는 없었다. 컴퍼니도 걱정할 필요는 없으리라.

호른 부족이 눈에 불을 켠 이곳에 뭔 짓을 저지르려는 겁 없는 놈들이 있을 리 만무.

최하나는 고개를 끄덕이며 물었다.

"서준 씨는 뭐 하실 계획이죠?"

"……음. 전 할 일이 조금 남았어요."

"네?"

"오래 걸리진 않아요. 쉬고 계세요."

강서준은 2층 빈 방으로 들어갔다.

창문 아래로 나무 침대만 놓인 단출한 방이었다. 강서준은 허공을 응시하며 나지막이 중얼거렸다.

"나와 봐."

츠츠츳.

잠시 감투에 갇혀 있던 영혼이 바깥으로 빠져나왔다. 반지의 불꽃이 연결되더니 곧 그 영혼의 몸은 실체화되기 시작했다.

도깨비의 부름.

되살아난 컴퍼니원은, 크록이 기생했던 그놈으로 이젠 멍한 눈을 뜨고만 있었다.

"잠깐."

[스킬, '류안(S)'을 발동합니다.]

방에서부터 그 주변. 가까운 모든 곳의 흐름을 확인했다. 안쪽으로 새어 들어오는 수상한 마력은 느껴지지 않았다.

이번에도 누군가가 개입해서 정보를 얻기도 전에, 스킬이 강제로 해제될 일은 없으리라.

"좋아. 시작해 보자."

강서준은 먼저 이름부터 물어봤다.

"홍영⋯⋯."

"컴퍼니에서 무얼 했고, 맡은 임무는 뭐였지?"

홍영은 느릿한 말투였지만 차분히 알고 있는 모든 내용을 토해 내기 시작했다.

죽은 영혼을 되살린 것 말고도, 급습으로 크록의 염탐을 끊어 냈기 때문일까. 이번엔 홍영의 말을 방해하는 흐름 자체가 아예 없었다.

"전 컴퍼니에서 바이러스 1팀 직원으로, 서울 전역에 생성된 죽음의 화원을 관리하는 일을 합니다. 팀장인 배기찬을 주축으로 저흰 도합 일곱 개의 농장을 키우고 있으며……."

강서준은 다소 놀랄 수밖에 없었다.

놈들이 '포자 바이러스'를 잔뜩 보유한 걸로 추측했던 문제였지만, 확실히 서울에 등장한 죽음의 화원은 과할 정도로 많았던 것이다.

'일곱 개나 더 있다니…… 골치 아픈데.'

심지어 이게 바이러스 1팀의 성과였다. 2팀, 3팀…… 그 이외의 팀이 또 있다면 그만큼 '죽음의 화원'의 개수는 늘어나는 게 아닐까.

빌어먹을 컴퍼니. 기생충 같은 놈들.

'됐어. 이 문제는 링링과 상의해 보자.'

그 뒤로도 많은 정보를 물었지만, 알짜배기 정보는 더 이상 들을 수 없었다. 아쉽지만 홍영의 보안 등급은 높은 수준은 아닌 듯했다.

'……이 정도만 해도 큰 수확이야.'

애써 미련을 털어 내며, 강서준은 스킬을 해제하여 홍영의 영혼을 불태워 버렸다.

그리고 잠시 머릿속으로 정보를 정리한 뒤, 밖으로 나갈 수 있었다.

"그때 리자드맨들이 와르르 나타나는 거야. 어? 그래서 내가 말이지…….."

한층 어두컴컴해진 바람의 쉼터 앞마당엔 마을 사람들까지 합류해서 큰 회식 자리가 마련되어 있었다.

얼씨구. 캠프파이어까지 하고 있다.

알딸딸하게 얼굴이 달아오른 김강렬이 강서준을 발견하고, 대뜸 다가와 말을 건 건 그때였다.

"여태 어디 계셨습니까. 이리 오시죠. 한 잔 받으세요."

강서준은 거절하지 않고 건네준 잔을 한 입에 털어 넣었다.

스킬의 영향으로 취하진 않을 테지만 곳곳에서 왁자지껄 떠들면서 술을 마시는 분위기만으로도 알코올이 올라오는 것 같았다.

같은 기분을 느낀 걸까. 흥이 오른 최하나는 달콤한 선율로 노래를 부르기 시작했다.

삼삼오오 모여 떠들던 소리가 잦아들고, 갈릴리오엔 최하나의 목소리만 고요히 울렸다.

그녀의 신곡이었다.

"……축제, 저도 보고 싶었는데."

이 사람 진심이었나.

김강렬은 술에 취해서 그런 건지 아니면 정말 최하나의 노래에 감명받은 건지.

눈물까지 훔치고 있었다.

"별들이 노래를 해요. 당신은 여기에 있었다고……."

한창 무르익은 밤.

우리는 그렇게 C급 던전 '리자드맨의 우물' 공략을 완전히 마무리할 수 있었다.

예지몽 (1)

오랜만에 고요한 밤이었다.

먹다 지친 사람들이 간간이 코를 골고, 타닥타닥 모닥불 타는 소리만 울리는 평화로운 마을.

갈릴리오의 무녀 카린도 꽤 많은 술잔을 부딪쳐, 취기를 못 이겨 잠든 상태였다.

'……으음?'

눈을 뜨니, 뭔가 새로운 풍경이 보였다.

뭐지?

머리를 흔들어 봤지만 이질감만 느껴졌다.

'갈릴리오는 아닌데?'

그녀의 눈에 보이는 풍경은 평생을 살아왔던 수림이 아니

었다. 나무라고 할 만한 것들이 아예 보이지도 않는 풍경이
었다.

난생처음 보는 곳.

'높다…….'

그녀의 시야에 들어온 건 한눈에 봐도 높디높은 탑이었다.
하늘을 찌를 듯이 올라간 탑은 갈릴리오 인근의 기암괴석보
다 더 높아 보였다.

카린은 고개를 내려다봤다.

바닥도 딱딱한 게, 전부 돌로 만들어진 세상 같았다. 뭐라
고 할까. 세상 모든 것들이 네모반듯한 게 이상했다.

그전에 여긴 현실이 맞는 걸까.

쿠구구구궁…….

돌연 바닥이 떨리기 시작했다. 지진이라도 난 줄 알았지만
그녀에게 전해지는 충격은 없었다.

당연했다.

정신을 차려 보니 그녀는 세상이 널리 보이는 높은 허공에
떠 있었다.

어느새 여기까지 이동한 것이다.

'꿈이구나.'

그리고 알았다.

무녀인 그녀가 난생처음 보는 풍경을 이렇듯 현실감각이
모호할 정도로 보게 된다는 건.

'머지않아 벌어질 일이라는 거야.'

신탁이었다.

이건 그녀에게 누군가가 미리 경고를 하는 특별한 계시.

카린은 그때부터 정신을 바짝 차리고 모든 걸 기억하고자 노력했다.

꿈의 형태로 내려온 '신탁'은 분명 깨어나면 상당수 소실된 상태일 게 뻔했기 때문이었다.

기억할 수 있는 건 흐릿한 조각.

그러니 지금부터라도 모든 걸 똑바로 봐 둘 필요가 있었다.

카린은 문득 하늘을 올려다봤다.

'무언가가…… 내려오고 있어.'

밤하늘 위에서 거대한 무언가가 떨어지는 게 보였다. 그것이 가까워질수록 지상의 흔들림은 커졌고, 안 그래도 무너져 있던 건물들이 폭삭 내려앉았다.

카린은 뜨겁다고 생각했다.

꿈이었기에 결코 그 감각이 전해지진 않았지만, 분명 저것이 내려올 때면 온몸이 불타 버릴지도 몰랐다.

'커다란 불덩어리…….'

그것이 점점 가까워지자,

세상은 종말을 향해 나아갔다.

'……아아!'

이윽고 그것이 지면에 들이박는 순간이었다. 눈이 멀어 버릴 것처럼 엄청난 불꽃이 멀리 퍼져 나갔다.

건물은 녹아내리고 세상은 오직 빛으로 가득 차올랐다.

무어라 해야 할까.

아름다웠고, 비현실적이었으며.

소름이 끼쳤다.

[스킬, '예지몽(D)'이 해제됩니다.]
[기억의 손실은 80%입니다.]

숨을 헐떡이며 벌떡 일어난 카린의 눈앞엔, 고요히 모닥불이 타닥타닥 타오르고 있었다.

이튿날, 잠에서 깬 강서준은 아침 식사로 배급받은 스프를 떠먹고 있었다. 문득 그의 앞으로 카린이 다가왔다.

"……무슨 일이라도 있습니까?"

밤새 놀다 잠을 못 잔 걸까. 눈가로 길게 다크서클이 내려앉은 카린은 피곤한 얼굴로 입을 열었다.

"꿈자리가 뒤숭숭해서요."

"……네?"

"아, 제가 너무 두서없었죠? 죄송해요, 저도 뭐라 설명할 방법이…….."

강서준은 옆에 따라 뒀던 찬물을 건넸다. 카린은 쭉 받아 마시더니 입가를 훔치며 심호흡을 했다.

"강서준 님에게 물어볼 게 있어요."

그러더니 그녀는 여러 가지 단어를 늘어놓기 시작했다.

끝을 모르고 높이 솟은 탑.

불타오르는 하늘.

눈이 멀어 버릴 것만 같은 빛.

도통 무슨 소리인지 당장 알아듣기 어려웠다.

수수께끼라도 하자는 건가.

카린은 곰곰이 고민하더니 한 가지 터무니없는 단어를 내뱉었다.

"24시간 불가마."

"……네?"

그녀가 알 수 없는 단어였다.

이곳 '리자드맨의 우물'의 배경은 아마존과 같은 열대우림. 또한 이들의 주거 양식은 중세 시대에 살짝 못 미치는 정도였다.

그런데 24시간 불가마라니.

지극히 한국적인 단어가 아닌가. 강서준은 미간을 좁히며 카린이란 인물의 특징을 떠올렸다.

'……무녀.'

그녀는 처음 강서준을 만났을 때, 분명 '신탁'을 봤다고 했다.

그때는 단순히 던전의 정보를 건네주기 위한 NPC의 대사 정도로만 생각했었는데.

'만약 신탁도 스킬의 일종이라면?'

그것도 '미래 예지'와 비슷한 내용일지도 몰랐다. 꿈을 꿨다고 했으니, '예지몽'과 같은 건가.

강서준은 자세를 바로 했다.

방금 들었던 단어를 서울과 대조해 보면 얼추 추측 가능한 것도 있었다.

'끝을 모르고 높이 솟은 탑이라면…… 설마 로테타워를 말하는 건가.'

뒤이어 언급한 '불타오르는 하늘, 눈이 멀어 버릴 것만 같은 빛'은 너무 추상적인 단어라 비교할 만한 건 없었다.

정보가 부족했다.

"또 떠오르는 건 없습니까?"

"……네. 이게 전부예요."

아쉽지만 카린은 그 이상 떠오르는 게 없었다. 꿈은 기본적으로 휘발성이 강한 기억이다. 당연하다면 당연한 일이었다.

"아, 어쩌면 스승님도 비슷한 꿈을 꿨을지도 몰라요."

"스승님요?"

"네. 저보다 더 많은 걸 기억하실 거예요."

카린은 용의 인장의 마지막 자격인 '인구수'에 대해서도 스승님이 말해 줘서 알게 됐다고 설명해 줬다.

아무래도 카린보다 스킬 레벨이 더 높은 걸지도 몰랐다.

그렇다면 가능성은 있다.

"그분은 지금 어디에 있죠?"

만나 봐야겠다.

다행히 카린의 스승은 남쪽에서 구출되어, 함께 갈릴리오로 돌아온 편이었다.

강서준은 카린을 따라서 한 건물 앞에 섰다. 남쪽에서 구조된 호른 부족의 주민들이 잠시 머물도록 마련해 둔 일종의 피난처였다.

그곳에서도 카린의 스승은 독채를 쓰고 있었다.

그가 특별했기에 그런 건 아니었다.

"헤헷, 으헤헷…… 떨어지는구나!"

독채로 들어서자마자 침대 위에 있던 카린의 스승, '레기온'은 폴짝 뛰어 바닥에 착지했다.

침도 질질 흘리면서 실없이 웃어 대는 게 정상은 아니었다.

"……괜찮은 겁니까?"

"모르겠어요. 이번에 납치됐던 일이 충격이 컸는지, 아니면 다른 이유가 있는 건지……. 하지만 신탁을 봤다면 분명 기억할 거예요."

아무렴 스킬 레벨이 더 높다면 기억하는 부분은 더 많을 것이다.

문제는 그 사용자의 정신 상태가 정상이 아니라는 것뿐.

"스승님. 저 카린이에요."

"헤헤헷!"

"……스승님."

카린의 말에도 레기온은 폴짝폴짝 방 안을 뛰어다닐 뿐이었다. 괜히 카린은 그를 잡기 위해서 여기저기 오가며 진땀을 흘렸다.

그때 강서준이 말했다.

"잠시만요."

"……네?"

"방금 뭐라고 하지 않았어요?"

카린은 입을 다물고 강서준의 옆에 섰다. 레기온은 말릴 사람이 없어지니 더더욱 요란스럽게 방 안을 뛰어다니면서 소리를 질렀다.

"헤헤헤…… 터진다! 떨어진다! 쿠아아아앙! 쿠앙!"

이윽고 그가 말했다.

"위험! 위험! 위험! 강서준! 선택!"

"……뭐?"

"선택해! 강서준!"

돌연 레기온이 강서준의 이름을 외치면서 뛰어다니기 시작했다. 단 한 번도 얼굴을 마주해 본 적도 없는, 생면부지의 NPC가 말이다.

'예지몽을 꾼 거야!'

하지만 이후로도 레기온은 한참을 뛰어다녔지만 유의미한 단어를 내뱉진 않았다.

뭔가가 터진다, 떨어진다, 그리고 강서준이 선택을 해야 한다는 말만을 반복할 뿐이었다.

그렇게 1시간을 더 들었을까.

강서준은 미련을 접고 레기온이 있는 방을 나서야 했다. 뒤따라 나온 카린은 미안한 얼굴로 말했다.

"죄송합니다. 은인께 큰 도움도 되질 못했어요."

"……아닙니다. 무언가가 곧 벌어질지도 모른다는 것만으로 큰 도움이 됐어요."

"그래도요."

빈말이 아니었다.

앞으로 서울에 심상치 않은 뭔가가 벌어진다는 정보. 사실 이것만으로도 대단히 유익했다.

모르고 당하는 것과, 알고 당하는 것.

적어도 앞으로 무언가를 대비할 수 있다는 점에서 큰 차이가 있었다.

'여기부터는 우리 몫이야. 아무래도 대대적인 조사가 필요하겠어.'

서울에서 벌어질 일이었다. 관련된 정보는 이 던전보다 서울에 더 많을 수도 있었다.

어쩌면 이미 많은 떡밥이 뿌려졌는데, 발견하지 못했을지도 모르는 일이다.

"저……."

그때 카린은 우물쭈물한 얼굴로 입술을 몇 번이나 들썩였다. 대단히 미안한지 울상인 얼굴을 하던 그녀는 결연하게 표정을 바꾸며 입을 열었다.

"저도 서울로 따라갈 수 있을까요?"

"네?"

"기억이 날지도 몰라요. 현장에 가 보면…… 더욱 선명하게 떠오를지도 모르잖아요."

일리 있는 얘기였다.

'데자뷔'라는 말이 있질 않은가.

꿈에서 나온 장소로 직접 가 본다면, 의외로 더 많은 정보를 떠올릴 수 있을지도 몰랐다.

'그리고 카린 정도야 바깥으로 나갈 수 있어.'

카린의 레벨은 120에 못 미치는 수준이었다. 아직 B급으로 진화한 던전은 아니었기에 120 이상에 해당하는 NPC는 못 나가도, 120 아래인 카린은 언제든 나갈 수 있었다.

한편 카린은 강서준이 거절할 줄 알았는지 다급하게 말을 덧붙였다.

"오빠도 강서준 님을 따라간다고 들었어요."

"……그렇죠?"

백귀가 된 오가닉은 영혼이 연결된 이상 강서준을 따라나설 수밖에 없는 처지였다.

하물며 그는 이미 강서준을 주인으로 인정하고 충성을 맹세하고 있었다.

백귀의 제1조건. 영혼의 완전한 굴복.

어떻게 이 조건을 만족시켰는지는 몰라도 이미 오가닉은 강서준에게 굴복했고, 평생 그를 따르기로 마음먹은 상태였다.

더군다나 던전은 더 이상 위험할 일도 없을 테니, 오가닉의 선택은 더욱 간단히 이뤄졌다.

"저도 꽤 쓸모가 있을 거예요. 절 데려가 주세요. 은인에게 도움이 되고 싶습니다."

진심일까.

잠시 그녀의 얼굴을 바라보던 강서준은 쉽게 결정을 내릴 수 있었다.

솔직히 그녀가 함께해 준다면 두 손 들고 반길 일이었다.

'예지몽 스킬은 흔치 않아.'

그녀가 먼저 말을 꺼내지 않았다면, 그가 제안하고 싶은 일이었다. 강서준은 앞으로 손을 내밀었다.

"그럼 잘 부탁드립니다."

아크로의 복귀 인원이 한 명 더 늘어나는 순간이었다.

❖

그날 밤.

으슥한 골목을 지나 어느 건물의 옥상이었다.

세상이 무너지고 수십만 명이 죽어 나간 재난 속에서도 사랑은 꽃피기 마련인 걸까.

마침 옥상에 오른 연인은 달콤한 시선을 교차하고 있었다.

꿀이라도 떨어질 듯했다.

"분위기 좋다……."

남자는 인벤토리에 숨겨 뒀던 와인을 꺼내 왔다. 냉장고 못지않은 보관력을 자랑해서 금방 꺼낸 듯 차가워 딱 알맞았다.

"여기 앉으면 되겠다."

남자는 옥상 난간에 자리를 잡았다.

그 아래로 펼쳐진 아크의 2구역은 옛 서울의 풍경을 떠오르게 할 정도로 곳곳의 가로등이 불을 켜고 있었다.

며칠 전, 축제 이후로 변한 풍경.

천외천 링링이 대대적으로 아크의 분위기를 바꾸겠다며, 박명석과 합작으로 다양한 프로젝트를 시행한 결과였다.

해서 전투의 전초기지에 불과하던 아크는 사뭇 과거 서울의 풍경을 자아내고 있었다.

이젠 전투에 유능한 플레이어만 각광받는 세계가 아니었다.

"이런 분위기에 음악이 빠질 수 없지."

남자는 스마트폰으로 음악을 재생했다. 축제 이후로 특별히 발매된 최하나의 신곡이었다.

"민지야. 이리 와."

그리고 와인 잔을 가득 채우며 연인에게 건넸다. 붉게 일렁이는 와인은 손목의 스냅에 따라 자유분방하게 철렁였다.

그리고, 짠.

둘은 기분 좋게 잔을 부딪치며 하루의 여운을 즐겼다. 옥상 난간에 앉아 사랑하는 연인과 함께 아크를 내려다보는 것만으로도 충분히 둘은 행복했다.

문득 여자는 하늘을 올려다봤다.

"와아……."

언제부터였을까.

하늘엔 무수하게 쏟아질 듯, 별이 떠 있었다. 과거의 서울에선 절대 볼 수 없었던 밤하늘이었다.

"이쁘다……."

"……응. 정말."

세상이 멸망 직전에 치닫고 나서야, 밤하늘의 아름다움을 느낄 수 있다니. 참으로 아이러니하지 않을 수 없었다.

그리고 여자가 말한다.

"근데 오빠."

"응?"

"……달이 원래 저렇게 컸었나?"

두둥실 뜬 달이 유난히도 커다란 밤이었다.

다음 권으로 이어집니다